Carsten Sebastian Henn, Jahrgang 1973, ist Autor und Weinjournalist. Im Emons Verlag erschienen seine kulinarischen Kriminalromane »In Vino Veritas«, »Nomen est Omen«, »In Dubio pro Vino«, »Vinum Mysterium« und »Vino Diavolo« sowie die Kurzkrimis »Henkerstropfen«. Alle Julius-Eichendorff-Romane sind auch als Hörbuch erhältlich, gelesen von Jürgen von der Lippe. Mit seiner »Deutschen Wein-Entdeckungs-Gesellschaft« keltert C.S. Henn eigene Tropfen. Mehr Infos über ihn, seine Bücher und seine Weine gibt es hier: www.carstensebastianhenn.de

CARSTEN SEBASTIAN HENN

Henkersmahlzeit

KULINARISCHE KURZKRIMIS

emons:

Mix
Produktgruppe aus vorbildlich bewirtschafteten Wäldern und anderen kontrollierten Herkünften
www.fsc.org Zert.-Nr. GFA-COC-001223
© 1996 Forest Stewardship Council

Umschlagzeichnung: Heribert Stragholz
Druck und Bindung: CPI – Clausen & Bosse, Leck
Printed in Germany 2010
ISBN 978-3-89705-712-8
Kulinarische Kurzkrimis
Originalausgabe

Für Kcirederf und Ettolrahc –
ich hab euch zum Fressen gern!

Inhalt

»Essen und Trinken sind die
drei schönsten Dinge des Lebens.«
Willy Millowitsch

Hans Stefan Steinheuer ist Koch und Besitzer des Heppinger Zwei-Sterne-Restaurants »Steinheuers«. Er war die Inspiration für Carsten Sebastian Henns Kultdetektiv Julius Eichendorff und gilt zudem als eine Koryphäe im Bereich Wein-Speisen-Kombinationen. Im Tre Torri Verlag erschien sein Buch »Harmonie der Aromen – Einklang von Küche und Wein«.

Vorwort

Ein Raunen ging durchs Tal. Julius Eichendorff, Koch und Besitzer des Restaurants »Zur Alten Eiche« in Heppingen, auf kriminalistischer Spurensuche im Ahrtal. Schultze-Nögel, ein Dernauer Winzer, als Leiche im Spätburgunder-Bottich.

Zahlreiche Gäste sprachen mich sofort darauf an: Was ist denn los bei euch im Tal? Dieser August Herold von der Porzermühle, ist damit Wolfgang Hehle gemeint? Wer kennt solche Details und Zusammenhänge, wer ist so informiert, wer steckt dahinter?

Also kaufte ich mir selbst ein Exemplar von »In Vino Veritas«. Das war im Mai 2002, nicht gerade die Zeit, in der man als Koch und Gastronom die Muße hat, einen Kriminalroman zu lesen. Aber keiner meiner Gäste wollte mir verraten, wie und wo und wann Julius Eichendorff den Mörder dingfest macht. Also setzte ich mich in den Juliferien hin, las diese kurzweilige Geschichte und amüsierte mich. Wer ist denn dieser Carsten Sebastian Henn, und soll Julius Eichendorff mich darstellen? Wie kommt jemand auf die Idee, mir eine Hauptrolle in seinem Roman zu geben? Mache ich den Eindruck, neben meiner Kochkunst kriminalistische Detektivarbeit zu leisten?

Ehe ich mich versah, war auch schon der zweite Band auf dem Markt. In »Nomen est Omen« muss Julius Eichendorff einem Mord im Regierungsbunker nachgehen. Jetzt wollte ich es ganz genau wissen und informierte mich bei den befreundeten Ahrwinzern, ob denn jemand diesen Carsten Sebastian Henn kenne? Bei Wolfgang Hehle wurde ich fündig. Er berichtete mir von einem weininteressierten jungen Journalisten, der wohl neben seiner detektivischen Spürnase auch eine feine Wein-Nase habe.

Das interessierte mich umso mehr, und ich wollte schon Kontakt aufnehmen, da trafen wir uns mehr oder weniger zufällig. Und Carsten Sebastian Henn berichtete mir von einem Erlebnis in unserem Restaurant: Schon mit achtzehn Jahren war er nicht nur weininteressiert, sondern hatte auch eine Vorliebe für kulinarische Genüsse. Bei der Organisation des väterlichen Geburtstages wurde unser Restaurant ausgewählt, und er fand es sympathisch, dass ich ihm damals gestattet hatte, seine gesammelten erlesenen Weine zum Geburtstag des Vaters ins Menü einzubauen. Ich erinnerte mich – natürlich hatte ich so reagiert, denn wenn ich junge Menschen erlebe, die für Küche und Wein so viel Interesse zeigen, ist es mein Ansinnen, dies zu unterstützen.

Und so schnell wird man kochender Detektiv!

Mit seinen Ahrkrimis, die natürlich vom Geschehen rein fiktiv sind, ist es Carsten Sebastian Henn bestens gelungen, unser Ahrtal in Szene zu setzen und Ereignisse, Befindlichkeiten und Personen pikant zu skizzieren, ohne den Bogen zu überspannen. Auch mit den nachfolgenden Krimis »Nomen est Omen«, »In Dubio pro Vino«, »Vinum Mysterium« und »Vino Diavolo« hat er dem Ahrtal, seinen Weinen und den Bewohnern besondere Aufmerksamkeit beschert.

Ein kleiner Tipp: Verlassen Sie sich nicht auf alle Rezepte, denn ein paar davon sind frei erfunden!

Sein neues Buch »Henkersmahlzeit« präsentiert uns amüsante Appetithäppchen vorneweg und kurzweiligen Lesestoff für die kleinen Wartezeiten zwischen den Gängen – kulinarische Unterhaltung bis zum Dessert. In einer Geschichte bringen zwei Köche einen Gastrokritiker um. Wie sie das wohl fertiggebracht haben? Seien Sie gespannt!

Meine Ambitionen zum Rollentausch mit Carsten Sebastian Henn beschränken sich jedoch allenfalls auf diesen Beitrag, in dem ich ihm meine Hochachtung und meinen Dank für sein Engagement ausdrücken möchte.

Hans Stefan Steinheuer

GRUSS AUS DER KÜCHE

Im Namen aller Ober, Kellner, Serviererinnen und wer sonst noch den »Gruß aus der Küche« zu Ihrem Platz bringt, flehe ich Sie an: Sagen Sie bitte nicht »Gruß zurück!«. Das verursacht Gallensteine. Bei dem armen Personal.

Die Franzosen grüßen übrigens nicht aus der Küche, sie nennen die kleine Gratisvorspeise Amuse-Gueule, was übersetzt »Maulfreude« bedeutet. Weniger rustikal heißt es Amuse-Bouche (»Mundfreude«).

Manchmal kommt so ein Gruß in einem aufwendigen Liege-Löffel daher oder auf einen Rosmarinzweig gespießt, manchmal gar in einem Reagenzgläschen. Er kann auch Gummibärengröße haben. Und die entsprechende Farbe.

Mit einem Happen ist er meist schon weg. Fliegt geradezu über den Gaumen. Man möchte sehnlichst mehr und kann den ersten »richtigen« Gang kaum mehr erwarten. Ganz schön raffiniert …

Genau solche Happen stehen nun in Krimiform auf der Karte. Nicht als Kurzkrimis, sondern als Kürzestkrimis. Zum Appetitmachen. »Grüße aus dem Schreibzimmer«, sozusagen.

Für eine Handvoll Pudding

Herrn Bimmels Mensch lag bewusstlos am Boden. Daneben stand ein Mann mit Rucksack, aus dem allerlei Silber und Gold hervorschaute. Er hatte die Strumpfmaske hochgerollt und aß von dem frischen Vanillepudding – aus Herrn Bimmels Schälchen!

Der schwarze Kater stupste den Fremden mit dem Kopf an und streckte seine Pfote in Richtung des Puddings. Doch der wurde flugs weggezogen. Fort von ihm! Schnell schlich Herr Bimmel über die Polsterlehne zur anderen Seite. Doch wieder war der Pudding schneller. Herr Bimmel hüpfte auf den Kopf des Nachspeisendiebs und hielt sich gut mit den Krallen fest. Das Puddingschälchen begann, wie wild vor ihm zu tanzen. Jetzt war es fast auf der Höhe des Kronleuchters.

Das war ein Spiel, oder? Klasse! Sein Mensch lockte ihn auch manchmal mit Leckereien. Beherzt sprang Herr Bimmel auf den Kronleuchter, der unter seinem Gewicht klirrte und ächzte. Doch der Pudding war schon wieder weg! Herr Bimmel setzte ihm entschlossen nach. Es schepperte laut, dann lag der Kronleuchter auf dem Fremden. Der nun keinen Mucks mehr von sich gab. Sein Mensch dagegen rappelte sich, vom Lärm geweckt, auf. Und der Pudding war genau vor Herrn Bimmels Pfoten gerollt! Wohlig schnurrend schleckte er die cremige Köstlichkeit auf. Er war richtig froh, hier zu leben. Denn wo sonst gab es Abenteuer und Süßspeisen?

Weintipp

Bei »Für eine Handvoll Pudding« braucht es einen Wein, der dem guten Herrn Bimmel Freude bereiten würde. Einen Katzenwein also. In Deutschland gibt es an der Mosel zwar die Weinlage »Zeller Schwarze Katz« – ich möchte jedoch ein ganz famoses junges Weingut aus dem Rheingau empfehlen, dessen Name Katzenherzen höher schlagen lässt: »Chat Sauvage«, fran-

zösisch für »Wildkatze«. Auf den Namen kam die Frau des Besitzers, als sie ihre Enkel wie Wildkatzen herumtoben sah.

Das Weingut liegt im malerischen Örtchen Johannisberg und hat sich zum Ziel gesetzt, die besten Spätburgunder Deutschlands zu erzeugen. Mineralisch-elegant fallen sie hier aus, wie es feinste Rheingauer Art ist. Mörderisch schön sind die Namen einiger Lagen: »Assmannshäuser Höllenberg«, »Johannisberger Hölle« oder »Rüdesheimer Drachenstein«. Das ist zwar eher Fantasy als Krimi, aber nichtsdestotrotz blutrünstig genug.

Kommt ein Vogel geflogen

Gottfried Plönes wusste, dass ihn die anderen Dernauer für verrückt hielten. Das war ihm nur recht, es passte wunderbar in seinen Plan. Sie verstanden nicht, warum der knurrige Winzer die Vogelkanone aus der Mottenkiste geholt und in seinem Hausweinberg aufgestellt hatte. Die gehörte ins Museum. Das wusste Gottfried Plönes. Irgendwann käme sie da auch hin. Aber erst, wenn sie ihre Aufgabe erfüllt hatte.

Die einstmals teure Maschine diente nur einem Zweck: Sie sollte alles Gefieder von den wertvollen Trauben fernhalten. Das versuchte sie durch regelmäßiges Abfeuern von Schüssen. Wie ein Uhrwerk. Doch Vögel waren bei Weitem nicht so dumm, wie Menschen dachten. Beim ersten Schuss des Tages verließen sie stets panisch den Weinberg, beim zweiten und dritten brachen sie den Anflug ab. Doch spätestens nach einer Viertelstunde störten sie sich nicht mehr an dem Geschehen. Mancher Vogel setzte sich gar auf den feuerwehrroten Lauf der Kanone. Vermutlich kitzelte es angenehm an den Krallen, wenn wieder ein Böllerschuss losging.

Gottfried Plönes hatte an jedem einzelnen Tag der letzten Woche neben der Vogelkanone gesessen. Am Mittwoch ließ sich gar ein Spatz auf dem Hut des Winzers nieder. Plönes hatte ihn nicht verscheucht. Er fand es schön, bei seiner schwierigen Aufgabe etwas Gesellschaft zu haben. Der Rhythmus der Kanone sollte ihm in Fleisch und Blut übergehen. Am Ende der Woche musste er nicht mehr auf die Uhr schauen, um den nächsten Schuss millisekundengenau zu erahnen.

Die anderen Dernauer verstanden auch nicht, warum er die Kanone so nah an seinem Haus aufgebaut hatte. Das musste doch unerträglich sein! Seine Frau fand das auch. Sie wunderte sich sehr über Gottfried Plönes' Verhalten. Doch sie sprach ihn nicht darauf an. Sie sprach sowieso nicht mehr viel mit ihm. Lieber tat sie das mit dem regelmäßig durchreisenden Staubsaugervertreter, den sie auch nachts in ihr Bett ließ. Um sie zu wärmen, wenn Gottfried Plönes im Keller bei seinen Fässern wachte. Sonntagabends war er immer dort, das wusste seine Frau. Doch diesmal machte Gottfried Plönes eine Ausnahme und trat stattdessen ins eheliche Schlafzimmer. Er erwischte seine Angetraute in flagranti.

Gottfried Plönes hob die alte Flinte, legte an – und schoss genau in dem Moment, als draußen die Vogelkanone einen sinnlosen Böller losließ.

Der Staubsaugervertreter sackte auf den Boden. Plönes' Frau dachte, ihr Mann würde sie verschonen. Doch der Dernauer Winzer wartete nur auf den nächsten Schuss der Kanone. Er spürte ihn förmlich kommen und drückte abermals im richtigen Moment ab.

Niemand hörte den Unterschied.

Noch in der Nacht vergrub er die Leichen im Weinberg. Weit auseinander. In den schlechtesten Parzellen.

Keiner im Dorf wunderte sich über das Verschwinden von Gottfried Plönes' Frau. Sie würde ihren Mann verlassen haben. Der war schließlich irre geworden und hatte tagtäglich stundenlang neben einer nichtsnutzigen Vogelkanone gesessen. Was den Staubsaugervertreter anging, der war sicher weitergezogen.

Nach Meinung der Dorfbewohner war Gottfried Plönes durch den Weggang seiner Frau glücklicherweise wieder zur Besinnung gekommen.

Er hatte nämlich endlich die lästige Kanone abgebaut.

Weintipp

»Kommt ein Vogel geflogen« spielt in Dernau, einem 2.000-Seelen-Ort im Ahrtal, südwestlich von Bonn. Über hundert Hektar Weinberge gibt es dort, der Großteil ist mit Rotweinreben bepflanzt, vor allem mit der Traditionsrebsorte Spätburgunder. Trotzdem rate ich nicht zu einem Dernauer Wein, sondern zu einem aus dem nur wenige Kilometer entfernten Bad Neuenahr. Hier hat nämlich das Weingut Sonnenberg seinen Sitz – und keltert Weine, wie sie Gottfried Plönes gefallen würden. Als Ahrtaler Urgewächs würde er nämlich nur Spätbur-

gunder trinken, der nicht *im neuen Holzfass französischer Provenienz, dem Barrique, ausgebaut wurde. Und genau für solche Tropfen hat sich der sympathische Winzer Marc Linden einen hervorragenden Ruf erarbeitet. Bei ihm gibt es Ahrtaler Klassik – die auch moderne Weingenießer begeistert.*

Das feuerrote Vogelschussgerät lässt sich übrigens im AhrWeinForum in Ahrweiler bestaunen.

Leider ohne darauf sitzende Vögel.

Pasta macht glücklich

Mario Batalis Pupillen zuckten nervös. Er konnte nicht glauben, was der kleine dicke Mann von sich gab, der ihm doch eigentlich nur den Koffer mit den nicht durchnummerierten Dollars übergeben sollte.

»Strozzapreti mit Salbeibutter und Käse! Weißt du, was das heißt? Sie hat mir das Abenteuer mit dieser kleinen Schlampe vergeben!«

»Gib mir *endlich* das Scheißgeld!« Der Lauf von Marios Beretta war genau auf die Stirn des Mannes gerichtet.

»Hast du schon mal frische Strozzapreti gegessen?«

»Die Kohle! *Sofort!*« Schweißperlen erschienen auf Marios Stirn.

»Wenn sie an der Oberfläche schwimmen, sind sie fertig. Dann muss man sie sofort essen. Das ist wie Liebe machen!«

»Wenn du nicht endlich deine Scheißklappe hältst und mir das Geld gibst, vergesse ich mich!«, zischte Mario wütend.

»Du verstehst nicht! Dieser Geschmack! Das ist wie –«

Mario drückte ab, nahm den Geldkoffer und setzte sich zu seinem wartenden Schwager in die Limousine. Der versetzte ihm eine Ohrfeige.

»Was sollte das, Mario? Diese Sauerei hetzt uns nur die Bullen auf den Hals. Was ist los mit dir?«

»Was sollte ich denn machen? Er hat einfach nicht aufgehört, von Strozzapreti zu quatschen! Die ganze Zeit ging das so! Jetzt habe ich einen Scheißkohldampf – und das, wo ich doch gerade erst mit meiner Diät begonnen habe!«

Weintipp

Diät hin oder her, Mario Batali würde zu Strozzapreti mit Salbeibutter und Käse einen ordentlichen Wein genießen – schließlich ist er Killer und *Feinschmecker. Zudem gilt »Pasta macht glücklich« insbesondere dann, wenn ein passender Wein serviert* wird. *Der toskanische Kultwein »Brunello di Montalcino« gilt in Italien als klassischer Begleiter für Salbei. Der aus der Rebsorte Sangiovese gekelterte Tropfen ist einer der teuersten und rarsten Rotweine des Landes. Eine günstigere Alternative ist der kleine Bruder des Brunello, der »Rosso di Montalcino«.*

Welchen Geschwisterteil Sie auch bevorzugen, ich rate zu Weinen des Gutes Corte Pavone, denn dahinter steckt die Südtiroler Familie Loacker. Diese baut ihre Trauben nicht nur biologisch an, sondern greift auch auf homöopathische Mittel in der Weinbergspflege zurück. Das bedeutet viel Arbeit und einen genauen Blick für die Abläufe in der Natur – wird aber mit wunderbar authentischen Weinen belohnt.

Ob Homöopathie oder nicht, wäre Mario Batali (der übrigens nach dem berühmtesten italienischen Koch New Yorks benannt ist) völlig egal, aber schmecken würde ihm der Wein sicher.

VORSPEISE

Hier toben sich die Köche aus – wenn sie es nicht schon beim »Gruß aus der Küche« getan haben. Da wird dann Neckisches mit Gänsestopfleber oder Jacobsmuscheln serviert, und manchmal findet sich auch Zitronengras in der Suppe mit den aufgespießten Gambas – wobei all das ja noch harmlos ist, wenn man bedenkt, was heute dank der Molekularküche möglich ist. Mir selbst kann es gar nicht verrückt genug zugehen – nur schmecken muss es!

Auch als Autor liebt man es, Neues auszuprobieren und im übertragenen Sinne ungewöhnliche Gartechniken oder exotische Gewürze einzusetzen.

Folgende literarische Vorspeisen habe ich zubereitet: eine Hommage an den Vater der Eifelkrimis, die Neuinterpretation eines Shakespeare-Dramas, einen Krimi in Zeitungsform und einen als Ränkespiel in fünf Aufzügen. Darüber hinaus habe ich erstmals auch eine wahre Geschichte niedergeschrieben – obwohl sie ein eher düsteres Kapitel meines Lebens repräsentiert.

Blutvergiftung steht zwar nur auf Platz fünf der Todesstatistik, aber trotzdem erschien sie mir am sinnvollsten. Wie hätte ich auch beispielsweise Platz zehn, Grippe, oder Platz siebzehn, Asbest, umsetzen sollen?

Aber der Reihe nach, alles schön der Reihe nach.

Die Dinge müssen ihre Ordnung haben, genau darum geht es ja.

Ich zum Beispiel beende meine Arbeit bei der *Assicurazioni Generali*, Zweigstelle Verona, jeden Werktag um Punkt siebzehn Uhr, verlasse mein Büro um siebzehn Uhr eins, und um siebzehn Uhr vier schließt sich die gläserne Vordertür unseres Gebäudes hinter mir. Danach spaziere ich für exakt zweiundvierzig Minuten um das Amphitheater, welches ich in dieser Zeit achtmal umrunde. Zum Abschluss werfe ich dem Berber, der unter dem westlichsten der zweigeschossigen Arkadenbögen aus dem ersten Jahrhundert nach Christus sitzt, ein Zwanzigcentstück in den Filzhut. Am Ende der Woche hat er so stets einen Euro von mir erhalten. Im Jahr sind es – wegen der Feiertage – 48,20 bis 48,60 Euro. Eine Weihnachtsgratifikation zahle ich nicht aus.

All dies ist seit nunmehr vierundzwanzig Jahren so. Fast genauso lang belastet mich die Sorge um das Abendessen.

Ich bin ein einfacher Mann mit entsprechend einfachen Bedürfnissen. Als da wären: Stockfischmus, Risotto mit Amarone, Schweinsfuß mit roten Bohnen, Bigoli mit Flusssardinen oder – wenn es die Saison oder der Fang nicht erlauben – Entensauce. Als *Dolce* eine kleine Crème Caramel, ein Stück Mandel- und ein Stück Streuselkuchen (in dieser Reihenfolge). Das ist, meine ich, nicht zu viel verlangt vom Leben.

Fernreisen gönne ich mir nicht, das ist mir viel zu gefährlich. Hepatitis ist auf Platz sechzehn, Malaria auf Platz neunzehn und Badeunfälle sind auf Platz zwanzig der Statistik. Sie hängt in unserem Großraumbüro an der Wand. Wenn man tödliche Risiken mittels Urlaub in den eigenen vier Wänden ausschließen kann, sollte man es tun.

Mein einziger Luxus ist das allabendliche Menü, das ich an jedem zweiten Tag in der »Taverna di Via Stella« einnehme. Hier gibt es traditionelle, einfache Veroneser Gerichte bester Konvenienz. Sie sind noch elaborierter geworden, seit der Sohn des Hauses, Antonio Romero, die Küche von seinem etwas unberechenbaren, weil zu emotionalen Großvater übernommen hat. Die Mengen sind exakt, die Schnitte sauber, alles kommt pünktlich auf den Tisch.

Doch die *Dolce* sind grauenhaft.

Ich esse sie nur, weil es sich so gehört, aber Antonio ist der maßvolle Umgang mit Zucker ein unlösbares Mysterium. Das Süße liegt ihm nicht, er kann mit Fleisch, Blut, Bohnen und Stockfisch kochen, das Rustikale ist sein Metier. Er hat Arme mächtig wie ein Krake und so viele Haare auf dem Rücken, dass sein Hemd nie glatt aufliegt. Es macht einem förmlich Angst, wenn er ein Beil in der Hand hält. Doch seine Seele ist die eines Kindes. Er ist naiv, um nicht zu sagen beschränkt. Aber glücklich.

Ich jedoch nicht.

Auf der gegenüberliegenden Straßenseite kocht Maria Giuliani, bei der ich an den anderen Abenden speise. Eine schlanke Person, ihre Brüste sind kaum auszumachen, auch wenn die Kochschürze straff gespannt ist, ihre Wangenknochen sind hoch und fein. Ihr Restaurant »Bigoli« ist noch kleiner als das der Romeros, nicht mehr als drei hölzerne Tische finden sich in dem unverputzten Raum, doch besetzt sind selbst diese selten.

Das liegt an ihren Speisen, sie sind beileibe nicht schlecht, doch allesamt zu leicht, zu subtil für den Veroneser Gaumen. Marias Gerichte erreichen nur knapp vierundzwanzig Prozent dessen, was möglich wäre. Bei Antonio sind es meist sechsundachtzig, an guten Tagen gar neunundachtzig. Hundert Prozent existieren nur in meiner Erinnerung an die Tage der Kindheit, niemand sollte sie in der Gegenwart erwarten. Und doch sind sie das Maß aller Dinge.

Ich esse bei Maria stets wenig, nur so viel, dass ich halbwegs gesättigt werde und einen angemessenen Gegenwert für mein Geld bekomme. Der Grund dafür ist nicht die geringere Qualität der Speisen. Nein, ich brauche Platz für die Nachtische. Sie erreichen fünfundneunzig Prozent, jedes Mal! Niemals zuvor habe ich so perfekte Kuchen wie bei Maria essen dürfen. Sie balancieren Saftigkeit und Süße wie eine grazile Seiltänzerin. Und kaum einer der Gäste bleibt bis zu den *Dolce*, sodass viel für mich da ist, wenn der Nachspeisewagen kommt.

Wie gesagt, ich erwarte nicht viel vom Leben. Doch auch ich habe einen Traum. Einen verrückten, kleinen Traum. Einmal in meinem Leben – bevor die Wahrscheinlichkeit für ein baldiges Ableben über fünfzig Prozent gestiegen ist – möchte ich ein komplettes Veroneser Menü mit nahezu hundert Prozent zu mir nehmen.

Da es in unserer Stadt kein Restaurant gibt, das es mit Antonios und Marias Kunstwerken aufnehmen kann, tat ich schließlich das Naheliegende. Ich tafelte bei Antonio, verweigerte die *Dolce* und rannte über die Straße ins »Bigoli«, um dort die Desserts einzunehmen.

Leider erregte ich Aufmerksamkeit. Maria sah mich gehetzt kommen und schloss die Tür. Ich konnte sie hinter der Glasscheibe sehen, wie sie enttäuscht den grazilen Kopf schüttelte. Entweder, gab sie mir zu verstehen, genoss ich ihr ganzes Menü, oder gar nichts.

In dieser Nacht, es war zwanzig Uhr einundvierzig und der Mond stand klar, sah ich etwas. Und dieses Etwas führte zu meinem Plan. Ich sah Marias Blick hinüber zur »Taverna di Via Stella«. Als ich ihm folgte, erkannte ich Antonio, der dort am hölzernen Tresen stand, sich die pfannengroßen Hände an einem groben Küchentuch abwischte und innehielt, als er seinerseits Maria erblickte. Ein Lächeln erschien auf seinem Gesicht, das ich noch nie zuvor gesehen hatte. Ich hatte es nicht einmal für möglich gehalten. Einzig sein Blick in dem Moment, wenn bei ihm perfekte Schweinefüße angeliefert wurden, kam diesem gleich.

Als ich das nächste Mal wieder zu Antonio speisen ging, stattete ich ihm einen Besuch in der Küche ab. Er säuberte gerade liebevoll seine Messer. Wir unterhielten uns miteinander, so weit man das sagen kann. Meist nickte er nur. Es stellte sich heraus, dass ich richtig gesehen hatte. Die zierliche Köchin von der anderen Straßenseite war ihm aufgefallen. Schon vor langer Zeit. Leider waren jedoch dem Großvater die Blicke des Enkels aufgefallen, und er hatte sie verboten.

Am nächsten Abend wiederholte ich die Befragung im »Bigoli«. Maria gab nichts zu, doch ihre errötenden Wangen taten es, ebenso ihre Augen, die verschämt zu Boden blickten. Die Liebe hatte begonnen zu sprießen, und ich wollte ihr helfen, durch die gefrorene Erde zu stoßen wie ein Krokus im späten Winter. Selbst Beschäftigte aus der Versicherungsbranche wie ich können sich an der Natur erfreuen, was unsere Kunden immer wieder überrascht, häufig aber eine vertrauensbildende Maßnahme darstellt, die schon zu vielen Abschlüssen geführt hat. Zudem ist die Natur, in Form von Stürmen, Überschwemmungen oder Hagelschlägen, ein zuverlässiger Mitarbeiter, was die Kundenakquise betrifft.

Ich arrangierte ein Treffen der beiden liebenden Herzen an ihrem freien Abend, dem üblicherweise unglücklichsten Tag meiner Woche, an dem ich nur trockenes Brot zu speisen pflege. Wir trafen uns in meiner Wohnung – dreiundfünfzig Quadratmeter, zwei Zimmer, Küche, Diele, Bad –, offiziell, um mit mir zu kochen. Ich bezahlte sie dafür. Keiner der beiden wusste, dass der andere kommen würde. Ich ließ Antonio Schweinsfüße mit roten Bohnen zubereiten und tat so, als wollte ich seine Kunst erlernen, obwohl mich Kochen abstößt. Maria machte Crème Caramel.

Wir aßen zusammen. Und erst in diesem Moment begannen die beiden miteinander zu sprechen. Sie blieben noch eine Stunde und vierundfünfzig Minuten bei mir, wobei ich nur sechs Minuten Redezeit hatte. Ich merke mir solche Details, sie sagen mehr als ausschweifende Beschreibungen. Zuerst unterhielten sich die beiden über das Essen und darüber, wie begeistert sie von den Kochkünsten des jeweils anderen waren. Dann redeten sie über ihre Restaurants und schließlich über die Farbe ihrer Augen, wie sie das Lächeln des anderen mochten, und immer wieder über ihre so geschickten Hände. Für Köche gibt es kein schöneres Kompliment.

Dass die beiden zueinander passten, wunderte mich nicht. Herzhafte Gerichte und ein süßes Finale sind wie Geliebte. Nur gemeinsam können Sie, um ein romantisches Sprichwort zu bemühen, fliegen. Wie ihre Spezialitäten, so ergänzten sich Antonio und Maria. Sie verabschiedeten sich sogar mit einem zärtlichen Kuss auf die Wange.

Ich dachte wirklich, damit hätte ich meinen Teil erfüllt und Verona, meine Wenigkeit eingeschlossen, würde endlich bekommen, was es verdiente: die Symbiose zweier einander perfekt ergänzender Kochkünste

Als ich am nächsten Abend bei Antonio essen ging, kochte dieser besser als jemals zuvor, näherte sich gar den unglaublichen hundert Prozent. Doch ganz erreichte er sie nicht. Offenbar war Antonio immer noch nicht vollkommen mit sich im Reinen, und ich begriff schnell, wieso. Sein Großvater Paolo, sie nennen ihn auch den Fürsten, weil er sich stets wie einer geriert, hatte an allen Fenstern Gardinen angebracht, damit sein Neffe nicht mehr ständig zu dem verfeindeten Lokal hinüberschauen konnte. Er verbot ihm den Umgang mit der, wie er es nannte, »Missgeburt von Gegenüber«, dem Spross einer seit Generationen verabscheuungswürdigen Familie.

Zwei Tage später war die Essensqualität in der »Taverna di Via Stella« auf fünfundsechzig Prozent gesunken. Bei Maria sah es nicht anders aus. Sie war mit den herzhaften Gängen sogar bei fünfundzwanzig Prozent angekommen, die *Dolce* standen bei beschämenden sechzig Prozent.

Ich schlief in dieser Nacht sehr schlecht, und weil mein Arbeitsrhythmus dadurch je Versicherungspolice um 3,7 Sekunden verlangsamt war, kam ich am nächsten Tag erst um siebzehn Uhr zwölf aus dem Büro. Das war mir niemals zuvor passiert, und ich beschloss zu handeln. Wie schon gesagt, dachte ich zuerst an Blutvergiftung, doch ich konnte meinen Blick bei der Vorbereitung der Tat einfach nicht vom Spitzenreiter der offiziellen italienischen Todesliste lösen: dreihundertfünfundneunzigtausend Menschen starben im Laufe eines einzigen Jahres an Herz- und Kreislauferkrankungen. In Verbindung mit Platz acht, vierundzwanzigtausend Tote durch falsch verordnete Medikamente, oder wahlweise Platz elf, sechzehntausend Tote durch Arzneimittel-Nebenwirkungen, konnte ich davon ausgehen, dass niemand bei der mir nun vorschwebenden Art des Dahinscheidens Fragen stellen würde. Bei einem Mann im Alter des Fürsten war ein Herztod das Normalste der Welt. Er hatte sich einst bei mir, da mein Vater Arzt war, wegen seines Bluthochdrucks erkundigt, davon ausgehend, das medizinische Wissen darüber sei an mich vererbt worden. Daher wusste ich genau, dass er Calciumkanalblocker vom Phenylalkylamintyp nahm. Sie verringern den Einstrom von Calciumionen ins Innere der Muskelzelle. Nur unter äußerster Vorsicht dürfen sie gleichzeitig mit Betablockern verabreicht werden, da es zu einer lebensgefährlichen Verlangsamung des Herzschlags kommen kann, Fachleute sprechen dabei von Bradykardie. Ein Kollege aus der Lebensversicherungs-Fachabteilung für kardiologische Todesfälle klärte mich gerne darüber auf.

Ich begann mit einer neuen Tradition, aß nur noch im Hause der Romeros und lud den Fürsten jeden Abend auf einen Absacker ein. Leider gelang es mir nur in dreißig Prozent der Fälle, Betablocker in seinen Grappa zu geben. Am zehnten Abend reichte die Menge endlich aus, sein Herz wurde immer langsamer und blieb schließlich stehen.

Nach angemessener Trauerzeit, in der Maria ihren Antonio aufopferungsvoll tröstete, taten sich die beiden zusammen. Als sie erstmalig gemeinsam in der Küche standen, kochten sie tatsächlich das perfekte Menü, was mich für alle Unannehmlichkeiten entschädigte. Es rundete meinen Tag aufs wunderbarste ab. Doch dieses Kunststück brachten sie leider nie wieder zustande.

Sie erreichen seitdem zwar stets über neunzig Prozent, doch nur wenn sie nicht streiten, was allerdings immer häufiger geschieht, da sie ihn als zu tumb und er sie als zu empfindlich ansieht. Zudem ist Antonio schrecklich eifersüchtig. Das Schlimmste ist, dass ich dadurch nicht mehr die Möglichkeit habe, ein Menü wie das ihrer ersten Zusammenkunft zu genießen.

Ich bedaure trotzdem nicht, den Fürsten getötet zu haben. Für hundert Prozent würde ich jederzeit wieder morden. Und es reizt mich immer noch, eine Blutvergiftung herbeizuführen. Doch leider ist niemand mehr da, bei dem es sich lohnen würde, tätig zu werden.

Meine einzige Hoffnung ist nun, dass der größte Wunsch von Antonio und Maria Erfüllung findet und sie bald schwanger werden – und wenn ich selbst dafür sorgen muss.

Weintipp

Bei »Romero & Giuliani« bedarf es eines Weins, der Antonios Kraft und Marias Süße vereint. Selbstverständlich sollte er aus Italien stammen und in der Geschichte erwähnt werden. Viel verlangt? Aber es gibt ihn! »Risotto mit Amarone« ist eine der Lieblingsspeisen unseres Erzählers, und der aus Venetien stammende Amarone vielleicht der ungewöhnlichste Rotwein Italiens. Gekeltert wird er nämlich aus Trauben, die vorher bis zu vier Monate lang auf Holzgittern liegen und trocknen, bis sie fast zu Rosinen eingeschrumpelt sind. Dadurch werden alle Aromen und Inhaltsstoffe konzentriert. Der Wein schmeckt aufgrund seines hohen Alkoholgehalts und seiner Frucht angenehm süß und wegen seiner vielen Gerbstoffe gleichzeitig fein bitter. Daher auch sein Name: Amaro *bedeutet bitter. Der Amarone gilt als italienischer Klassiker, dabei gibt es ihn nachweislich erst seit 1938. Wer ihn einmal getrunken hat, wird ihn nie vergessen – genau wie ein Essen bei Antonio und Maria.*

Ein mordsmäßiger Pickert

Hermanns-Bote – Tageszeitung für den Teutoburger Wald

Nur noch eine Woche bis zum Ereignis des Jahrzehnts!

(DETMOLD) »Im Körper eines Menschen aus Ostwestfalen-Lippe schlägt kein Herz, dort pumpt der Pickert.« Diese berühmten Worte Konrad Adenauers, des ersten Kanzlers der Bundesrepublik, treffen auch heute noch zu. Denn mit diesem dem Pfannkuchen verwandten Gericht werden wir hierzulande von der Mutterbrust entwöhnt. Ob in der Lippischen Version mit Hefe, Wasser, Mehl, Eiern, geriebenen Kartoffeln und Rosinen oder westfälisch mit Milch und in Speck gebraten: Das einstige Armeleuteessen ist in allen Bevölkerungsschichten angekommen. Manch einer, der auswandert, egal ob nach München oder Singapur, lässt ihn sich per Kurier zusenden (der Hermanns-Bote berichtete). Und was dem Rest Deutschlands die Fußballweltmeisterschaft, das ist für jedermann in Ostwestfalen-Lippe das »Internationale Pickert-Turnier« (IPT). Obwohl der Pickert ein Gericht für die kältere Jahreszeit ist, findet der Wettbewerb traditionell im Juni statt, wenn die jungen Kartoffeln auf den Markt kommen. Wegen des immensen organisatorischen Aufwands findet der ITP nur alle zehn Jahre statt. Über fünfhundert Gäste werden diesmal zum Wettbewerb erwartet.

Die Spannung steigt mit jedem Tag. Wird Gertrude Schemmel – von allen nur Oma Gerdi genannt – ihren Titel verteidigen können? Mit Prof. Dr. Zätrineck hat sich ein Herausforderer durch die Vorausscheidungen gekocht, dem die Massen zu Füßen liegen. Allein in diesem Jahr erreichten ihn zwölf Fanbriefe – mehr als jeden anderen der siebenunddreißig registrierten Teilnehmer. Oma Gerdi zeigt sich jedoch unbeeindruckt von der Konkurrenz. Sie sagte dem Hermanns-Boten: »Ich kann diesen zu klein geratenen Herrn Professor auf den Tod nicht ausstehen – den koch ich in Grund und Boden!«

Es verspricht ein phantastisches Turnier zu werden!

Bad Salzuflener Herold

Gertrude Schemmel – Der Versuch eines Porträts

(BAD SALZUFLEN) Oma Gerdi ist auch mit ihren siebenundachtzig Jahren noch eine Naturgewalt. Schon in der Nachkriegszeit machte sie sich einen Namen als eine der engagiertesten Trümmerfrauen der Region. Legenden besagen, sie allein habe Detmold wieder aufgebaut. Mit Schweineschmalz und Buchweizen, statt Beton und Teer. Oma Gerdi ist eine Frau der knappen Worte, eine typische Westfälin, mit erfrischend direkter Art. »Wenn Sie noch ein Foto von mir schießen, wo ich fett drauf aussehe, stopfe ich Ihnen den Apparat ins Maul«, scherzte sie vor zwei Wochen mit unserem Fotografen Rüdiger Bommel.

Leider wurde Bommel vor Kurzem von einem Laster angefahren und wird das IPT in diesem Jahr daher nicht ablichten können. (Anm. d. Red.: Der Fahrer des Lasters konnte bisher nicht ermittelt werden. Zeugen berichten von einem klein gewachsenen Mann mit grauen Locken. Hinweise nimmt die örtliche Polizeidienststelle entgegen.) Als Oma Gerdi davon erfährt, lacht sie nur: »Kleine Sünden bestraft der liebe Gott sofort.« Das Leben hat sie abgehärtet. Acht Kinder großzuziehen, allesamt Jungs, war sicher kein Zuckerschlecken. Drei ihrer Söhne wurden erst vor Kurzem aus der JVA entlassen, nachdem sie ihre Strafe für Einbrüche und Autodiebstähle abgesessen hatten. Die anderen sind in der Landwirtschaft tätig. Schweigsame, folgsame Söhne, ihrer Mutter treu ergeben. Sie unterstützen Gertrude Schemmel beim Projekt »Pickert-Pokalverteidigung« mit ganzer Kraft.

Die meiste Zeit redet Oma Gerdi über Prof. Dr. Zätrineck. In der letzten Vorausscheidung, bei der sich die beiden für das finale Kampfkochen qualifizierten, schlug er sie, wenn auch nur um zwei Zehntel. Ein Juror stammte allerdings aus Osnabrück. Oma Gerdi vertritt die Meinung, Prof. Dr. Zätrineck solle aus dem Wettbewerb entfernt werden: »Was er kocht, ist ein Zäckert, aber doch kein Pickert! Der Pickert ist seit dem 18. Jahrhundert das typisch lippische Gericht. Und schon als die ersten Kanonenöfen gegossen wurden, war es ein Essen der ärmeren Bevölkerungsteile. Ich komme aus einer Familie, die nie viel Geld hatte. Dem Herrn Professor wurde dagegen schon als kleinem Balg Zucker in den Hintern geblasen!« Ihr Tunnelblick zeigt: Es ist blanker Hass, den sie für Zätrineck empfindet.

Oma Gerdi reagiert dünnhäutig, als sie auf die Möglichkeit einer Niederlage angesprochen wird. »Ich verliere nicht, hören Sie? Ich lebe für den Pickert, und das lass ich mir von keinem nehmen.«

Oma Gerdis kulinarische Einstellung zum Pickert ist sehr traditionell. Ihr Rezept hat sie seit Jahrzehnten nicht geändert, die Zutaten allerdings Schritt für Schritt verbessert, indem sie begann, alles selbst zu produzieren. Für den Pickert angebaute Kartoffeln, Buchweizenmehl aus eigener Produktion, Butter von Schemmel'schen Kühen, hausgemachte grobe Leberwurst mit extra viel Fett, damit sie richtig schön grau aussieht: Oma Gerdi machte schon in Bio, bevor es diesen Begriff überhaupt gab. Sie backt ihren Pickert »daumendick« – und meint damit die Finger eines Mannes mit riesigen Pranken. »Oma Gerdis Pickert ist so nahrhaft, dass ein einziger eine achtköpfige Familie über den Winter bringen könnte«, lobte Jurypräsident Michael Vogtmeier beim letzten IPT in seiner Abschlussrede. »Niemand, der Oma Gerdis Pickert je gegessen hat, vergisst ihn. Er ist eine Erfahrung von Ursprünglichkeit und Rustikalität, die nur mit einem Besuch im Freilichtmuseum zu vergleichen ist.«

Längst ist das morgige Finale ausverkauft, Karten werden nur noch auf dem Schwarzmarkt gehandelt – für über zwanzig Euro. Für alle, die nicht so viel zahlen wollen, gibt es die große VIP-Kartenverlosung des Bad Salzuflener Herolds auf Seite 14 unserer Milchvieh-Beilage.

Die Zukunft des Pickerts heißt Zätrineck

(OERLINGHAUSEN) Ganz Ostwestfalen-Lippe blickt auf ihn, doch nur wenige kennen ihn persönlich: den Herausforderer im diesjährigen Internationalen Pickert-Turnier Prof. Dr. Hans-Hubert Zätrineck. Fotos des fast ausgemergelt wirkenden kleinwüchsigen Mannes mit der hohen Stirn und der rahmenlosen Brille gibt es kaum. Dem Bauernblättchen gewährte er nun exklusiv Einblick in sein Leben. Zätrineck lebt, seit seine Frau ihn verließ, zurückgezogen und allein in einem Dörentruper Reihenhaus. »Diese Lebensweise entspricht mir«, kommentiert er diesen Schicksalsschlag nüchtern.

Aus einer alten Hamburger Fischhändlerdynastie stammend, studierte er in seiner Heimatstadt evangelische Theologie und Maschinenbau. Nach seinem Abschluss startete er seine Karriere in der Postabteilung eines mittelständischen Unternehmens, wo er als sehr korrekt bekannt war. Wegen eines Nervenleidens im linken Mittelohr wurde er jedoch frühverrentet und wanderte nach Dörentrup aus, weil er dort »einen größeren Respekt für Ruhe und Ordnung« ausmachte. Hier eröffnete Zätrineck ein kleines Geschäft für Modelleisenbahnen und Miniaturschiffe. Nachdem er jahrelang erfolgreich an einer Schauanlage gefeilt hatte, die das Streckennetz unserer Heimatregion abbildete und vierundzwanzig Stunden lang den exakten Fahrplan abfuhr, wandte er sich voller Enthusiasmus der regionalen Historie und damit verbunden auch den kulinarischen Traditionen zu. Für ein halbes Jahr war er Vorsitzender des »Lippischen Historienkonvents«, bevor er in einer Sondersitzung abgewählt wurde. »Man kam leider nicht damit klar, dass ich den Verein professionell führen wollte und vollen Einsatz von den Mitgliedern verlangte.«

Danach änderte sich Zätrinecks Weg radikal. Fortan war nicht länger die Vergangenheit, sondern die Zukunft unserer schönen Heimat sein Thema. »Damals beschloss ich, den Pickert zu modernisieren.« Zätrineck verkaufte kurz entschlossen sein Geschäft und widmete das Leben fortan dieser hehren Aufgabe. In seinem Keller baute er sich eine Küche, die nur einem

Zweck diente: der Überarbeitung des Pickerts. Seine aktuelle Version ist bläulich, denn er nimmt neben feinstem Weizenmehl ausschließlich lila Kartoffeln für den Teig. In die Pfanne kommen ihm weder Speck noch Butter, sondern nur teuerstes Oliven-Tropföl. Er brät seinen Pickert hauchdünn wie einen Crêpe, gibt als Fruchteinlage Cranberrys statt Rosinen hinzu und bestreicht ihn schlussendlich mit kühlschmelzender getrüffelter Leberpaté. »Ich habe zwanzig verschiedene Sorten Cranberrys bestellt, um für das Finale die absolut perfekte auswählen zu können. Ich werde dann quasi nur noch aus Cranberrys bestehen«, sagt er ernst.

Was er von seiner Konkurrentin Oma Gerdi hält, wollten wir wissen. »Ich bin die Avantgarde Ostwestfalen-Lippes, Gertrude Schemmel ist die staubige Vergangenheit. Im Halbfinale habe ich sie bereits geschlagen. Am Sonntag werde ich es ein zweites Mal tun – und dann müssen die Geschichtsbücher umgeschrieben werden!«

Herforder Weltnachrichten

Der Pickert – das sind wir alle

Ein Kommentar von Monica Mirelli

(OSTWESTFALEN-LIPPE) Morgen geht es um viel mehr als »nur« den Pickert. Als Oma Gerdi vor fünfzehn Jahren erstmals das IPT gewann, läutete dies eine Rückbesinnung auf unsere Historie ein.

Ihr Ansatz zeigte, dass wir stolz auf unsere Geschichte sein dürfen. Die Heimatmuseen erhielten immensen Zulauf, in der Grundschule wurden die Kinder wieder in unserem Dialekt unterrichtet. Es ging ein Ruck durch Ostwestfalen-Lippe.

Doch nun ist es an der Zeit, in die Zukunft zu blicken. Prof. Dr. Zätrineck zeigt, wie sich Ostwestfalen-Lippe in einer globalisierten Welt positionieren, wie es seine Stärken in einem neuen Kontext präsentieren kann. Der Pickert war immer schon süßsalzig, Zätrineck macht die Parallelen dieses Geschmackserlebnisses zu einer anderen Weltküche deutlich. Sein Ansatz ist

asiatisch inspiriert, da auch Zitronengras und ein Hauch Ingwer in den Teig eingehen. Sein Pickert ist dünner und dadurch auch leichter, bekömmlicher, gesünder. Wir leben nicht mehr in der Steinzeit, selbst in Ostwestfalen-Lippe!
Zätrineck ist ein Visionär historischen Ausmaßes, niemals zuvor hat es beim IPT etwas so Revolutionäres wie seine Pickert-Neuinterpretation gegeben. Vergleichbar ist sie höchstens mit der Entscheidung des vorletzten IPT-Organisationskomitees, die Zuchtsäue im Vorprogramm mit bunten Schleifen zu schmücken. Diese Mode findet sich heute in allen Ställen zwischen Kalletal und Schlangen. Und jedes Kind kennt den Namen des genialen Bauers, der dies erst möglich machte: Heinz Blatsch. Die Jury sollte auch in diesem Jahr Mut beweisen und Prof. Dr. Zätrineck als seinen rechtmäßigen Erben auszeichnen.

Detmolder Volksfreund

IPT endet mit Überraschung

(DETMOLD-HIDDESEN) Eiskalt lief es dem Publikum über den Rücken, als es die Künstler in Sachen Kartoffeln und Mehl leibhaftig vor sich sah. Kinder zogen ihre Eltern ungläubig an den Ärmeln. Ja, das war tatsächlich Oma Gerdi, und der Mann dort Prof. Dr. Zätrineck. Autogramme wurden gegeben, Fotos mit den Stars geknipst.

Als Austragungsort des Wettkampfes diente wie immer das Hermannsdenkmal auf dem Teutberg. In die zehn Nischen des Sockels waren Zelte gesetzt worden, in zweien fanden sich die Kochplatten für die Finalisten. Zur Eröffnung sang der Knabenchor zu Detmold auf der Schaubühne das Lied »Lippe-Detmold, du wunderschöne Stadt«. Die Fans von Prof. Dr. Zätrineck hielten Banner mit Aufschriften empor wie »Der Pickert kann auch anders!« oder »Zukunft für Detmold«. Als Gertrude Schemmel – Oma Gerdi – dies sah, griff sie sich das Mikrofon des Moderators und rief: »Die Zukunft findet ohne Detmold statt!« Dies hatte

Jubelstürme ihrer Anhänger zur Folge. Erstmals fehlten Gertrude Schemmels Söhne bei dem Event. Doch es war ein anderes Fortbleiben, das für Verwunderung sorgte: Prof. Dr. Zätrineck trat nicht zum Kochen an, obwohl er seine Nische bereits eingerichtet hatte.

Augenzeugen berichteten, dass er das IPT-Gelände mit einer Gruppe vollbärtiger Fans, die allesamt dunkle Sonnenbrillen trugen, verlassen hatte. »Es waren sieben oder acht Männer«, erläuterte Armin C. vom Einlasspersonal. »Die hatten ihn in die Mitte genommen und grölten frenetisch.« Doch Prof. Dr. Zätrineck hatte sich zu früh feiern lassen – oder zu ausgiebig. Zumindest konnte er nicht mehr rechtzeitig antreten. Bis zum Redaktionsschluss war er nicht wieder aufgetaucht. Gertrude Schemmel gewann kampflos, legte für die Zuschauer aber trotzdem einen atemberaubenden Pickert hin. In der nächsten Woche dürfen sich geladene Gäste beim Schaukochen noch einmal persönlich von ihren Künsten überzeugen. »Ich bin stolz, ein Pickert zu sein!«, rief Gertrude Schemmel bei der Übergabe des ITP-Pokals. Wieder einmal konnte ihr niemand das Wasser – pardon: den Pickert – reichen.

Frankfurter Allgemeine Zeitung

Großes Schaukochen in Lemgo

(LEMGO) Heute präsentierte die diesjährige Gewinnerin des »Internationalen Pickert-Turnier« (IPT), Gertrude Schemmel, ihren Sieger-Pickert beim Schaukochen in Lemgo. Zu diesem Anlass hatte der Kreis Lippe rund zweihundert Gäste aus aller Welt geladen. Auch ein Vertreter des Goethe-Instituts war anwesend und verkündete, man wolle Gertrude Schemmel auf eine Kochtournee durch Südamerika und Ozeanien schicken. Besonders positiv beurteilten die Gäste, dass auch die als eher konservativ geltende IPT-Gewinnerin sich neuen Trends in der Pickert-Zubereitung nicht länger verschloss. Ihre hausgemachte Lippesche Leberwurst schmeckte ganz leicht nach Cranberrys – eine unerwartete Hommage an ihren schärfsten Konkurrenten,

Prof. Dr. Zätrineck? »So was Abartiges wie diese komischen Beeren würde ich nie in meine Leberwurst reintun«, stritt Gertrude Schemmel die Verwendung einer solchen Zutat jedoch ab. »Da ist nur selbst geschlachtetes, mageres Fleisch drin.«

Von Prof. Dr. Zätrineck fehlt bis heute jede Spur. »Ich würde mich sehr wundern, wenn dieser Hanswurst noch mal auftaucht«, kommentierte Gertrude Schemmel lachend das mysteriöse Verschwinden und präsentierte sich den Fotografen stolz mit ihrem ITP-Pokal, der dem Pickert-Teig nachempfunden ist.

Weintipp

»Ein mordsmäßiger Pickert« wird traditionell zur Kaffeetafel gereicht und mit Rübenkraut, Zwetschgenmus, Kompott oder lippischer Leberwurst bestrichen. Welchem Wein will man das antun? Bei diesem Gericht hat kein Lipper darüber nachgedacht, dass es auch zu Wein passen muss!

Ein fränkischer Sylvaner mit Kraft à la Schwarzenegger, wie ihn das Juliusspital in großen Jahrgängen erzeugt, könnte vielleicht mithalten. Aber nur bei der herzhaften Variante. Zur süßen sollte man es mit einem Riesling probieren, einem mit ordentlich Restsüße und viel Fülle, also einer Spät- oder Auslese aus wärmeren Gegenden wie Pfalz, Baden oder Württemberg. Sonst wird der Tropfen vom Pickert nämlich niedergerungen. Wenn ich in meinen Weinkeller gehe und Pickert rufe, fängt es sofort an zu klirren – dann zittern meine Flaschen vor Angst.

Tun Sie das Ihren Lieblingen lieber nicht an!

Die Flüssigkeit der Könige

Ein Ränkespiel in fünf Aufzügen

1. Aufzug, im Kaffeehaus des Departements Chemie

Professor Dr. Sternhagen, 61, hager, graue Schläfen, Spitzbart, und Juniorprofessor Dr. Kerzing, 48, untersetzt mit Halbglatze und Hornbrille, sitzen in der äußersten Ecke im Kaffeeraum des Departements Chemie der Universität Basel, Spitalstraße 51. Sie tuscheln.

STERNHAGEN: Riegersburg hat es tatsächlich getan. Hören Sie, wie die Höllenmaschine sprotzelt? Vulgär!
KERZING: Als würde sie auf uns spucken, so klingt das.
STERNHAGEN: Wir hatten ihn doch gebeten.
KERZING *hebt den Finger*: Schriftlich! Wir hatten ihn schriftlich gebeten. Freundlich darauf hingewiesen, das haben wir. Kollegial. Und nun das!
STERNHAGEN: Kein Kakao. Aber acht Kaffeevarianten. Diskriminierend ist das.
KERZING: Wer braucht schon Latte macchiato? Ich finde sowieso, dass das sehr anzüglich klingt.
STERNHAGEN: Ruhe! Da kommt er.
KERZING: Aber nicht zu uns. Was sollte er auch bei uns wollen? Uns hat er schließlich nicht zur Beförderung vorgeschlagen. Wir machen ja auch nichts Hippes. Wir sind ja nicht interdisziplinär und interkontinental vernetzt.
STERNHAGEN: Grundlagenheinis, dafür hält er uns. Aber da kann ich mit leben. So etwas tangiert mich überhaupt nicht. Ich bin stolz auf meinen Bereich. Nur die Sache mit dem Kakao, die stört mich. – Jetzt guckt er herüber.
KERZING *durch zusammengebissene Zähne*: Dieses verlogene Lächeln.
STERNHAGEN: Ich glaube, er will sich zu uns setzen. Mir schwant Schlimmes.

2. Aufzug, vor dem Universitätsgebäude

Professor Sternhagen und Juniorprofessor Kerzing stehen vor dem nüchternen Institutseingang in der Spitalstraße und rauchen. Sternhagen Pfeife, Kerzing Zigarette, filterlos. Sie blicken empor zum Zimmer des Departementleiters Riegersburg.

KERZING: Er hat viel zu schnell Karriere gemacht. Das ging nicht mit normalen Dingen vonstatten, wenn Sie mich fragen. Sie hätten an seiner Stelle stehen müssen. Über Leichen ist er gegangen, so viel ist klar.
STERNHAGEN: Ich fühle mich bereits ein wenig wie eine Leiche. *Er fasst sich ans Herz.* Und jetzt hat er mir auch noch diese ganzen Doktoranden aufgebürdet. Wann soll ich all die Arbeit nur schaffen?
KERZING: Er hat Ihnen unfassbare drei Viertel seiner Doktoranden aufs Auge gedrückt, dabei aber wie durch Zufall alle weiblichen behalten. Kein Schelm, wer Böses dabei denkt. Rotzfrech finde ich, dass er Ihnen vor dem Kollegium demonstrativ für Ihre Bereitschaft gedankt hat. Das ist schon mehr als unverfroren.
STERNHAGEN: Sicher, ich kann Ihre Erregung voll verstehen. Andererseits hab ich mich nie vor Arbeit gescheut. Ich doch nicht. Die Zeit mit meinen Studenten habe ich immer schon geschätzt. Das macht mir nichts aus, wirklich nicht.
KERZING: Sie sind viel zu gut für diesen Laden. *Er tritt seine Zigarette aus und entzündet direkt eine neue.*
STERNHAGEN: Wenn er nur Kakao im Automaten veranlasst hätte! Das macht mich rasend und vergällt mir mein Leben. Kakao war das Lieblingsgetränk von Ludwig XIV., wussten Sie das, lieber Kollege?
KERZING: Dieser Kaffeeautomat ist kulturell gesehen ein Irrweg.
STERNHAGEN: Der ganze Kaffee ist auch gar nicht gesund für die Kollegen. Er macht sie nervös. Und geradezu abhängig. Das ist nie gut für freie Geister wie uns. Es steht schlecht ums Departement. Und niemand hat mehr die Zeit, sich per Hand eine

heiße Schokolade zu erstellen. Dabei ist es doch so ein wunderbares chemisches Schauspiel!

3. Aufzug, im Kellergeschoss des Departements Chemie

Professor Sternhagen und Juniorprofessor Kerzing räumen Aktenordner und wissenschaftliche Schriften in die Regale eines kleinen, fensterlosen Raumes. Zwei abgewetzte Schreibtische befinden sich darin.

STERNHAGEN: Einsparungen müssen sein, Kollege. Das wissen Sie genauso gut wie ich. Für unsere Grundlagenarbeit hat die Industrie eben wenig übrig. Die Zusammenlegung unserer Büros berücksichtigt zumindest, dass wir uns gut verstehen. Unsere Hilfskräfte werde ich nicht vermissen. Sollen sich andere mit ihnen herumschlagen. Trotzdem, das muss ich zugeben, sind meine Nerven angespannt. Ein schöner, warmer Kakao wäre nun wunderbar. Doch mein Pulver ist aus, und der Automat verweigert mir weiterhin das Heißgetränk meiner Wahl. Diese Maschine tritt stellvertretend für Riegersburg die Geschichte mit Füßen! Der Begriff Kakao ist schließlich aztekischen Ursprungs und von *cacahuetl* oder *cacauatl* abgeleitet. Nach Europa kam die Kakaobohne aber erst 1519, nachdem die Spanier das Aztekenreich erobert hatten.
KERZING: Sternhagen, Sie faseln. Allerdings könnte ich jetzt auch gut etwas Warmes vertragen. Meinen Magen beruhigen. Ich fasse es immer noch nicht! Wie kann ein Mensch nur so verrohen wie Riegersburg?
STERNHAGEN: Da stehe ich drüber, so etwas wird mich niemals erregen. Nein, lieber Kollege, ich bin aus anderem Holz geschnitzt.
KERZING: Aber die Sache mit dem Kakao macht Sie immer wütender, oder? Das spüre ich doch, Sie brodeln ja langsam.
STERNHAGEN: Oh ja. Zuweilen, das kann ich Ihnen verraten. Das Pausengetränk an einer Universität hat schließlich größte Bedeutung, es ist das Schmiermittel, welches den Betrieb am

Laufen hält. Gleichberechtigung wäre angebracht, was Kaffee, Tee und Kakao angeht. Ich sage es Riegersburg nunmehr fast täglich, manchmal sogar öfter. Doch er tut es ab wie dummes Weibergewäsch. Ich koche innerlich tatsächlich ob dieser Ungerechtigkeit. Bald hebt sich der Deckel, und dann Gnade ihm Gott!
KERZING: Das ist doch mal ein Anfang! Darauf lässt sich aufbauen. Gelobt sei der Kakao!

4. Aufzug, im Basler Münster

Professor Sternhagen und Juniorprofessor Kerzing sitzen auf einer Kirchenbank im Basler Münster und versuchen, ruhig zu atmen. Es gelingt ihnen nicht. Vor allem Kerzing ist anzumerken, dass er am liebsten rausrennen und schreien würde.

KERZING: Worauf warten Sie noch, Sternhagen? Was muss er uns noch antun, damit Sie endlich, endlich tätig werden? Muss er erst eine Lobotomie anordnen, bevor Sie begreifen, dass er Sie und mich amputiert?
STERNHAGEN: Ich gebe zu, dass mich selbst die kontemplative Atmosphäre des Münsters in diesem Fall nicht beruhigen kann.
KERZING: Rache, Sternhagen, sonst sind wir keine Männer, sondern Memmen! Unsere gemeinsame Arbeit, unser Leben! Er hat es gestohlen, es als sein Werk ausgegeben. Nun wird er die Lorbeeren einheimsen, und wir haben nichts mehr, aber auch gar nichts, mit dem wir in der nächsten Dekade glänzen könnten. Wir sind erledigt. Und beweisen können wir diesem hinterfotzigen Hund überhaupt nichts. Er weiß genau, was er uns angetan hat, und er spuckt auf uns. Dass wir ihm das nicht durchgehen lassen! Wenn wir jetzt nicht handeln, lässt er morgen unser Büro abfackeln. Diesem Monster ist alles zuzutrauen!
STERNHAGEN: Sie sind hitzköpfig, lieber Kollege. Meine Unruhe, mein Aufbrausen hat mit dieser Angelegenheit überhaupt

nichts zu tun. Die Ergebnisse sind publiziert, die Wissenschaft ist weitergebracht worden. Das ist alles, worum es geht: der wissenschaftliche Fortschritt. *Seine Stimme wird hoch und krächzend.* Jegliche Eitelkeit ist mir fremd. Die zwanzig Jahre Forschung habe ich nicht betrieben, um meinen Namen in den Geschichtsbüchern zu sehen.

KERZING: Wir standen nur noch Wochen vor der Vollendung! Und Riegersburg hat noch nicht einmal die offensichtlich zu überarbeitenden Stellen geändert. Er ist ein Pfuscher, ein Nichtskönner, ein reiner Blender.

STERNHAGEN: Er hat Suppe eingefüllt. Suppe! Da wird endlich ein Fach im Automaten frei, weil zu wenige Milchkaffee trinken, und er wählt eine Gemüsebrühe aus. Eine *Brühe*! Anstatt Kakao. Es war eine einfache Bitte vom mir, Kerzing, die ich zwischenzeitlich auch der Universitätsleitung vorgetragen habe, der er ganz einfach hätte nachkommen können. Aber Riegersburg übergeht mich zum wiederholten Male. Niemals wird er meinem Wunsch entsprechen. Dafür kam der Kakao nicht in unser Land, dafür ganz bestimmt nicht. In Apotheken gab es ihn zuerst, weil er als Medizin galt, welche die Lebensgeister weckt.

KERZING: Sie faseln wieder, werter Kollege.

STERNHAGEN: Schnurzpiepegal ist diesem Kretin der Sachverhalt! Wer wider besseres Wissen sündigt, der hat es nicht verdient zu leben. Der muss verschwinden.

KERZING: Mein Stichwort, Sternhagen. Riegersburg muss verschwinden. Dieser unwürdige, arrogante König gehört gemeuchelt.

STERNHAGEN *lächelt wie ein Raubtier*: Ich habe gerade eine königliche Idee. Sie ist einem Chemiker angemessen.

5. Aufzug, im Badezimmer von Juniorprofessor Kerzing

Rauchend stehen Professor Sternhagen und Juniorprofessor Kerzing in Kerzings schwarz gekacheltem Badezimmer und schwenken Armagnac in bauchigen Gläsern. Aus der gläsernen Badewan-

ne dampft es. Sie ist mit einer gelbbraunen Flüssigkeit gefüllt, sowie mit einer Leiche. Es ist Riegersburg. Er löst sich auf.

STERNHAGEN: Es riecht nach Chlor, genau wie ich es erwartete. Haben Sie auch alle Fenster weit geöffnet?
KERZING: Er kann raus. Zumindest in flüchtiger Form.
Sie lachen.
STERNHAGEN: Ich hatte gehofft, die entstehende Flüssigkeit würde ein wenig wie Kakao ausschauen. Das wäre so passend gewesen. Doch sie ist insgesamt ein widerlicher Anblick. *Er wendet sich zu Kerzing.* Es tut mir leid, dass Sie die ganze Arbeit verrichten mussten, das Töten *und* den Transport, aber meine Knochen sind zu so etwas nicht mehr zu gebrauchen.
KERZING: Dafür haben Sie Schmiere gestanden und den Plan bis ins Detail ausgetüftelt! Ohne Sie hätte ich es niemals geschafft. Ich war Ihr folgsames Werkzeug. – Wissen Sie, was ich nun gerne trinken würde? *Er zwinkert verschwörerisch.*
STERNHAGEN: Lassen Sie mich raten! Es stärkt den Magen und das Haupt, macht Lebensgeister hurtig, verdünnt die Säfte und das Geblüt, lindert Schmerzen und ist sowohl zur Nahrung wie als Medikament und Aphrodisiakum nicht lobend genug zu beschreiben.
KERZING: Nein, keinen Kakao. Ich hätte jetzt gern eine Latte macchiato.
STERNHAGEN: Und ich eine Gemüsesuppe! Die soll köstlich sein, das sagen zumindest die Sekretariatsdamen.
Sie lachen wieder.
KERZING: Wenn er aufgelöst ist, gehen wir rüber und stärken uns am Automaten, in Ordnung?
STERNHAGEN: Sehr, sehr gerne. Pardon, Kollege, haben Sie noch eine weitere Toilette?
KERZING: An der Eingangstür links.
Sternhagen verschwindet und kommt wenige Minuten später zurück. Kerzing steht am offenen Fenster, um dem widerlichen Gestank zu entgehen.
KERZING: Was meinen Sie, wer wird nun neuer Leiter des Departements?

STERNHAGEN: Ich hoffe sehr, dass die Wahl auf mich fällt.
KERZING: Das ist wohl doch ein wenig zu optimistisch – auch wenn ich es Ihnen von ganzem Herzen gönnen würde.
STERNHAGEN: Ich hege keine Zweifel an meiner Ernennung, junger Freund.
KERZING: Sie sind nicht unbedingt die erste Wahl.
STERNHAGEN: Ich bitte Sie! Ich – und auch Sie – wir sind vorbildlich! Hat außer uns jemand freiwillig den Umzug in ein kleineres Büro und die Abgabe von Hilfskräften angeboten? Die Idee entwickelt, Doktoranden zu übernehmen, um Kollegen zu entlasten? Und schließlich eine wichtige Arbeit – mit Wissen der Universitätsführung – unter dem Namen des Departementleiters veröffentlichen lassen, um dessen Position und damit die des chemischen Instituts zu stärken? Das alles ist nicht unbemerkt geblieben.
KERZING *blickt seinen Kollegen entgeistert an*: Wovon reden Sie? Ist Ihnen das Chlor ins Hirn gestiegen?
Polizeisirenen ertönen.
STERNHAGEN: Zudem habe ich der Polizei den Mörder des armen Professor Riegersburg geliefert. Ich bin ein Held, lieber Kollege.
KERZING *entsetzt*: Sie haben das alles geplant! Es ging Ihnen nie um den lächerlichen Kakao.
STERNHAGEN: Das sehen Sie vollkommen falsch, mein Bester. *Die Wohnungstür wird aufgebrochen.* Ich betrachte es als meine Pflicht sicherzustellen, dass der nächste Leiter unseres Departements den Automaten angemessener füllt. Und die sicherste Methode ist, mich selbst auf diesen Posten zu befördern. *Sternhagen schneidet sich mit Kerzings Rasiermesser in den Hals, drückt es dem verdutzten Juniorprofessor in die Hand und schreit laut auf. Polizisten erscheinen im Badezimmer, überwältigen Kerzing und pressen ihn gegen die Wand.*
POLIZIST: So, Freundchen, du bringst in Zukunft keinen mehr um! Wir haben ein schönes Plätzchen für dich. Das Essen ist miserabel, das Bett hart – und schlechten Kaffee gibt es auch.
STERNHAGEN *hält sich ein Handtuch gegen die Wunde*: Und Kakao?

POLIZIST: Nur den, durch den ihn seine Zellengenossen ziehen werden.
STERNHAGEN *lächelt*: Darauf ein Gemüsesüppchen!

Weintipp

»Die Flüssigkeit der Könige« ist in dieser Geschichte der Kakao – das sehen viele Winzer allerdings ganz anders. Gleich mehrere Weine beanspruchen diesen Titel für sich. Der Barolo und der Vino Nobile di Montepulciano aus Italien, der Gevrey-Chambertin aus dem Burgund (weil Napoleon ihn so liebte), der Malvasia aus Spanien. In Österreich gibt es einen »Gumpoldskirchner Königswein«, und im Osten Deutschlands hört eine Lage auf den Namen »Pillnitzer Königlicher Weinberg«. Doch eigentlich gebührt der Titel nur einem: dem ungarischen Tokayer. Denn der kann gleich eine ganze Reihe von gekrönten Häuptern zu seinen Bewunderern zählen: Franz-Joseph I., Maria Theresia, Friedrich den Großen, Zar Peter den Großen, Zarin Katherina II. sowie die liebliche Sissi, Königin von Ungarn. Den berühmten Ausspruch »Vinum Regnum – Rex Vinorum« (»Wein der Könige – König der Weine«) soll Sonnenkönig Ludwig XIV. geprägt haben, als Fürst Ferenc Rákóczi II. ihm mehrere Flaschen Tokajer aus Ungarn mitbrachte.

Kaufen Sie also Tokayer, um sich wie ein König zu fühlen. Je mehr Puttonyos Aszú *(Bütten) auf dem Etikett angegeben sind, umso süßer ist der Wein. Die Krönung ist der Tokayer Esszencia, zähflüssig wie Honig und zuckriger als Red Bull sowie unwahrscheinlich köstlich. Augen schließen und sich wie ein Sonnenkönig fühlen.*

Der Fall Maria W.

Ich weiß, dass die folgende Geschichte wie ein Märchen klingt, aber sie ist keins. Sie ist wahr – obwohl man es kaum glauben kann. Doch genau so hat es sich zugetragen. Noch dazu in Deutschland. In München.

Passiert ist das Ganze Ende Februar letzten Jahres, als ich zur Recherche für meinen neuen Roman in der bayrischen Landeshauptstadt war. Ich wohnte damals für ein paar Wochen als Untermieter in der schlecht beheizten Wohnung eines Freundes, der zum Ensemble des Lustspielhauses gehört, und wollte mir die Orte und Plätze angucken, an denen meine Verdächtigen wohnen, Verfolgungsjagden stattfinden oder Blut fließen sollte.

Alle meine Romane haben einen gewichtigen kulinarischen Anteil. Deswegen decken mich die lieben Kollegen der schreibenden Zunft auch immer mit Tipps ein, wo ich essen soll – dafür muss ich im Gegenzug meist mehr als einen Witz über den Zusammenhang zwischen der Anzahl der Recherchereisen und dem Umfang meines Bauches ertragen …

Einer der heißesten Tipps für München war der Gewürzladen von Alfons Schuhbeck am Platzl. Über hundert Gewürze, Dutzende Mischungen und exotische Salze. Direkt am zweiten Tag bin ich hin. Der ganze Platzl scheint fest in der Hand des Fernsehkochs zu sein, denn neben diesem Laden gibt es von ihm noch einen für Eis, einen für Schokolade sowie zwei Restaurants. Ein Imperium. Fehlt nur die Schuhbeck-Statue in der Platzmitte, mit hoch erhobenem Kochlöffel!

Das Geschäft hatte leider so gar nichts von der sinnlich aufgeladenen Atmosphäre eines orientalischen Gewürzbasars, dafür zu viel von der aufgeräumten Ordnung einer Apotheke. Trotzdem war die Auswahl an Gewürzen grandios. Ich schlenderte herum, schnupperte mal hier, mal dort und belauschte dabei zufällig ein Gespräch. Maria W. – deren Namen ich allerdings erst später erfuhr – sprach mit einer Kundin, einer sehr gepflegten älteren Dame mit kurzem Rock und hohen Schuhen. Ganz leise fragte sie Maria W. nach etwas, das ihren jungen Freund ordentlich in Schwung bringen würde. Ich näherte mich den beiden, um alles mitzukriegen, und tat so, als könnte ich die Augen nicht vom nahe stehenden australischen Salz lassen. Maria W. erkundigte sich bei der Frau, welche Haarfarbe ihr Bürscherl denn hätte. Dunkelblond gelockt, das weiß ich noch genau. Daraufhin mischte Maria W. in Windeseile etwas zusammen. Sie sah übrigens aus wie eine nette, alte Oma. Etwas hager vielleicht, doch durchgängig lächelnd, die Haare zu einem Dutt geknotet. Niemals hätte ich damals vermutet, dass etwas mit ihr nicht stimmen könnte. Erst spät fiel mir auf, dass mehrere Kundinnen im Laden nur darauf zu warten schienen, dass Maria W. frei wurde. Ich fand das alles sehr skurril und kaufte mir nach langem Überlegen dreierlei Pfeffer sowie ein Bratkartoffelgewürz vom Meister persönlich. Das maß mir Maria W. sogar persönlich ab. Ich wollte siebzig Gramm – und sie traf das Gewicht exakt. Beim ersten Versuch, wie in der Edeka-Reklame.

Am nächsten Tag las ich dann etwas geradezu Abenteuerliches. Und zwar in der »Abendzeitung«. Als Krimiautor ist man grundsätzlich sehr aufmerksam, was Todesmeldungen angeht. Weil man halt immer auf der Suche nach Inspiration ist. Diesmal war es eine kleine Meldung, die mich aufhorchen ließ. Ein Bogenhausener war ebenso nackt wie tot in seinem Bett gefunden worden. Auf dem Laken lauter Gewürzpulver. Die Polizei tippte auf eine perverse Sexpraktik. Das ließ mich sehr, sehr neugierig werden.

Aber wie mehr darüber erfahren? Mir kam zu Hilfe, dass ich Mitglied einer kriminellen Vereinigung bin, die sich »Syndikat« nennt. Ist allerdings viel harmloser, als es klingt. Im »Syndikat« haben sich deutschsprachige Krimiautoren und -autorinnen zusammengeschlossen. Nun muss man wissen, dass Krimiautoren im »echten« Leben allen Arten von Jobs nachgehen, denn in neunundneunzig Prozent der Fälle reicht das Geld aus den Buchverkäufen nicht aus, um davon ein menschenwürdiges Leben zu bestreiten. Die Brot-und-Butter-Berufe sind zum Beispiel Rechtsanwalt, Lehrer, Übersetzer, Priester – aber auch Polizist und Kriminalbeamter. Und einer der Kollegen sitzt bei der Münchner Polizei – da hab ich dann natürlich gleich mal nachgehakt. Dort war die Geschichte Tagesgespräch. Vor allem wegen der saftigen Details, die nicht in der Zeitung standen. Die erzählte mir der Kollege allerdings erst bei einem Weißbier am Abend im »Brauhaus zur dicken Sophie«. Der Tote in Bogenhausen hieß Harald Theodor Gluck, war dreiundfünfzig Jahre alt, Frührentner und Küster einer katholischen Gemeinde. Bis vor Kurzem glücklich verheiratet, dann aber von seiner Frau verlassen, die weggezogen war und nun einen zweiten Frühling im Münchner Westen erlebte – oder vielleicht besser einen sonnigen Herbst.

Harald Theodor Gluck starb eines sehr, sehr schönen Todes. Er wurde mit einem unglaublich breiten Lächeln aufgefunden – und einer Erektion, die definitiv nicht auf die Leichenstarre zurückzuführen war. Er lag auch nicht einfach in einem Bett mit ein bisschen Gewürzpulver, nein. Acht verschiedene Chilisorten waren auf seine unterschiedlichen erogenen Zonen aufgetragen worden. (Ja, es gibt mehr als eine erogene Zone, auch wenn wir Männer das häufig nicht glauben wollen …)

Da die Gewürze handelsüblich waren und keine Gewalteinwirkung an der Leiche zu entdecken war, landete der Fall bei den Akten. Vielleicht auch, weil die Kommunalwahl bevorstand und keiner der Stadtoberen einen anstößigen Mord brauchen konnte. So halten's zusammen, die Amigos!

Für Sie mag jetzt auf der Hand liegen, dass die im Gewürzladen arbeitende Maria W. etwas mit diesem merkwürdigen Tod zu tun hatte, für die Münchner Polizei dagegen nicht. Und auch mir ging es so, als ich drei Tage später nochmals zum Laden ging (ich brauchte etwas Tahiti-Vanille für eine Crème brulée, die ich als Dankeschön für meinen »Herbergsvater« machen wollte). Natürlich spekulierte ich darauf, mich von Maria W. bedienen zu lassen, doch sie war leider nicht zur Arbeit erschienen. Ohne Grund, wie mir eine ihrer Kolleginnen pikiert mitteilte.

Da erst wurde ich hellhörig. Am nächsten Tag ging ich noch mal hin, aber wieder war keine Maria W. da. Und so ging das weiter. Sie kam nicht mehr zurück.

Nach einer guten Woche wollte ich schon aufgeben. Aber als ich dann aus dem Laden trat, sah ich eine Frau um die Ecke zur Falkenturmstraße gehen. In ihren Augen war so ein komischer, suchender Blick, und sie ging gebückt, als dürfe sie nicht gesehen werden. So was fällt mir natürlich auf. Ich also hinterher. Sie traf sich mit einer anderen Frau. Dreimal dürfen Sie raten, mit wem. Es war Maria W. Die beiden tauschten etwas aus, unter der Hand. Ich bin direkt hingerannt, aber Maria W. verschwand augenblicklich – und die andere Frau starrte mich nur entgeistert an.

In dem Moment habe ich blitzschnell geschaltet. Ich konnte mich ja kaum als Carsten Sebastian Henn vorstellen, neugieriger Krimiautor aus Köln. Also behauptete ich dreist, ich sei von der Polizei, und verlangte zu erfahren, was sie da in der Hand halte. Um mich zu legitimieren, zog ich meinen Ausweis der »Fédération Internationale des Journalistes et Écrivains des Vins et Spiritueux« hervor (das ist eine internationale Weinjournalistenvereinigung) – ganz schnell, sodass sie nur das Foto von mir sehen konnte und dass es sich wirklich um einen offiziellen Ausweis handelte. Die Frau wurde leichenblass. Zitternd zeigte sie mir ein schwarzes Metalldöschen mit einem roten Deckel. Als ich es ihr abnahm, um daran zu riechen, wollte sie schon wegrennen. Doch ich hielt sie fest. Sie habe nichts Ungesetzliches getan, sagte sie zitternd, das sei nur ein einfaches Tomatengewürzsalz. Ach ja, antwortete ich, und warum kaufen Sie es dann auf der Straße und die Verkäuferin rennt wie von der Tarantel gestochen weg? Da brach es dann aus ihr heraus. Ihr Mann käme kaum mehr zeitig nach Hause, hätte ständig Affären, ihre Ehe sei eigentlich vorbei, sie würden nur noch zusammenleben wie Bruder und Schwester. Sie wäre schon in der Eheberatung gewesen, doch es hätte nichts genützt, sie sehe keinen Ausweg mehr als dieses Pulver. Die Maria W. sei eine Heilerin von Gottes Gnaden! Das Liebesgewürz würde ihr Mann heute Abend noch ins Geschnetzelte bekommen. Ich dürfe ihr das Döschen nicht wegnehmen!

Ich bin Krimiautor – kein Unmensch. Also ließ ich sie gehen. Noch heute fühle ich mich ein bisschen elend, wenn ich an diese Begegnung denke. Vielleicht liest die Betroffene ja diesen Bericht. In diesem Fall möchte ich gern sagen, dass es mir wirklich leidtut, ihr solche Angst eingejagt zu haben. Mich muss damals der Teufel geritten haben.

Nach dieser Begegnung verbrachte ich meine freie Zeit fast ausschließlich auf dem Platzl – doch Maria W. tauchte nicht mehr auf. Aber ich blieb beharrlich – immerhin war die Verpflegung dank dem Schuhbeck'schen Imperium bei der ganzen Warterei hervorragend.

Es war schon ziemlich zum Ende meines Rechercheaufenthalts in München, an einem Samstagabend, als ich zu Fuß Richtung Tram schlenderte. Auf einmal spürte ich, dass mich jemand verfolgte. Aber immer wenn ich mich umdrehte, war da nichts. Es war so, als hörte ich ein Schlurfen und ein Flüstern. Ganz komisch. Ich bin dann schneller gegangen, weil ich fix zurück in die Wohnung wollte. Das Gefühl, nicht allein zu sein, wurde immer stärker, und dann, als ich gerade durch die dunkelste Gasse ganz Münchens ging, passierte es.

Ein Schemen löste sich aus der Finsternis, und Maria W. stand vor mir. Ich hätte aufgeschrien, doch sie lächelte ganz beruhigend. Trotzdem hatte ich tierische Angst. Ja klar, sie lächelte, aber mit dieser alten Frau stimmte etwas ganz und gar nicht. Wer konnte wissen, wozu sie fähig war? Ich dachte darüber nach, einfach an ihr vorbeizugehen, blieb aber wie ein blödes Reh im Scheinwerferlicht unbewegt stehen. Sie legte mir eine Hand auf den Arm und fragte, was ich von ihr wolle. Was sagt man in so einem Moment? Ich zumindest sagte erst mal nichts. Sie kam noch näher. Ich roch ihren Atem. Kamille und Minze. Plötzlich drückte sie mir ein kleines Gewürzdöschen in die Hand. Ich fragte, was da drin sei. Sie antwortete nur, dass ich es eines Tages gut gebrauchen könnte.

Dann ging sie fort. Ich bin ihr nachgelaufen, aber sie war nirgends mehr zu sehen. Einfach verschwunden. Ich kam mir vor wie in einem Horrorfilm.

Den Weg zurück bin ich gerannt.

Wenn Sie jetzt wissen wollen, was in der Dose war, na ja, dazu kommen wir später. An diesem Abend machte ich sie noch nicht auf. Irgendwie hatte ich Angst vor dem, was dann passieren würde.

Von diesem Tag an hielt mich nichts mehr. Jetzt legte ich richtig los. Schließlich bin ich gelernter Journalist. Mit viel gutem Zureden – und dem ein oder anderen Geldschein – fand ich im Gewürzladen Folgendes heraus: Es existiert kein einziges Foto von Maria W. – obwohl jeder Mitarbeiter des Schuhbeck-Imperiums bei Einstellung geknipst wird. Es gibt auch keine Kontoverbindung. Maria W. erhielt ihr Honorar als Einzige – und auf ausdrücklichen Wunsch – per Barscheck am Monatsende. Die Kolleginnen und Kollegen mochten sie nicht, weil alle Kunden zu ihr wollten. Doch Schuhbeck – in diesem Fall sein Geschäftsführer Thomas Schrenzinger – hielt an ihr fest.

Doch es wurde alles noch mysteriöser: Es gab keinen Eintrag im Einwohnermeldeamt von München oder umliegenden Städten, keine Krankenversicherung, keine Rentenversicherung. Bei Google erbrachte ihr Name exakt null Treffer (und das ist an sich schon nahezu unmöglich). Anders ausgedrückt: Maria W. gibt es überhaupt nicht.

Weiterhin fand ich zwei aufschlussreiche Fakten: Neun Monate nach ihrem Arbeitsbeginn bei Schuhbeck stieg die Geburtenrate in München um elf Prozent an – und Alfons Schuhbecks eigenes Sexgewürz verstaubte im Regal.

Natürlich fuhr ich nach Bogenhausen. Denn schließlich war immer noch nicht klar, ob Maria W. und der gut gewürzte Tote in einem Zusammenhang standen oder ob ihr Verschwinden nach dem Mord purer Zufall war. Selbstverständlich wusste ich, dass da längst alles weggeräumt wäre, was mit dem Unglücksfall zu tun hatte. Und trotzdem.

Es war ein kleines Reihenhaus, sehr schlicht weiß verputzt, nichts Außergewöhnliches. Ich klingelte – keiner da. Also bin ich ums Haus rum, in den Garten. Die gläserne Verandatür stand offen (ich will mich hier ja nicht juristisch verstricken und plötzlich wegen Hausfriedensbruch angezeigt werden …). Sperrangelweit. Warum auch immer. Ich also rein, laut Hallo rufend, aber keiner antwortete. Zuerst bin ich die Treppe hoch. In der oberen Etage lag das Schlafzimmer. Alles sehr ordentlich, der graue Fußboden gesaugt, das Bett frisch bezogen. Über dem Kopfende hing ein großes Kreuz mit leidendem Jesus. Genau gegenüber eines von Maria, wie sie gen Himmel betet. Eine echte Lusthöhle also.

Das ganze Haus war mit katholischen, zum Teil sehr blutrünstigen Paraphernalien vollgestopft, so als hätte hier kein einfacher Küster, sondern ein Pfarrer von der Art gelebt, die sich selber züchtigte. Obwohl ich wusste, dass Harald Theodor Gluck tot war, hatte ich ein wenig Angst, dass er gleich hinter einem der blickdichten Vorhänge hervorspringen könnte.

Ich wollte schnell wieder raus.

Nur einen Blick in die Küche warf ich vorher noch. In den Gewürzschrank. Den hatte die Spurensicherung auch durchsucht und die Chilisorten alle mitgenommen. Doch der Zimt stand noch da. Ein Tütchen aus Schuhbecks Gewürzladen. Ich schaute auf die Gewichtsangabe: hundert Gramm. Exakt. Hier hatte jemand bei Maria W. eingekauft. Die Spur war heiß! Ich öffnete es und roch daran. Zimt, keine Frage. Aber irgendwie schärfer und fruchtiger als üblich. Noch ungewöhnlicher war ein kleines Zettelchen, das ganz tief im Gewürz steckte. Mit einem Puls von wahrscheinlich hundertachtzig las ich es mir durch. Folgendes stand darauf: *Geben Sie ihrem Mann jeden morgen einen Teelöffel in seinen Kaffee. Seien Sie unbedingt bei ihm, wenn er ihn trinkt! Nach rund einer Woche wird er Sie unbändig begehren.*

Also war es nicht Harald Theodor Gluck selbst gewesen, sondern seine Frau Bettina, die bei Maria W. eingekauft hatte. Wahrscheinlich auch die Chilipulver, die ihm einen erfreulichen Tod beschert hatten. Doch wieso? Sie hatte sich doch von ihm getrennt. Ich musste zu ihr.

Gerne würde ich schreiben, dass in diesem Moment Polizeisirenen ertönten und ich sportiv durch die Gärten flüchten musste. Aber genauso unbehelligt, wie ich reingekommen war, ging's auch wieder hinaus.

Die Adresse der Witwe bekam ich problemlos über die Auskunft – nur hatte ich keine Ahnung, wie ich die Frau zum Sprechen bringen sollte. Gäbe ich mich als Kriminalbeamter aus, würde sie bestimmt nichts sagen, und als Priester ging eher auch nicht. Ich beschloss, die Lage erst mal zu sondieren. Wie sich herausstellte, war Bettina Gluck aus Aubing fortgezogen und lebte jetzt in Langwied. Der Vermieter zerriss sich das Maul über sie, wie ich es noch nie erlebt habe. Seinen Beschreibungen zufolge musste sie ein wahres Satansweib sein. Ich also sofort ab nach Langwied.

Wie sich herausstellte, war Bettina Gluck die netteste Person, die man sich nur vorstellen kann. Und völlig am Ende mit den Nerven. Ich spürte sie abends im örtlichen Landgasthof auf – obwohl man an derlei Örtlichkeiten in Bayern normalerweise nie alleinstehende Damen findet. Sie saß vor einem längst schal gewordenen Hefeweizen. Ich setzte mich zu ihr und begann einfach zu erzählen, und zwar die Wahrheit. Über meinen Beruf, über Maria W., über das, was ich in ihrem ehemaligen Haus in Bogenhausen gefunden hatte. Sie sagte nichts, starrte nur auf ihr warm gewordenes Bier. Ich bestellte ihr ein neues und erzählte weiter, von mir ganz persönlich, meiner Ehe, meinen Kindern, was mir so durch den Kopf ging. Sie hörte zu, das spürte ich, und irgendwann muss ich wohl kein Fremder mehr für sie gewesen sein. Sondern ein Freund, dem man sich anvertrauen konnte. Und das wollte sie, das brauchte sie, sich endlich jemandem anvertrauen. Sie sprach leise, als alles aus ihr herausströmte, und sie sah mich währenddessen nicht einmal an.

Ich erfuhr, dass Bettina Gluck vor rund einem halben Jahr erstmals Kontakt mit Maria W. gehabt hatte, weil sie ihr Liebesleben mit Pülverchen beleben wollte. Doch ihr Mann wollte nichts davon zu sich nehmen – sie dagegen schon. Dank der Gewürze fühlte sie sich plötzlich wie befreit von allen Ketten, schäumte nur so über vor Lebenslust. Doch wohin damit? Bettina Gluck wollte immer häufiger mit ihrem unwilligen Mann ins Bett, Neues ausprobieren, Spaß haben. Er aber verfluchte sie wegen ihrer satanischen Lust. Harald Theodor Gluck muss so richtig alttestamentarisch gewesen sein. Man kann sich kaum vorstellen, dass es so was heutzutage noch gibt. In Bogenhausen anscheinend schon.

Ihr Mann verbot Bettina Gluck schließlich die Gewürzmischungen und verbrannte sie demonstrativ im Mülleimer. Sie kaufte sich neue, versteckte sie gut, doch er fand sie und verbuddelte sie irgendwo im Garten. Sie besorgte sich wieder neue und deponierte sie bei einer guten Freundin. Irgendwann ging es einfach nicht mehr, und Bettina Gluck trennte sich von ihrem Mann. Nein, das trifft es nicht ganz: Sie haute einfach ab. Nach Aubing, wo sie sich ein möbliertes Zimmer nahm. Ihr Mann spürte sie auf, schickte ihr Pralinen und Blumen, schrieb lange Briefe, umwarb sie wie zu ihren besten Zeiten. Irgendwann gab Bettina Gluck nach und kehrte zu ihm zurück. Und was tat er? Sperrte sie ins Schlafzimmer wie einen Junkie zum Entzug. Und schlug sie, weil er ihr den Teufel austreiben wollte. Besprühte sie sogar mit Weihwasser. Exorzismus für Anfänger. Erst als sie so tat, als sei alles wieder in Ordnung, ließ er sie aus dem Zimmer.

Sie fuhr sofort zu Schuhbecks Gewürzladen, sprach lange mit Maria W., klagte ihr Leid und erhielt dafür die Chilipulver sowie einen langen Vortrag darüber, wie sie anzuwenden waren. Er sollte sterben, aber vorher begreifen, wie unrecht er ihr getan hatte. Bettina Gluck hielt sich haargenau an die Anweisungen, bestrich ihren Mann, als er schlief, mit den Gewürzen und verschaffte ihm so den wohl schönsten Moment seines Lebens. Erst mit seinem letzten Atemzug wurde ihm klar, wie unrecht er sein ganzes Leben gehabt und was er seiner Frau angetan hatte.

Jetzt, wo er tot war, fühlte sie sich schrecklich schuldig. Sie hatte doch nur ein bisschen mehr vom Leben gewollt, ein bisschen Glück und, ja, ein bisschen Lust!

Plötzlich wusste ich, was Maria W. gemeint hatte, als sie mir damals in der dunklen Gasse das Gewürzdöschen in die Hand gedrückt und gesagt hatte, ich könne es eines Tages gut gebrauchen. Seitdem trug ich es immer mit herum – und nun gab ich es Bettina Gluck. Eine Kurpackung für die Nerven, sagte ich zu ihr. Sie nahm es zögernd an. Ob es Koriander gegen Kummer oder Safran gegen Schuldgefühle war, ich weiß es nicht. Doch als ich Bettina Gluck vierzehn Tage später noch einmal anrief, um zu fragen, wie es ihr ging, klang sie wieder wie ein Mensch, der Freude am Leben hat. Mittlerweile hat sie Deutschland verlassen, deswegen kann ich all dies auch niederschreiben. Ihr macht es nichts aus, sie hat jetzt ihr Glück gefunden. Manchmal gibt es anscheinend doch Gerechtigkeit in dieser Welt.

Das alles ist jetzt Monate her, doch vor Kurzem kochte die Geschichte wieder hoch. Ich habe mich mal wieder in einem Antiquariat herumgetrieben. Einem kleinen, verhutzelten Laden in der Kölner Südstadt. Dort fand ich ein Bild im »Malleus Maleficarum«, bei dem mir das Herz stehen blieb. Das Buch ist auch als »Hexenhammer« bekannt und wurde vermutlich Ende des 15. Jahrhunderts von dem Dominikaner Heinrich Kramer verfasst. Eine der abgebildeten Hexen – das Motiv zeigt, wie sie gerade auf einem Scheiterhaufen verbrannt werden soll – sah aus wie Maria W. Nun sind die Kupferstiche des Buches weit davon entfernt, fotorealistisch zu sein, und ich mag mir da auch was einbilden, aber die Ähnlichkeit hat mich wirklich geschockt. Das Bild ist in schlechter Qualität auch im Internet unter http://www.kirchenopfer.de/images/hexenwahn.gif zu finden.

War – beziehungsweise ist – Maria W. also eine leibhaftige Hexe? Vielleicht sogar eine, die seit Jahrhunderten lebt? Das klingt völlig unmöglich, besonders für mich als sehr rational denkenden Menschen. Aber vielleicht fasziniert mich die Geschichte dieser Frau gerade deswegen so. Deshalb möchte ich Sie bitten: Falls Sie selbst irgendwann mit Maria W. zu tun hatten oder sogar wissen sollten, wo sie sich seit ihrem Verschwinden aufgehalten hat oder aufhält, informieren Sie bitte den Verlag (info@emons-verlag.de). Man wird alle Schreiben umgehend an mich weiterleiten.

Weintipp

»Der Fall Maria W.« hat sich in München zugetragen, das sich gern als nördlichste Stadt Italiens bezeichnet. Trotzdem sollte man keinen Wein vom Stiefel zu dieser Geschichte trinken, sondern einen aus dem Libanon. Vom Weingut Chateau Musar.

Warum? Weil er so unwahrscheinlich würzig ist. Rund fünfundzwanzig Kilometer nördlich von Beirut liegt das Weingut, sein roter Spitzenwein ist ein Cuvée aus den Rebsorten Cabernet Sauvignon, Cinsaut, Carignan und Syrah. Die Rebstöcke stehen auf über tausend Metern Höhe im Bekaa Tal. Zwar wird der Wein oft mit Bordeaux-Tropfen verglichen, doch eigentlich passt das nicht. Das Aroma dieses ungefiltert und ungeschönt abgefüllten Weines ist völlig einzigartig – wobei die Jahrgänge hier sehr unterschiedlich ausfallen können. In besonders guten weist der Chateau Musar eine balsamische Würze auf, die an orientalische Basare denken lassen. Vielleicht geht da auch ein wenig die Phantasie mit mir durch – aber wenn es so ist, dann lasse ich es sehr gerne geschehen.

Nur noch einen

Nur noch einen! Wilhelm Kremer griff den Schaltknüppel seines alten VW Käfers mit fester Hand und schaltete entschlossen einen Gang höher. Eine letzte Tat noch, dann gäbe es keinen dieser Tintenkleckser mehr. Dann würde seine Eifel endlich befreit sein von diesem Geschwür. Keine Fragen mehr nach irren Serienkillern, nach der so wortkargen Bevölkerung, nach dem realen Hintergrund fiktiver Müll-, Kirchen- oder Kunstskandale. Endlich wäre die Eifel kein Hort des Verbrechens, keine Landschaft des steten Grauens mehr. Endlich wäre die Eifel wieder Eifel, Land der Vulkane, Heimat der Maare und vor allem: ausgestattet mit einem einmaligen Museum für Fossilien aus dem rheinischen Mitteldevon inklusive großer Trilobiten-Abteilung.

Wilhelm Kremer wertete die über den Eifelhöhen strahlende Sonne als göttliche Zustimmung zu seiner heutigen Mordsfahrt. Er setzte den Blinker aus dem Kreisverkehr Richtung Wiesbaum so heftig, als könnte er damit eine Kugel auslösen, die das nächste Opfer schon vor seinem Eintreffen ins Jenseits befördern würde.

Sein nächstes Opfer. Der Ursprung allen Übels. Dieser Schriftsteller war es gewesen, der den Eifelkrimi überhaupt erst erfunden hatte, der die Lawine der raubenden, mordenden und vergewaltigenden Epigonen ausgelöst hatte. Mit ihm hatte es angefangen, mit ihm würde es enden.

Verachtet hatte er diese Schundliteratur immer schon, doch erst vor einigen Wochen hatte das Ärgernis der Eifelkrimis ein Ausmaß angenommen, welches unmissverständlich eine Lösung gefordert hatte.

Wilhelm Kremer hatte Jahre auf sein Fossilien-Museum hingearbeitet. Hatte Spenden gesammelt, mit Engelszungen auf Politiker eingeredet, auf Schützenfesten und Pfarrkollekten Geld eingetrieben. Denn es war schon lange bekannt, dass das Heimweberei-Museum in Schalkenmehren geschlossen werden sollte. Das in der Alten Schule untergebrachte und in nur sieben

Monaten des Jahres am Wochenende geöffnete Museum rentierte sich einfach nicht. Doch das würde sich mit seiner exemplarischen Fossilien-Sammlung ändern! Noch stand der Großteil seines Lebenswerks in den Glasvitrinen der Katholischen Grundschule St. Helena, wo er einst als stellvertretender Direktor wirkte. Aber das war kein ständiger Ort für eine Sammlung dieses Ranges. Selbst die klügsten Viertklässler wussten all die Körperfossilien, Steinkerne und Spurenfossilien nicht wirklich zu würdigen.

Mit dem neuen Museum würden Paläontologen aus der ganzen Bundesrepublik, ach was, aus ganz Europa hierher in die Eifel nach Schalkenmehren pilgern!

Wenn er den letzten Eifelkrimi-Autor ausgelöscht hatte.

Und damit auch die törichte Idee eines Eifelkrimi-Museums im Heimweberei-Museum. Keine Eifelkrimi-Autoren, kein Eifelkrimi-Museum. Der Dauner Stadtrat würde seinen Beschluss revidieren müssen. Die Eifel würde aufatmen.

Jetzt links halten Richtung Berndorf, dachte Wilhelm Kremer und rückte seinen Pepitahut ordentlich zurecht.

Nur noch wenige Minuten. Er würde vorgehen wie bei allen zuvor. Noch einmal würde er in die Rolle des Alträuchers schlüpfen, der an der Tür nach Gebrauchtem fragte, dass er ankaufen konnte. Natürlich ging heute niemand mehr diesem Gewerbe nach. Aber dass es so etwas einmal gegeben hatte, das wussten die Herren und Damen Autoren. Und ließen ihn in den Keller oder auf den Speicher. Wo er dann zuschlug. Denn Wilhelm Kremer mordete nicht mit Schusswaffe, Klinge oder Strick, er erschlug die Täter mit ihrer eigenen Schande. Ihren Büchern.

Das war bei den Autoren mit Taschenbüchern selbstverständlich schwierig. Da musste er ein Stahlrohr zwischen die Seiten legen.

Das hatte er in seinem Schuppen gefunden. Es war übrig geblieben vom Bau der Teppichstange im Garten. Wie gut, dass er nie etwas wegwarf. Und es war noch besser, dass er Paläontologe und seine Opfer nur Krimiautoren waren. Vor allem deshalb waren die Morde solch ein Kinderspiel. Diese Krimiautoren waren ja so untrainiert! Das kam vom ewigen Sitzen. Ein Paläontologe, selbst in seinem Alter, war fit, strotzte vor Leben. Schließlich war er ständig an der Luft, legte Fossilien frei, arbeitete körperlich, so wie es sich gehörte. Nach dieser letzten Tat würde seine ganze Energie allerdings dem Museum gehören. Inklusive der großen Trilobiten-Abteilung.

Jetzt musste er weiter auf die Hillesheimer Straße, also einfach geradeaus. Ein Hochgefühl stieg – so nah am Ziel – in Wilhelm Kremer empor, als habe er eine ganze Flasche Henkell Trocken geleert. Endlich würden all diese enervierenden Fragen und Anspielungen aufhören. Selbst im letzten Frühjahr auf dem Deutschen Paläontologen-Kongress in Bad Ems war es dazu gekommen. Der Vorsitzende hatte ihn doch glatt als »Kollegen aus der blutigsten Region Deutschlands« angekündigt – vor versammelter Mannschaft! Auch am Abend, gesellig an der Bar, hatten die Kollegen mehr nach witzigen Eifel-Morden gefragt statt nach seinen neuesten Funden. Schluss damit! Ein für allemal.

Zu was war diese Welt nur geworden, wenn Leichen die Menschen mehr interessieren als Fossilien? Und nicht nur Menschen, auch Politiker! Wussten die, wo er welche atemberaubenden Leitfossilien gefunden hatte? Nein, aber sie wussten mit Sicherheit, wer in welchem Buch im Moor versunken oder in Monschau ersoffen war. Es gab kaum mehr einen Platz in seiner geliebten Eifel, der nicht von Blut besudelt worden war!

Doch ab heute würde niemand mehr Eifelkrimis schreiben, es würde kein Eifelkrimi-Museum geben und die dummen Sprüchemacher würden ebenfalls verstummen. Die Eifel würde endlich befreit sein von diesem Eifelkrimi-Autorengesocks und ihrer Schundliteratur.

Das Örtchen Berndorf tauchte vor ihm auf, die letzte Station des fossilen Kreuzzuges.

Wilhelm Kremer bog mit einem Lächeln in die Straße, die zum Haus desjenigen führte, der die Büchse der Pandora geöffnet hatte. Der Paläontologe wunderte sich nicht darüber, dass hier kein anderer Wagen fuhr. Dies war schließlich die Eifel, und Berndorf ein Nest.

Er wunderte sich allerdings sehr, als er nahe dem Haus des Schriftstellers parkte und ihn vier vermummte Polizisten mit Maschinengewehren aus seinem VW Käfer komplimentierten. Und er wunderte sich noch mehr, als sie mit einem Griff seine Eisenstange fanden, an der Blutspritzer von etlichen Autorenköpfen hafteten.

Er hatte nicht darüber nachgedacht, dass es für die Polizei ein Leichtes sein würde, sein letztes Opfer auszumachen. Den einzigen verbliebenen Eifelkrimi-Autor.

Sie hatten nur auf ihn warten müssen.

Wilhelm Kremer saß stumm im vergitterten Teil des Einsatzwagens und hielt sich an dem wärmenden Gedanken fest, dass er dank seiner Morde den Ausstoß an Eifelkrimi-Literatur maßgeblich eingedämmt und vermutlich ein unsinniges Museum über diesen literarischen Irrweg verhindert hatte.

»Mannomann«, hörte er den Polizisten auf dem Fahrersitz plötzlich ausrufen. »Ich sag dir was, Franz: Über die Sache hier schreib ich ein Buch.«

»Da musst du aber fix sein«, erwiderte sein Kollege lachend. »Ich glaub nämlich, unser Einsatzleiter sitzt schon dran.«

»Tja, aber ich bin bei allem schneller als er. Meins ist bis zur Eröffnung des Eifelkrimi-Museums fertig. Denn das Ding, und darauf verwette ich meinen Arsch, wird nach der Geschichte hier definitiv erfolgreicher als Disneyland.«

Weintipp

Wilhelm Kremer ist kein passionierter Weintrinker. Trilobiten und Alkohol vertragen sich einfach schlecht. In Gedanken leert er in der Geschichte »Nur noch einen« allerdings eine Flasche Henkell Trocken. Also sollten auch Sie zu etwas Schäumendem greifen. Ein paar Klassen besser darf es aber schon sein.

Deutschlands Nummer eins in Sachen Sekt ist unbestritten Raumland. Klingt wie ein Möbelhaus, ist aber ein Weingut. Und was für eines! Raumlands »Triumvirat« ist wahrscheinlich der einzige Sekt, der Champagnern Paroli bieten kann – und das zu einem deutlich günstigeren Preis. Er duftet nach Biskuit, Vanille und Crème brulée. Volker Raumlands Gut liegt im rheinhessischen Flörsheim-Dalsheim, wo er nicht nur eigene Tropfen versektet, sondern auch die etlicher anderer deutscher Spitzenwinzer.

Wenn Wilhelm Kremer solchen Sekt getrunken hätte, wäre er sicher nicht auf mörderische Gedanken gekommen, sondern hätte lieber seinen Trilobiten zugeprostet.

HAUPTGANG

Wenn man nur einen Gang im Restaurant isst, dann diesen. Denn er ist zum Sattwerden. Meist besteht er aus einem großen Stück Fleisch, Gemüse und einer Sättigungsbeilage (für mich übrigens das unappetitlichste Wort der ganzen Küchensprache).

Der Hauptgang in der Literatur ist der Roman. Nach manchem Siebenhundertseitenwälzer kann man allerdings nicht mehr »Böck« sagen. Da ist der Leseappetit komplett und auf Wochen hinaus gestillt. Ich habe es lieber, wenn man nach der Lektüre immer noch Lust auf ein Dessert hat.

In diesem Kapitel gibt es nun zwar keine Romane, doch die folgenden Geschichten fühlen sich für mich an, als hätten auch Romane daraus werden können. Manchmal ist eine pointierte Kurzgeschichte jedoch der bessere Platz für einen Mord.

Über Gustave Kreydenbach zum Beispiel, die Hauptfigur in »Das Sükrüt seiner Mutter«, habe ich im Vorfeld so viel nachgedacht, dass ich noch etliches über ihn hätte erzählen können. Bei »Die Bärlauchsammler« erfährt man viel über zwei Menschen, Hans und Waltraud, über ihr Leben, ihre gemeinsame Geschichte. Beim Schreiben fühlte ich mich ihnen sehr nahe. Viel näher als beispielsweise den Übeltätern in der Geschichte »Der Bomber«. Doch auch von seinen Bösewichten muss man fasziniert sein und ihre Beweggründe verstehen, sonst kann man nicht über sie schreiben. Manchmal, wie in »Schuld war nur der Dornfelder« oder »... denn sie wissen immer noch nicht, was sie tun«, habe ich meine Verbrecher sogar richtig ins Herz geschlossen – und würde ohne Zögern einen Hauptgang mit ihnen essen.

Schuld war nur der Dornfelder

Es war ein dummes Versehen gewesen.

Hier in Gimmeldingen, einem malerischen Ortsteil von Neustadt an der Weinstraße, gab es drei Weingüter mit Namen Gipfeldelt: das Klostergut Gipfeldelt, das Weingut Gipfeldelt-Grün-Bös und schließlich das Weingut Günther Gipfeldelt. In Ersteres wollte Fridolin Bisines, seines Zeichens vielbeschäftigter Weinkritiker, in Letzterem war er nun gelandet – ohne es zu wissen. Als die dicke Katze ihn böse aus dem Küchenfenster anschaute, hätte er noch kehrtmachen können. Stattdessen klingelte er, und bald darauf öffnete eine Frau mit Kittelschürze und rosa Gummihandschuhen die Tür. Sie sah, dachte Fridolin Bisines, genau aus wie die Katze. Inklusive Schnurrbart. Und hätte die dicke Katze nicht immer noch finster dreinschauend auf der Fensterbank gelegen, Fridolin Bisines hätte vermutet, dass sich das Tier nur kurz etwas übergeworfen hatte und zur Tür gekommen war.

»Wir haben Mittag«, sagte die Frau. »Was wollen Sie?«

»Bisines mein Name, Fridolin Bisines, vom Weinmagazin ›Vitis Vinifera‹, ich bin angemeldet.«

»Angemeldet, das wüsst ich aber!«, entgegnete die Frau, strich sich über ihren Schnurrbart und wandte sich Richtung Stube. »Ich hol mal meinen Mann.«

Etwas verunsichert justierte Fridolin den Sitz seiner rot gepunkteten Fliege nach und schaute sich im Innenhof um, der von allen Seiten umschlossen war. Ein veralteter Kunststofftank stand unter dem leicht vorstehenden Dach, zu einem Gutteil in der Sonne, direkt daneben eine Palette leerer Flaschen mit Staub und Dreck darauf. Über dem großen Tor hing ein Pfälzer Weinköniginnenplakat mitsamt einem Bild der Ausgezeichneten. Das Jahr war 1964, das Foto vergilbt. Die abgebildete Frau mit Krönchen lächelte freundlich, auch wenn ihre Haut nunmehr gelb und ihre Haare blau waren. Erst nach längerem Hinsehen erkannte Fridolin, dass es sich um ein frühes Foto des dicken Katzenweibes handeln musste.

Die Zeit war grausam zu ihr gewesen.

Plötzlich wurde die Tür der Stube geöffnet, und ein Mann mit Gummistiefeln und Blaumann trat heraus. »Sind Sie der, der wo da hier angemeldet sein will?«

»Bisines, wir hatten telefoniert. Vom Weinmagazin ›Vitis Vinifera‹. Ich bin wegen Ihres Rieslings da, Herr Gipfeldelt.«

»Da müsste noch eine Flasche von auf sein. Herthaaaaaaa, hol einmal die Spätlese von letzter Woche. Und Sie«, wandte er sich wieder an Fridolin »rein in die Stube, aber nix dreckig machen! Meine Frau hat gerade geputzt.«

Fridolin reichte ihm im Vorbeigehen seine Visitenkarte – die Gipfeldelt, ohne sie anzusehen, an seine Frau weitergab – und setzte sich an den klapprigen Küchentisch. Hinter seinem Rücken las sich Frau Gipfeldelt die Visitenkarte durch, zog dann rasch ihre Kittelschürze aus, strich Bluse und Rock glatt und formte mit weit aufgerissenem Mund die an ihren Mann gerichteten Worte »Wein-kri-ti-ker, Lot-to-ge-winn«.

Dann begann die Show.

Frau Gipfeldelt sprang von nun an wie eine Cancan-Tänzerin um den Tisch, einen Wein nach dem anderen bringend und bei allen möglichen und unmöglichen Gelegenheiten herzhaft lachend.

»Das ist unser Riesling! Ein richtig kräftiger, nicht so ein dünnes Moseltröpfchen«, rief sie fröhlich. »Der macht alte Knaben munter, glauben Sie mir! Nicht wahr, Günther? Können Sie ruhig schreiben. Der bringt Tinte auf den Füller.« Sie lachte lauthals und errötete nur leicht.

Fridolin nahm einen Schluck. »*Das* ist Ihr bester Riesling?«, fragte er ungläubig und spuckte den Wein in den bereitstehenden Krug.

»Das hat ein Kenner wie Sie sicher direkt gemerkt!«, flötete Frau Gipfeldelt.

»Aus dem *neuen* Jahrgang?«, fragte Fridolin, dem immer noch ein pelzigfauliger Geschmack auf der Zunge lag, den er hoffentlich mit einem ordentlichen doppelten Branntweingurgler wegbekommen würde.

»Der neue Jahrgang liegt noch im Fass, das ist der vom vor-

vorletzten Jahr, der ist jetzt im Verkauf. Da kann man mal sehen, wie gut unser Wein reifen kann. Er schmeckt noch genau so, wie als er jung war. Ich kann Ihnen auch gerne einen richtig lang gereiften anbieten, bei dem noch ›Rheinpfalz‹ auf dem Etikett steht.«

»Das ist hier doch das Klostergut Gipfeldelt, oder?«, fragte Fridolin und nahm die Flasche genauer in Augenschein. »Wieso steht denn Günther Gipfeldelt auf dem Etikett?«

»Weil ich so heiße, wenn Sie erlauben«, sagte Günther Gipfeldelt. »Das Klostergut ist gegenüber.«

»Dann liegt hier ein Missverständnis vor. Ich darf mich entschuldigen.«

Doch er durfte nicht.

Fridolin Bisines wurde von Frau Gipfeldelt sanft auf den Stuhl zurückgedrückt. Dann servierte sie einen Wein nach dem anderen. Angefangen bei Portugieser Rosé über Bacchus, Albalonga, Ortega und Kanzler bis hin zur Huxelrebe wurden Fridolin Bisines alle zweiundvierzig Weine der Karte aufgetischt.

Meine Güte, dachte er bei sich, sie kelterten in der Pfalz doch so hervorragende Weine. Für viele Genießer waren die Weinberge von der französischen Grenze in Schweigen bis hoch nach Bockenheim gar das gelobte Land des vergorenen Traubensaftes.

Doch in diesem Weingut wurde Unzucht mit Trauben getrieben! Das grenzte an Vergewaltigung von Rebstöcken. Wein war ein Geschenk Gottes, doch Günther und Hertha Gipfeldelt waren offensichtlich aus der Kirche ausgetreten.

Nur weil Fridolin Bisines viel Wasser zwischen den Proben getrunken und den Brotkorb dreimal leer gefuttert hatte, war es ihm gelungen, seinen Ekel zu überwinden und alle Weine in den Mund zu nehmen. Am schlimmsten war der Dornfelder gewesen, bei dem ihm der kalte Schweiß auf die Stirn getreten war.

Als er den letzten Wein – eine oxidierte Beerenauslese aus faulem, aber leider nicht edelfaulem Traubengut – hinter sich hatte, stand er auf und tippte mit dem Zeigefinger demonstrativ auf seine Uhr. »Vielen Dank für die ausführliche Probe, aber ich muss jetzt wirklich gehen, der nächste Termin ruft.«

»Aber Sie haben unseren Sekt ja noch gar nicht probiert!«, sagte Frau Gipfeldelt fröhlich. »Der steht nicht auf der Karte, den gibt es nur für besondere Kunden. Ich hol Ihnen schnell eine Flasche aus dem Keller, schön kühl.«

Was zu viel war, war zu viel. Fridolin Bisines entschied in diesem Moment, dass er eine Sorgfaltspflicht gegenüber seinen Geschmacksnerven hatte. »Nein«, sagte er deshalb.

»Wie, nein?«, fragte Frau Gipfeldelt.

»Einfach nein. Keinen Wein mehr. Ich gehe.«

»Aber Sie haben Ihnen doch alle geschmeckt. Das haben sie doch gesagt!« In Frau Gipfeldelts Augen lag ehrliche Überraschung. Der Journalist hatte doch die Augen so verdreht beim Weinverkosten und immer ganz schnell den nächsten Wein verlangt.

»Ihre Weine sind grauenhaft, jeder einzelne davon. Ich wollte das nicht sagen, aber Sie lassen mir ja keine Wahl. Sie können froh sein, wenn ich nie ein Wort darüber schreibe.«

»Ich konnte ihn von Anfang an nicht leiden«, sagte Herr Gipfeldelt. Die ersten Worte von ihm seit zwei Stunden. »So ein Tintenkleckser hat doch keine Ahnung von Wein.«

»*Wein!*«, rief Fridolin Bisines. »Das nennen Sie *Wein*? Eine solche Reihe mit sämtlichen Weinfehlern Wein zu nennen ist wahrlich zu viel des Lobs. Plörre ist es, nichts anderes.«

»*Raus!*«, schrie Herr Gipfeldelt.

»Gerne«, sagte Fridolin Bisines.

»Halt!«, schritt Frau Gipfeldelt ein. »Wir haben doch noch eine Überraschung.«

»Ich mag Überraschungen überhaupt nicht und gehe jetzt endlich. Sie können mich hier nicht gegen meinen Willen festhalten.«

Herr Gipfeldelt baute sich vor Fridolin Bisines auf. »Wenn meine Frau sagt, dass sie noch eine Überraschung hat, dann *gibt* es noch eine Überraschung!«

Bisines setzte sich. Das hier war fraglos das Weingut der Hölle.

Die Herrin des Hauses brachte ein kleines Einmachgläschen.

»Unser Weingelee vom Dornfelder – Sie werden den Wein direkt wiedererkennen!«

Fridolin Bisines aß schicksalsergeben etwas von dem süßen, gallertartigen Etwas, das seine Herkunft aus dem Hause Gipfeldelt nicht verhehlen konnte. Es schmeckte nicht nach Trauben. Es schmeckte nach Hausmacherleberwurst.

»Darf ich jetzt gehen?«, fragte er hoffnungsvoll.

»Hat Ihnen das Gelee denn geschmeckt?«

»Bitte zwingen Sie mich nicht, die Wahrheit zu sagen, sonst tut Ihr Mann mir noch was an.«

»Ach wo! Der ist ganz harmlos. Aber ich lasse Sie nicht weg, ehe ich etwas gefunden habe, was Ihnen schmeckt. Deshalb gibt es jetzt auch einen Schluck unseres Tresters – auch von unserem guten Dornfelder. Im Eichenholzfass gelagert!«

Fridolin Bisines kippte den Schluck des Fünfzigprozentigen schnell runter und hatte danach das Gefühl, Frau Gipfeldelt hielte einen Flammenwerfer auf seinen Mund und verbrenne ihm alles bis runter zum Enddarm.

»Der ist gesund«, sagte Frau Gipfeldelt. »Tötet alle Bakterien ab.«

Und dazu die roten und weißen Blutkörperchen, dachte Fridolin Bisines, dem die Augen nun leicht aus dem Kopf hervortraten.

»Der *muss* Ihnen aber jetzt gefallen!«

»Lassen Sie mich endlich gehen! Das kommt einer versuchten Vergiftung gleich!«

Plötzlich wurde sein Haar feucht.

Und es roch nach Kernseife.

»Unser Weinshampoo«, flötete Frau Gipfeldelt und massierte es in die journalistische Kopfhaut. »Mit Auszügen aus unserem Dornfelder. Stärkt den Haarwuchs. Merken Sie es schon?«

Fridolin Bisines stand auf und schlug Frau Gipfeldelt das Shampoo aus der Hand. Auf seinem Kopf befand sich nun ein ordentliches Häubchen Schaum, und er sah aus wie mit Sprühsahne bedeckt. »Wo kann ich das sofort rauswaschen?«

»Den Gang runter rechts. Aber lassen Sie es lieber noch etwas einwirken, es wirkt Wunder.«

»Wunder? Wahrscheinlich frisst sich das Zeug gerade durch die Kopfhaut und greift mein Hirn an!«

»Da gibt es noch was anzugreifen?«, grunzte Herr Gipfeldelt verächtlich.

Als Fridolin Bisines zurückkam, verlieh ihm sein ehemals stolz onduliertes Haar nun das Aussehen eines Pudels, der in einen sintflutartigen Wolkenbruch geraten war. Er würde jetzt nach Hause fahren und die vernichtendste Kritik verfassen, die es jemals im Weinjournalismus gegeben hatte. Weltweit!

Da öffnete sich die Hoftür.

Und herein trat die Tochter des Hauses, in Jeans und engem Top, ein Träger war ihr neckisch über die Schulter gerutscht. Mutter Gipfeldelt zwinkerte ihr bedeutungsvoll zu.

»Sie müssen der berühmte Journalist sein«, brachte sie stockend hervor. »Ich hätte nie gedacht, dass ein so kluger Mann so ... attraktiv sein kann. Soll ich Ihnen das Flaschenlager zeigen? Da ist es auch viel gemütlicher für uns zwei.« Die Worte gingen ihr merklich schwer über die Lippen. Ihr Vater wandte sich kopfschüttelnd ab, während Fridolin Bisines einen neuen Höchststand der Verdutzung erreichte.

Die Tochter des Hauses schüttelte nun ihre Haare und sah dabei genau aus wie eine Mischung aus Mutter und Vater.

Fridolin Bisines bekam es mit der Angst zu tun.

»Nein, nein«, stotterte er. »Ich will kein Flaschenlager sehen, ich will nie mehr ein Flaschenlager sehen. Und Weinjournalist will ich auch nicht mehr sein. So etwas darf mir nie, nie wieder passieren!«

Plötzlich schmiegte sich Frau Gipfeldelt an ihn. »Wenn Sie wollen, kann *ich* Ihnen das Flaschenlager zeigen ...«

Fridolin Bisines schrie, denn neben seinen Geschmacksknospen, seinem Geruchssinn und seiner wie irre juckenden Kopfhaut schmerzte ihm nun auch das Hirn, das verzweifelt versuchte, sich nicht vorzustellen, was Frau Gipfeldelt im gemütlichen Flaschenlager mit ihm machen würde.

Er schrie so lange, bis ihn eine Flasche auf den Kopf traf. Vom Riesling, der alte Knaben munter machte.

Danach spürte der Weinjournalist nichts mehr. Denn er war tot.

Sein Leiden war beendet.

»Ich dachte, du wolltest ihn nicht umbringen!«, sagte Herr Gipfeldelt.

»Wenn einer unsere Weine nicht mag«, erwiderte seine Frau, »kann ich damit leben. Es kann ja nicht jeder Ahnung von Wein haben. Aber eine ehemalige Pfälzer Weinkönigin verschmäht man nicht!«

Da musste Herr Gipfeldelt seiner Frau recht geben, und er nahm sich die Schaufel, um Fridolin Bisines im Deidesheimer Herrgottsacker zu vergraben.

Dort, wo der gute Dornfelder stand.

Weintipp

Zu »Schuld war nur der Dornfelder« passt natürlich nur ein Dornfelder. Da müssen Sie durch! Gott sei Dank gibt es viel bessere Exemplare als die des fiktiven Weingutes Günther Gipfeldelt.

Ursprünglich war der aus Helfensteiner und Heroldrebe gekreuzte Dornfelder in Deutschland als Deckrotwein eingesetzt worden, um blassen Tropfen etwas Farbe zu verleihen. Irgendwann entdeckten die Winzer jedoch, dass mehr möglich war, und bauten ihn sortenrein aus. Leider sind die meisten Dornfelder nur der Farbe nach Rotweine – doch wer sich richtig Mühe mit der Rebsorte gibt und den Ertrag begrenzt, kann Tolles keltern. Meine Lieblings-Dornfelder stammen alljährlich von den Weingütern Deutzerhof (Ahr), Knipser (Pfalz) und Karl Haidle (Württemberg).

Glüh, glüh Wein

Im Nachhinein hätte wohl keine von uns Landfrauen gedacht, dass einfache Glühweintassen zu solch einem Drama führen könnten. Aber man lernt ja immer dazu, wie Pfarrer Tilmann so schön sagt. Als wir unseren Stand auf dem Tellschweiger Weihnachtsmarkt aufbauten, waren wir allerdings noch dumme Gänslein. Es war wirklich ein schöner Markt, das muss man sagen, da hat sich die Ortsgemeinschaft richtig Mühe gegeben. Sogar aus Dölste kamen sie zu uns! Obwohl sie da doch immer so mit ihrem eigenen Christkindlmarkt angeben – dabei reiht sich bei denen eine Würstchenbude an die nächste. Ist überhaupt nicht richtig schön weihnachtlich. Und eigene Glühweintassen macht bei denen auch keiner. Bei uns dagegen schon – und damit fing ja alles an.

Judith hatte in der Volkshochschule einen Töpferkurs belegt, mit allem Pipapo. So kam ich auf die gute Idee mit den Tassen. Na ja, ich dachte zumindest, dass es eine gute sei.

Donnerstagmorgen begannen wir mit dem Aufbau. Unser Stand war nahe der Kirche, und ich hatte uns extra den Schlüssel besorgt, wegen der Toiletten. Es war einer von diesen lauen Wintertagen, die sich mehr wie Altweibersommer anfühlen. Wir mussten nicht mal Handschuhe anziehen, um die sicher hundert Tassen und den Glühweinkessel aufzubauen. Einen kleineren Topf hatten wir für Weihnachtspunsch ohne Alkohol. Und obwohl es noch zwei andere Glühweinstände gab, von Auswärtigen, lief unserer am Besten. Allerdings schmeckte unser Glühwein auch besonders lecker. Pfarrer Tilmann hatte darauf bestanden, dass wir ihn selber aufsetzen. Der ist ja so für die schönen Sachen im Leben, immer tipptopp gekleidet und auch ein echter Feinschmecker. Klassisch mit Zimt, Gewürznelken, Zitronenschale und Sternanis wollte er den Glühwein, mit diesen Fertigmischungen aus dem Supermarkt würden wir uns quasi am Wein versündigen. Dieses ganze künstliche Zeug würde mäuseln. Keine Ahnung, was er damit meinte, aber er verzog das Gesicht dabei. Na ja, wir haben es dann genauso gemacht. Des Pfarrers Wille ist sein Himmelreich.

Dass irgendetwas nicht stimmte, merkten wir erstmals, als die Frau von der Konkurrenz sagte, sie fände es sehr mutig, was wir machen. »Wir drücken euch alle die Daumen! Nur damit ihr das wisst.«

Wir schauten uns nur verdutzt an. Irene ist dann rüber, die kann ja sehr bestimmt sein. Manche meinen, sie sei ein alter Drachen, aber sie hat eben ihre Meinung. Eine starke Persönlichkeit. Aber die Frau vom Glühweinstand meinte, sie hätte schon viel zu viel gesagt, wir sollten uns keine Sorgen machen, Tellschweig sei ja ein kleiner Ort. Es würde schon alles gut gehen.

»Blödes Geschwätz«, meinte Irene danach zu uns. »Die hat doch einen Riss in der Schüssel.«

Judith hat ganz verschämt weggeguckt, die mag das ja nicht so, wenn Ingrid direkt wird. Eine zarte Künstlerseele ist sie, das junge Ding. Aber eine ausgezeichnete Töpferin! Und sehr kreativ. Hat sich ganz viele Sprüchlein ausgedacht für unsere Tassen. »Gott scheint, der Wein glüht«, »Gott im Herzen, Glühwein in der Tasse« und »Gott schuf die Trauben, der Mensch den Glühwein«. Wobei Judith sich nicht sicher war, ob das wirklich fromm sei. Der Spruch ging aber am Besten weg.

Am nächsten Morgen dann der Riesenschreck: Unser Stand war total verwüstet! Die beiden Biertische umgeworfen, die schöne Banderole runtergerissen. Es hatte kein Unwetter oder so gegeben, denn die Stände von allen anderen waren noch tipptopp in Ordnung.

»Bestimmt diese verzogenen Lümmel von Messdienern. Nur Blödsinn im Kopf haben die!«, schimpfte Irene.

»Vielleicht haben wir sie auch selbst beim Abbauen umgeworfen. So was passiert ja schnell.« Judith war bereits dabei, alles aufzuräumen.

»Sag mal, Schätzchen, haben Sie dir ins Hirn ge…«

»*Irene!*« Ich konnte gerade noch dazwischengehen. Wir haben dann auch nicht mehr drüber gesprochen.

Der Verkauf lief an dem Tag aber gut. Am Abend kam sogar

jemand von der »Tellschweiger Wochenpost« und hat ein Foto von uns und den Tassen gemacht.

Das muss das Fass wohl zum Überlaufen gebracht haben.

Am nächsten Abend war der Chor des katholischen Kindergartens »Die Putzmurkel« gerade mit seinem Ständchen vor unserem Stand fertig, als der Stein flog. Ich kann noch nicht mal sagen, von wo, das ging ja alles so schnell. Etliche unserer schönen Glühweintassen sind kaputtgegangen.

Judith fing direkt an zu heulen, Irene aber brüllte, die Rotzlöffel sollten sich sofort zeigen, sie würde ihnen ordentlich einen mit dem Gehstock geben. Ich hab den Stein aufgehoben und gesehen, dass ein Zettel drumgebunden war. Da stand »Letzte Warnung!« drauf. Ich hab ihn ganz schnell versteckt und den anderen nichts gesagt, wollte sie halt nicht verunsichern. Ich hab's wirklich nur gut gemeint!

Judith ist dann gleich nach Hause, um nachzutöpfern. Und Irene hat jeden böse angeguckt, der sich unserem Stand näherte. Das hat dem Absatz nicht gutgetan. Vor allem die Kinder hatten Angst. Erst als ich für Irene einen lustigen Hexenhut organisiert und ihr einen Besen in die Hand gedrückt hatte, stieg die Stimmung wieder. Der umgetaufte »Hexenpunsch« war ein Renner. Pfarrer Tilmann war zwar etwas irritiert, als er unseren Stand segnete, aber er kennt Irene ja auch und hat kein kritisches Wort gesagt.

Ich packte noch die letzten Sachen zusammen, als ein netter älterer Herr mit Zwirbelbart und Trachtenjanker zu mir kam. Er hätte gut in der »Volkstümlichen Hitparade« auftreten können und rollte das »r« so schön bayrisch.

»Das sind die schönsten Glühweintassen, die ich je gesehen habe!«, sagte er. »Liebevolle Handarbeit, nicht wahr?«

»Oh, wenn Sie wüssten!«

»Wäre doch schade, wenn die kaputtgingen.« Er stieß aus Versehen gegen eine, fing sie jedoch lächelnd wieder auf.

»Es würde unserer Judith das Herz brechen! Sie brennt nämlich alles selber, müssen Sie wissen.«

»Ach? Judith heißt die Künstlerin? Und wie weiter?«

»Dietersen. Interessieren Sie sich für Töpferkunst?«

»Und wie! Sie ist mein Ein und Alles. Mein Leben. Ich würde alles dafür geben. Sie auch?«

»Ach, nein. So weit würde ich nicht gehen. Es ist halt für die Kinder, wissen Sie. Die ganzen Einnahmen fließen an den Kindergarten, damit sie sich ein neues Klettergerüst mit Elefantenrüssel kaufen können. So eins von den lustigen.«

»Die lieben Kleinen.«

»Möchten Sie denn eine Tasse kaufen? Oder gleich mehrere? Als Fachmann sammeln Sie doch sicher.«

»Wo finde ich denn diese Frau Dietersen?«

Das hab ich ihm natürlich gern gesagt. Er war schließlich ein richtig Netter! Ich konnte ja nicht ahnen, was passieren würde.

Auf dem Nachhauseweg komme ich immer bei Judith vorbei, ihr Haus liegt fast genau auf meiner Strecke. Ich schau dann immer mal durchs Wohnzimmerfenster, um sicherzugehen, dass alles in Ordnung ist. Das mache ich bei vielen Nachbarn, schließlich muss man aufeinander aufpassen. Als ich Judith nicht im Wohnzimmer sah, bin ich ums Haus herum, aber auch im Schlafzimmer war sie nicht. Wie gut, dass ich immer einen Schlüssel für das Gartentor bei mir habe. Schließlich hab ich sie durch das vergitterte Fenster im Keller entdeckt. Da unten steht ihr Töpferofen. Irene war auch da. Sie hielt gerade eine fertig gebrannte Glühweintasse in der Hand.

Doch die beiden waren nicht allein.

Drei Männer in Trachten standen um sie herum, alle hielten eine Waffe in der Hand.

Ich bin dann lieber draußen geblieben.

Um die Situation nicht zu verkomplizieren!

Das Fensterglas war praktischerweise so dünn, dass ich trotzdem alles gut verstehen konnte.

»Wir sind die Oberfranken«, sagte der Nette, den ich am Abend kennengelernt hatte. Jetzt war er allerdings überhaupt nicht mehr nett. Richtig fies war der plötzlich. »Keiner außer uns verkauft in Deutschland Glühweintassen. Auch keine Glühweinstiefel oder Reliefmodelle. Ist das klar? Wir lassen uns das Geschäft von niemandem kaputt machen! Weder von den Russen, den Sizilianern noch den Koreanern. Und ihr Weiber kommt uns erst recht nicht ins Gehege! Wenn sich herumspricht, dass plötzlich jeder seine Tassen selber machen kann, ist die Hölle los. Entweder ihr hört auf und verkauft nur noch unsere Tassen, oder ...«

»Oder?«, fragte Irene.

»Oder ihr verkauft nie wieder was.«

Judith fing an zu heulen. Dabei schlug sie unentwegt Kreuze. Das gute Kind.

»Wenn wir an eurem Stand morgen noch was von dem selbst getöpferten Scheiß sehen, ist Schluss mit unserer Geduld. Endgültig. Und falls ihr auf die Idee kommen solltet, die Polizei zu benachrichtigen: Wir wissen, wo ihr wohnt. Schlaft gut, ihr Herzchen.«

Als sie weg waren, bin ich rein. Einer musste sich ja um die Armen kümmern! Schlafen konnten wir nach der Sache natürlich nicht. Also Irene schon, die kann ja nichts erschüttern. Aber Judith war wie unter Schock. Sie ließ ihren Rosenkranz nicht mehr los. Ich hab mir mein Strickzeug geholt und in der Nacht ein paar Kindersocken fertig bekommen. Wenn das Glühweingeschäft zusammenbrach, musste eben was anderes für den Kindergarten verkauft werden. Ich bin da immer sehr pragmatisch.

Vielleicht war es der viele Tee, den wir die Nacht über getrunken hatten, aber am nächsten Morgen sagte Judith, sie hätte eine Vision gehabt. Die Oberfranken seien des Teufels, und wir dürften nicht nachgeben. Irene war derselben Ansicht. Der Herr würde uns beistehen, meinte sie. Das täte er bei ihr immer. Also überlegten wir uns, was wir gegen diese Tassen-Mafiosi tun konnten. Immerhin sind wir wehrhafte Landfrauen – mit ein paar Oberfranken würden wir allemal fertig werden!

Als es an diesem Abend dunkel wurde, kamen die drei, ihre Hände in den Taschen versenkt. Sie waren inkognito. Keine Trachtenjanker und Lederhosen, stattdessen Jeans und Daunenjacken. Die Bärte hatten sie sich abrasiert und Brillen mit Fensterglas aufgesetzt. Ganz schön raffiniert, dachte ich. Aber unruhig machte mich das nicht. Denn wir hatten ja beschlossen, sie mit ihren eigenen Waffen zu schlagen. Ich wartete nur noch auf den richtigen Moment. Er kam, als der vormals Nette unbemerkt den Rost des Schwenkgrills vom Nachbarstand hochgerissen hatte, um ihn uns an den Kopf zu stoßen.

Ich nahm eine frisch gefüllte Glühweintasse und schüttete dem Burschen den kompletten Inhalt in die gemeine Fratze! Er schrie, griff sich mit beiden Händen ins Gesicht und ließ den Rost los, welcher nun statt uns seinen Kollegen traf, der stolperte, durch unseren Stand krachte und rücklings in die große Weihnachtskrippe fiel – die von der Abschlussklasse der Fachhochschule für Metallbau errichtet worden war.

Komplett aus Edelstahl.

Er fiel auf den Hirtenstab. Ging glatt durchs Herz. Und Schluss.

Judith meinte nachher bewundernd, dass Irene den Hirten im richtigen Moment mit dem Fuß zur Seite geschoben hätte. Aber Irene sagt nichts dazu.

Wie auch immer, der vormals Nette mit dem nun vom heißen Glühwein puterroten Gesicht war so wütend, dass er sich den Bunsenbrenner des Glasbläsers von gegenüber holte. Wahrscheinlich, um uns zu verbrennen. Aber so weit kam er dann ja nicht. Beim Zurückrennen ging er einfach zu nah an dem Mann mit den lustigen Luftballons vorbei. Genauer gesagt, an dessen Gasflasche. Und die hatte wohl ein klitzekleines Leck.

Buff.

Ging ganz schnell. Ein richtiger Feuerball.

Die Menge starrte auf das Aschehäuflein. Selbst die Blaskapelle hörte auf zu spielen und kam herbei. Keiner achtete mehr auf uns. Nur der dritte Oberfranke. In seinen Augen stand der blanke Hass. Ich kenne den Blick von meinem Mann. Wenn er den Müll rausbringen muss.

Dann lächelte er, allerdings irgendwie irre, kicherte auch und ging zum Süßigkeitenstand, wo er sich eine Tüte Salbeibonbons griff. Er steckte sich gleich eins in den Mund. Sind ja gut gegen Halsschmerzen.

Meistens zumindest.

Dann holte er seine Pistole hervor und legte an. Die arme Judith hat das gar nicht mitbekommen. Sie kniete vor ihren kaputten Glühweintassen, eine Scherbe in Bordeauxrot in der Hand, mit ihrem Lieblingssprüchlein drauf. »Glüh, glüh Wein«. Unentwegt rannen Tränen aus ihren Augen. So hatte ich sie mein ganzes Leben noch nicht erlebt.

Plötzlich sprang sie auf und ging auf den letzten Oberfranken los. Sie griff sich wie eine Wahnsinnige alles, was ihr in die Quere kam. Und warf es. Zuerst kam sie an dem Stand mit den Räuchermännchen aus dem Erzgebirge vorbei. Teuflische Geschosse sind das! Dann an dem mit den Holzbrettchen, in die man seinen Namen brennen lassen kann. Und schließlich an dem mit den gusseisernen Pfannen.

Sie zielte sehr gut, aber der Oberfranke wich einfach aus und lutschte unbekümmert sein Bonbon weiter. Ich glaube, er fand das irgendwie lustig. Judith wurde dadurch noch wütender.

Schließlich stand sie direkt vor ihm und stieß ihn gegen die Brust. Nur ganz leicht. Mit einem Mal röchelte er, packte sich an den Hals, lief rot an, brach zusammen, würgte, die Augen traten vor.

Und er war tot. Erstickt.

Keiner außer Irene und mir hatte etwas davon mitbekommen.

Seitdem nennen wir Judith nur noch die »Axt Gottes«.

Es gab ein Riesenbohei, als die Erpressungsgeschichte publik wurde – und plötzlich wollten alle unsere Glühweintassen. Wir haben so viel damit verdient, dass der Kindergarten nun einen eigenen Swimmingpool mit Wellnessoase bekommen hat. Im Andenken an die drei Verstorbenen haben wir ihn »Oase Oberfranken« getauft.

Judith hat ihr Angebot inzwischen übrigens erweitert. Sie töpfert nun auch Ferkel mit Flügeln.

Damit kann ja nix schiefgehen.

Weintipp

Glühwein als Begleitung zu »Glüh, glüh Wein«? Passt natürlich hervorragend, aber unter Umständen lesen Sie die Geschichte im Hochsommer – und dann heißen, süßen Wein? Eher nicht.

Wir brauchen also einen Tropfen mit weihnachtlichem Flair, den man auch unter gleißender Sonne genießen kann. Fündig werden wir an der Mosel, wo das Deutsche Rote Kreuz das Weingut St. Nikolaus-Hospital betreibt. Es trägt seinen Namen zwar aufgrund des berühmten Theologen, Rechtsgelehrten, Philosophen, Naturwissenschaftlers und Bischofs Nikolaus von Kues, man denkt aber trotzdem sofort an den bärtigen Heiligen, der am 6. Dezember durch alle Einkaufszentren zieht.

Das Weingut besitzt Lagen in legendären Weinorten wie Brauneberg, Bernkastel, Wehlen und Graach – und seine Gewinne kommen der karitativen Sache zugute. Das würde unseren frommen Glühweinverkäuferinnen sicher gut gefallen.

Entscheiden Sie sich am besten für einen Riesling. Der »mäuselt« auch nicht wie Glühwein – was nämlich bedeutet, dass der Tropfen nach Mäuseharn schmeckt. Statt nach Zimt, Nelken oder anderen natürlichen Gewürzen, die sich in den industriell hergestellten Glühweinen praktisch nicht mehr finden, wie das Hygiene-Institut Hamburg herausgefunden hat. In diesem Sinne: Fröhliche Weihnacht überall!

Kaisermord und Printenklau

Früher hatten Leichen noch anders gerochen, dachte Hauptkommissar Ferdinand Hochbeil und gab dem Toten einen freundschaftlichen Klaps auf die Wange. Diese hier duftete famos. Nach Aachener Printen. Mit allem, was dazugehörte: Zimt, Anis, Nelken, Kardamom, Koriander und Piment, aber auch Orangeat und Ingwer – und natürlich Zuckerrübensirup. Eine Printe lugte keck aus der Hemdtasche des Toten, andere lagen verstreut um ihn herum. Das Blech, von dem sie stammten, bedeckte eines der Beine.

Dass der Mann tot war, erkannte Hochbeil unter anderem daran, dass dieser sich nicht längst eine der leckeren Printen geschnappt und gegessen hatte. Natürlich machte er es auch daran fest, dass der dahingeschiedene Wilhelm Dinant, wegen seiner frappierenden Ähnlichkeit zu Karl dem Großen von allen nur »der Kaiser« genannt, ein printengroßes Loch in der Herzgegend aufwies, das vermutlich von einem Messer stammte.

Hochbeil selbst ähnelte keinem Regenten. Seine Kollegen spotteten, er sähe aus wie eine Marzipankartoffel auf Zahnstochern. Nun ja, seine Beine waren dünn, und er neigte dazu, braune Sakkos über seinem prächtigen Bauch zu tragen. Sollten sie ihn nennen, wie sie wollten – solange sie nur spurten, wenn er eine Anweisung gab. Leider hatte die lokale Presse den Kosenamen irgendwann spitzbekommen. Nun war Hochbeil nicht mehr nur der dickste Kommissar Aachens, sondern auch noch der berühmteste.

»Kannten Sie ihn? Ich meine persönlich?«, fragte ihn sein Kollege Johann Pütz, genannt Schang, der von der Statur eher Salzstange als Marzipankartoffel war.

»Leider nicht, nur seine Printen.«

»Die besten!«, sagte Pütz anerkennend.

Hochbeil nickte. »Wissen Sie bereits, was aus dem Tresor entwendet wurde?« Dieser klaffte offen und vollkommen leer hinter der Registrierkasse.

»Die Spurensicherung sagt, es habe sich kein Geld darin befunden.« Pütz machte eine Pause. »Auch kein Schmuck. Waffen waren es auch nicht.«

»Dann war es seine geheime Rezeptsammlung«, sagte Hochbeil und klaute seinem Untergebenen so die Pointe.

Pütz nickte frustriert. »Mit allen Zubereitungsinformationen für die unterschiedlichsten Printen – und das neue Kaiser-Karl-Pralinchen, an dem er seit fünf Jahren wie ein Verrückter gearbeitet hat.«

»Endlich eine Praline für unseren Kaiser!«, lobte Hochbeil. »Wurde auch höchste Zeit!« Er tippte Pütz auf die Brust. »Also war es ein Konkurrent, und wir müssen nur warten, bis sich die Printen oder Pralinen eines anderen Aachener Bäckers plötzlich enorm verbessern. Ab jetzt gibt es deshalb morgens, mittags und abends Süßkram für Sie, Pütz! Bis die Gürtelschnalle platzt.« Hochbeil hatte sichtlich Freude am schockierten Gesicht seines jüngeren Kollegen. Er legte den Arm freundschaftlich um dessen Schultern. »Ich unterstütze Sie selbstverständlich. Aber nun verraten Sie mir erst einmal, wer die Dame dort bei den Hefezöpfen ist.«

»Das ist Judith Dinant.«

Die zierliche Frau war komplett in Schwarz gekleidet und zog sich gerade die Lippen nach. Immer wieder machte sie dafür einen Kussmund. Dann bleckte sie die Zähne und lächelte breit in den Spiegel hinter den Vollkornbrötchen.

»Eine trauernde Witwe stelle ich mir anders vor«, sagte Hochbeil.

»Die große Liebe«, kommentierte Pütz trocken.

»Gibt es etwa noch eine andere?« Süffisant lächelnd kniete Hochbeil sich noch mal neben die Leiche. Denn ihm war gerade etwas Merkwürdiges aufgefallen: Der Hals des Kaisers war gerötet, wie bei einem Hautausschlag. Doch nur an einer Stelle.

Er setzte seine Lesebrille auf, zog Latexhandschuhe an und fingerte im Kragen herum. Schon nach kurzer Zeit knisterte es, und er hielt einen Briefumschlag in der Hand.

»Anscheinend wollte jemand, dass die Polizei einige Zeit braucht, bis sie dies hier findet.« Mit ächzenden Knien erhob er sich, öffnete den Umschlag, entfaltete das Schreiben und las die handschriftliche Notiz laut vor: »Hunderttausend Euro in kleinen, nicht durchnummerierten Scheinen, oder ich vernichte das Rezeptbuch. Keine Polizei.«

Es stand noch eine Uhrzeit darauf, sowie der Ort der Übergabe.

Hochbeil reichte das Erpresserschreiben an Pütz weiter. »Sofort untersuchen lassen. Und besorgen Sie mir einen leeren Koffer für die Geldübergabe.«

»Da steht doch *keine* Polizei – das könnte das Rezeptbuch gefährden. Der Erpresser könnte es zerstören!«

»Ich bin nicht ›die Polizei‹, sondern ein Beamter. Und außerdem sehe ich aus wie ein ganz normaler Mensch.«

Hochbeil bemerkte, wie Pütz ein Lachen unterdrückte. Er beschloss, dies nicht zu kommentieren und sich stattdessen an die Witwe zu wenden. Nachdem er ihr die Lage erklärt hatte, musterte sie lange das Erpresserschreiben.

»Da gehe ich nicht hin, das machen Sie bitte. Und das Geld wird gezahlt. Denn wir brauchen das Rezeptbuch auf jeden Fall wieder! Mein Mann hat ein unglaubliches Geheimnis um seine Kreationen gemacht. Vor allem um seine neueste. Er meinte, das Erscheinen der Kaiser-Karl-Praline würde eine ähnliche Bedeutung haben wie die Erfindung der Printe und die Aachener Süßwarenwelt auf den Kopf stellen. Findt und Bamlertz haben natürlich schon Wind davon bekommen und wollten ihm das Rezept abkaufen, aber er war wieder einmal dickköpfig. Jetzt sieht er, was er davon hat!«

Eigentlich, dachte Hochbeil, sah Wilhelm Dinant nun überhaupt nichts mehr, aber das verschwieg er lieber. Stattdessen verabschiedete er sich höflich und begab sich zum Ort der Übergabe.

Die Pechtraufe am Ponttor sollte es sein. Na wunderbar, die hatte er sich lange nicht mehr richtig angeschaut. Hochbeil lief ein paarmal drum herum und stellte sich dann in die schattigste Ecke des Platzes, mit den Augen alles sondierend. Der Mörder war sicher bereits vor Ort und beobachtete ebenfalls das Geschehen. Also musste Hochbeil nur Ausschau halten, wer außer ihm stillstand.

Der Teufel schon mal nicht.

Hochbeil hatte zum Frühstück zwar sein übliches Bürgerbräu getrunken, sein Alkoholpegel musste allerdings längst wieder dem eines Neugeborenen gleichen. Und doch entdeckte er hinter der Tormauer einen Kopf mit Hörnern – der gleich darauf wieder verschwand.

Natürlich durfte es ihn nicht wundern, hier in Aachen dem Teufel zu begegnen. Die Stadt und der Höllenfürst hatten schließlich eine lange gemeinsame Geschichte.

An der Tormauer stand eine Bettlerin, deren Kleidung nur aus Decken zu bestehen schien und deren Gesicht im Dunkel eines Kopftuchs lag. Nur ihre Nase war zu sehen, wohlgeformt wie die einer griechischen Gottheit. Die Frau stand nahe der Pechtraufe, auf dem Boden vor sich ein Pappschild: »Bin seit zwanzig Jahren blind, bitte um eine milde Gabe.« Jemand warf etwas in ihren Karton und sie beugte sich vor. Dann schüttelte sie enttäuscht den Kopf.

So viel zur Wahrheit auf Pappschildern, dachte Hochbeil.

Aus einer asiatischen Touristengruppe schoss in diesem Moment Pütz hervor, den Koffer hoch erhoben. Unauffällig wie immer.

»Alles klar, Chef. Hier ist der Koffer. Ich habe Zeitungen reingelegt, damit er schwerer ist!«

Hochbeil deponierte das gute Stück zur gewünschten Uhrzeit an der Pechtraufe und kehrte zu seinem Beobachtungsposten zurück.

Nichts passierte – und das eine geschlagene halbe Stunde lang.

Schließlich wollte sich ein Halbwüchsiger den blöden Koffer unter den Nagel reißen, weswegen er Pütz schickte, um ihn wieder an sich zu bringen.

Was war nur schiefgelaufen?

Die Antwort fand sich in der Pechtraufe. Ein weiterer Brief, dasselbe Papier: »Diesmal echtes Geld. Und nur eine Person.« Darunter war ein neuer Übergabeort vermerkt, samt Uhrzeit.

Auch dieser Brief war handschriftlich verfasst worden, so

schwungvoll, als wäre ein Kalligraf am Werk gewesen. Hochbeil würde sofort einen Handschriftenabgleich veranlassen. Der Erpresser hatte diesmal noch einen überaus pathetischen Schlusssatz hinzugefügt. »Wenn Sie meine Forderungen nicht erfüllen, wird das Rezeptbuch der Dinants brennen!«

Gute Güte, dachte Hochbeil. Wenn das geschähe, würden die vor Dinants Tod nach Originalrezept gebackenen Printen schnell hohe Sammlerwerte erreichen. Er sollte sich rasch damit eindecken – bevor Pütz auch die nächste Übergabe versaute.

»Alle Wetter«, dachte Hochbeil. »Da hatte der Täter doch tatsächlich das ›Aachener Wetter‹ ausgewählt.« Er erfreute sich mit einem breiten Lächeln des kleinen Wortspiels und instruierte seine Mannschaft, den Bereich um die Bronzeskulptur mit den drei Regenschirmen großräumig abzuriegeln. Noch einmal würde ihm der Bursche nicht durch die Lappen gehen! Das Kunstwerk war gut einsehbar, wer immer den dort von ihm deponierten Koffer wieder aufhob, hatte keine Chance zu entkommen. Hochbeil lehnte sich an eine Fassade und zündete sich einen Zigarillo an. Der tat gut und beruhigte die Nerven. Denn dieser Oktobertag lud aufs Angenehmste zu einem Stündchen auf der Terrasse ein – aber er musste hier herumstehen und warten. Plötzlich klingelte sein Handy. Pütz.

»Die Kollegen von der Spurensicherung haben sich den Erpresserbrief im Schnellverfahren vorgenommen.«

»Und?«

»Sie sagen, alle Ergebnisse seien vorläufig, und für ein endgültiges Urteil bräuchten sie noch Zeit.«

»Was haben sie herausgefunden?«, zischte Hochbeil, der nicht zu viel Aufmerksamkeit auf sich ziehen wollte. Eine asiatische Touristengruppe schob sich zwischen ihn und die Bronzeskulptur und lauschte den Ausführungen des Stadtführers.

»Das entsprechende Papier wird in Aachen nur von der Buchhandlung an der Buchkremerstraße verkauft. Außerdem ist der Halunke Linkshänder und schreibt vermutlich wenig per Hand, die Buchstaben sind sehr ›unsicher‹ aufs Papier gebracht, wie der Kollege sich ausdrückte.«

»Sie meinen Herrn Dörge?«

»Ja, wieso?«

Hochbeil schlug sich mit der flachen Hand gegen die Stirn. Wer, in Gottes Namen, hatte ausgerechnet Dörge, das fleischgewordene Dusseldier aus Köln, an diese wichtige Untersuchung gesetzt? Er blickte in den Himmel über Aachen, als halte dieser eine Antwort bereit. Doch nur ein paar Tauben flogen dort ihre Runden – vermutlich Dachschindeln suchend, die sie noch nicht vollgekotet hatten.

Als Hochbeil zurück zum »Aachener Wetter« blickte, öffnete dort doch tatsächlich ein schlitzäugiger Tourist aus einer Stadtführungsgruppe den Koffer! Und wunderte sich über die vielen Zeitungen darin.

Wutschnaubend rannte Hochbeil zum Führer der Truppe, einem hageren Mann mit Pferdeschwanz, der ein dunkelblaues Sakko trug.

»Was sind Sie denn für ein Kappeskopp! Was hat der Bursche an dem Koffer zu suchen?«

»Er schien niemandem zu gehören, und Asiaten sind neugierig. Gehört er Ihnen? Wieso sind da so viele Zeitungen drin?«

»Das geht Sie einen feuchten Kehricht an! Und jetzt hauen Sie hier bloß ab!«

Aus dem Augenwinkel sah Hochbeil einen gehörnten roten Schatten. Doch als er in die entsprechende Richtung blickte, war nichts mehr zu sehen.

Okay, das war also auch schiefgelaufen. Doch ein Hinweis auf den nächsten Übergabeort würde sicher nicht lange auf sich warten lassen. Und noch einmal würde ihn der Bursche nicht drankriegen! Sonst solle ihn der Teufel holen!

Nein, halt.

Sonst solle er Pütz holen!

Hochbeil mochte nicht mehr der Jüngste sein, dazu schwerfällig und langsamer als ein rheumatisches Faultier, aber dumm war er nicht. Seine Polizistengene hatten ihm längst mitgeteilt, dass überall, wo er ging und stand, ein Teufel auftauchte. Da noch etwas Zeit blieb bis zur nächsten Übergabe – der Erpresser hatte diesmal die Peterskirche ausgewählt, das Taufbecken im Speziellen –, würde er den Herrscher der Hölle auf dem Weg dorthin in eine Falle locken. Das erwartete der Bursche schließlich von den Aachenern. Wie ging noch gleich die Lieblingssage seiner Mutter? Der Teufel wollte wieder einmal die Stadt zerstören. Um ihn zu besänftigen, brachte man ihm ein Blech mit Printen. Die waren so lecker, dass er in seiner Gier das Blech gleich mitaß. Davon bekam er solche Bauchschmerzen, dass er Aachen nicht zerstören konnte. Als Kind hatte er die Geschichte immer zu hören bekommen, wenn er sein Mittagessen mal wieder zu schnell heruntergeschlungen hatte. Trotz seiner Jugend hatte er damals schon begriffen, worum es in der Sage ging. Kenne das richtige Maß! Nimm nicht mehr, als du verträgst.

Hochbeil hatte große Lust, dem ihn verfolgenden Teufel die Grenzen aufzuzeigen.

Er hatte Pütz seinen Hut und seinen Mantel gegeben. Darin sah dieser endlich einmal halbwegs ordentlich aus. Pütz sollte mit einem Kollegen in zivil vor einem Geschäft in der Couvenstraße stehen bleiben und tief versunken flüstern. Auf Hochbeils Befehl hin sollte er sich ruckartig umdrehen. Diesen Befehl würde Hochbeil dann erteilen, wenn der neugierige Teufel, der dem verkleideten Pütz ganz sicher folgte, nah genug war. Erschreckt würde dieser in den nächstbesten Laden springen, um ja nicht gesehen zu werden.

Der Moment kam schneller als erhofft. Pütz hatte merklich Spaß daran, sich ruckartig umzudrehen. Verfolgen sollte er den Teufel allerdings nicht, das wollte Hochbeil selbst erledigen. Er sollte stattdessen den Hintereingang des Geschäftes sichern, in dem der Höllenfürst verschwunden war.

Hochbeil amüsierte sich darüber, in welchen Laden es diesen verschlagen hatte. Einen für Kosmetik. Was trieb der Teufel dort? Musste er neues Flammenrot auflegen? Oder sich die diabolischen Augenbrauen nachziehen lassen? Freudig erregt betrat Hochbeil das Geschäft, seine Dienstwaffe im Anschlag. Außer dem Teufel, der den Kommissar von Nahem genau wie Dinant an Karl den Großen erinnerte, standen noch zwei Verkäuferinnen darin. Die eine hielt einen teuren Flakon in Händen und sprühte sich gerade etwas auf das Handgelenk.

Der Teufel wusste direkt, dass seine Stunde geschlagen hatte. Schnell bewaffnete auch er sich – mit einem Zerstäuber. Damit hatte Hochbeil nicht gerechnet! Feiner, duftender Nebel hüllte ihn ein, und er schloss instinktiv die Augen. Gleich darauf spürte er einen harten Schlag auf seinem Handgelenk und hörte, wie die Dienstwaffe auf den Boden fiel. Reflexartig griff er in Richtung des Teufels, wollte ihn festhalten, zu Boden reißen, doch er erwischte nur eine falsche Augenbraue, die sich mit einem lauten Ratschen löste.

Panisch tupfte Hochbeil sich die Augenlider trocken, doch als er wieder sehen konnte, war der Teufel längst verschwunden. Die ängstlichen Angestellten lugten hinter der Theke hervor, und Hochbeil zeigte ihnen seine Dienstmarke. »Keine Angst, ich werde Sie nicht um eine Personenbeschreibung bitten. Ist Ihnen ...«, er bekam es zuerst nicht raus, aber die Frage musste gestellt werden »... irgendetwas Merkwürdiges aufgefallen? Außer, dass es der Teufel war?«

Die eine der beiden Frauen, deren Locken Hochbeil aufs Angenehmste an Korkenzieher erinnerten, nickte und deutete auf den Boden. »Er hat etwas verloren.«

Hochbeil ging in die Hocke, seine Beine knackten laut. Er musste sie baldmöglichst ölen – mit hochprozentigem Kornbrand. Innerliche Anwendung selbstverständlich.

Der Teufel hatte eine Seite aus der Bibel verloren. Sie war herauskopiert und dann ordentlich gefaltet worden. Ein Abschnitt war mit Textmarker hervorgehoben: 1. Buch Mose 4,1-24. Kain und Abel, Verrat und Mord unter Brüdern. Hochbeil hätte die Stelle mit der Schlange passender für einen Teufel gehalten – aber wer wusste schon, was heutzutage im Satan vor sich ging.

Nun hatte Pütz wieder etwas zu tun, das Beweisstück musste augenblicklich zur Spurensicherung.

Und Hochbeil selbst zur Peterskirche.

Er blickte auf seine Uhr. Verdammt! Für die Übergabe war es bereits zu spät. Aber er wettete darauf, dass sich am Taufbecken ein Hinweis auf den nächsten Ort finden würde, an dem die vermeintlichen hunderttausend Euro den Besitzer wechseln sollten.

Hochbeil sang leise vor sich hin. »Türe, lüre Ließje uus Klapperjaaß / hau dat Kengche et Böxje esue naaß. / Haue de Schelme va Jonge jedooen, / haue dat Kengche net mösse lasse jooen. / Türe, lüre Ließje uus Klapperjaaß / hau dat Kengche et Böxje esue naaß.«

Als er gelesen hatte, dass der nächste Übergabeort an einem der städtischen Brunnen sein würde, war ihm das Lied plötzlich in den Sinn gekommen. Dabei zierte sein Ziel nicht die Figur des kleinen Lieschens, sondern passenderweise Kaiser Karl höchstpersönlich.

Vor der Eäzekomp auf dem Marktplatz sah Hochbeil sich den – im Endeffekt immer noch amtierenden – Regenten der Stadt genau an. Dinant sah ihm tatsächlich ähnlich wie ein Ei dem anderen. Ein gutes Omen, fand Hochbeil.

Mit hochrotem Kopf rannte Pütz durch allerlei Volk zu ihm herüber.

»Wir wissen nun, dass der Kaiser, also Wilhelm Dinant, einen unehelichen Halbbruder hatte«, berichtete er atemlos. »Und dieser Halbbruder ist sogar der Erstgeborene, ihm hätte das Erbe zugestanden. Genau vor einem Jahr wurde vor Gericht jedoch gegen ihn entschieden. Ein echter Skandal. Sein Name lautet Jens Wondratschek. Muss ein äußerst trinkfreudiger Bursche sein, der jeden Abend in der Kneipe sein verpfuschtes Leben beklagt. Er ist Verkaufsleiter bei einem Möbelhaus am Alexianergraben. Das kennen Sie sicher, im Logo hat es die Buchstaben »WoY«, weil der Besitzer irgendwie so heißt.« Pütz drückte ihm einen Werbezettel des Möbelhauses in die Hand.

»Heute geht es bei uns mit dem Teufel zu«, stand dort. »Zehn Prozent auf alles – außer Tiernahrung«.

Den Laden kannte Hochbeil zwar nicht, denn er lebte seit Jahren in derselben Einrichtung – Schrankwand, Esstisch, Stühle, Boden, alles Eiche massiv –, doch er nickte wissend. »Haben Sie den Mann bereits ausfindig machen können?«

»Leider nicht«, erwiderte Pütz. »Aber er hat heute noch Spätschicht. Der Laden ist lange geöffnet wegen dieser Kundenaktion.«

Möbel, dachte Hochbeil verächtlich, so ein Kokolores. Warum beschäftigten sich die Menschen stattdessen nicht mit schönen Dingen? Printen zum Beispiel. Oder Rosen. Oder wie diese Touristengruppe da vorne mit dem guten Kaiser Karl. Hochbeil lauschte der Geschichte Kaiser Karls immer wieder gerne, obwohl er sie schon seit Kindertagen kannte.

Er blickte auf die Uhr, es waren noch ein paar Minuten bis zur Übergabe. Also schickte er Pütz zurück aufs Revier und näherte sich der Gruppe, die, wie er feststellte, dieselbe war wie vorhin schon. Der hagere Führer mit dem Pferdeschwanz duftete zwar wunderbar nach frischen Printen, wirkte allerdings etwas fahrig. Er brachte sogar einige Jahreszahlen durcheinander. Die Asiaten schien das nicht zu stören, und ihre Übersetzerin war bester Laune. Hochbeil bekam den Eindruck, sie kommentierte ein Fußballspiel.

Dann war es an der Zeit, den Koffer zu deponieren, der diesmal tatsächlich Geld enthielt. Pütz' Informationen zufolge hatte die Witwe nochmals vehement darauf bestanden, und hunderttausend Euro waren ohnehin ein äußerst fairer Preis für eine so gute Rezeptsammlung.

Das Buch würde sicherlich an Ort und Stelle deponiert werden.

Und danach würden sie den Mann ergreifen.

Hochbeil begab sich nun zur anderen Brunnenseite, wo er warten wollte. Mittlerweile war er sich sicher, dass der Erpresser das Rezeptbuch nur an eine Person verkaufen konnte. Und zwar an die Witwe. Denn wer würde es wagen, zukünftig nach diesen Rezepten zu backen? Jeder Printen-Connaisseur würde es direkt bemerken. Ein Skandal wäre die Folge. Mochte der Erpresser noch so sehr drohen, das Rezeptbuch zu verbrennen, eigentlich hatte er keine andere Chance als diese Übergabe.

Hochbeil blickte sich unruhig um.

Und dann sah er es.

Auf der anderen Brunnenseite stand doch tatsächlich der Teufel und umarmte die alte, angeblich blinde Bettlerin. Die zwei kannten sich anscheinend gut. Sie gab ihm einen Kuss auf die Stirn und rückte seine Teufelshörner gerade. Als die beiden Hochbeil ausmachten, der um den Brunnen zu ihnen herandampfte, schossen sie davon – in unterschiedliche Richtungen.

Und der Koffer war verschwunden.

Aber keiner der beiden schien ihn zu tragen.

Stattdessen lag an der Stelle nun ein Briefumschlag.

Kein Rezeptbuch.

Mit klammen Fingern öffnete Hochbeil das Kuvert, der Klebestreifen war noch feucht. Er zog den Inhalt heraus.

»Nun die zweiten hunderttausend Euro. Sollte irgendjemand versuchen, mich zu fassen, verbrennt mein Kompagnon die Sammlung.«

Darunter ein neuer Übergabeort, eine neue Uhrzeit.

Jetzt gab es also auch noch einen Kompagnon!

Hochbeil ließ sich wie ein nasser Sack auf das Brunnengeländer sinken und fischte sein Handy aus der Jackentasche.

»Hallo, Pütz«, sagte er, als sein Kollege sich meldete. »Es gibt da ein kleines Problem.«

Es war ein Übergabeort, den Hochbeil äußerst passend fand: der Brunnen mit dem Namen »Kreislauf des Geldes« an der Ecke zum Münsterplatz. An welcher Figur er den Geldkoffer deponieren sollte, hatte der Erpresser nicht gesagt. Sollte Hochbeil den Mann wählen, dem ein anderer hinter dem Rücken etwas zusteckte? Oder die Frau, die ihr Geld lieber für sich behielt? Der Hauptkommissar ging grübelnd um die am Brunnenrand postierten Figuren und entschied sich schließlich für den Bettler, der seine Hand ausstreckte. An diese hing er den Geldkoffer – es schien ihm einfach passend.

Danach schlenderte Hochbeil an den vielen geparkten Fahrrädern vorbei und schlich sich hinter den größten Baum des Blumenbeetes. Diesmal war er zum Übergabeort gesprintet, weswegen ihm zum einen immer noch die Puste fehlte, er zum anderen aber vielleicht vor dem Erpresser eingetroffen war.

Selbst die Kollegen, welche die Übergabeorte großzügig abriegelten, waren noch nicht eingetroffen.

Um nicht aufzufallen, tat Hochbeil, als erleichtere er sich am Baumstamm. Eine alte Dame mit Dackel spazierte heran – und blieb neben ihm stehen. »Brauchen Sie noch lange? Das ist nämlich meinem Arnold sein Baum.« Der Hund bellte zustimmend. Scheinbar drückte ihn die Blase.

Doch Hochbeil würde seine Tarnung nicht aufgeben.

»Dauert noch. Die Prostata, verstehen Sie?«

Die alte Dame hob verständnisvoll die Hand. »Hatte mein Jupp auch. Ein Elend, sage ich Ihnen. Ich hab sein Stöhnen noch heute im Ohr. Der Arnold hat dann immer geheult. Pfeifen hilft manchmal.« Sie demonstrierte es. Arnold heulte auf.

Hochbeil wollte zu der Frau nicht unhöflich sein, aber er musste den Brunnen im Auge behalten. Und den Koffer.

Verdammt, der Koffer!

Er war fort.

Das heißt: in Händen der – angeblich blinden – Bettlerin. Hochbeil raste hinter ihr her.

»Ihr Hosenstall stand ja gar nicht auf, so kann das auch nicht funktionieren!«, rief ihm die alte Dame hinterher.

Die Bettlerin würde ihm nicht entkommen!

Denn der Koffer war präpariert. Wer immer ihn öffnete, würde eine Ladung Reizgas verpasst bekommen, dazu ertönte ein Schreckschuss. Zudem hatten die Kollegen einen Sender angebracht, der die Ortung ermöglichte. Was James Bond konnte, schaffte Hochbeil schon lange!

Die Bettlerin hatte schon einen gehörigen Vorsprung, aber Hochbeil verstand es, seinen marzipankartoffeligen Körper wie eine schwere Kanonenkugel zu beschleunigen. Als er den Brunnen passierte, verhedderte er sich jedoch in irgendwas und fiel der Länge nach hin – dank seiner guten natürlichen Polsterung ging die Sache glimpflich aus. Zwischen seinen Beinen fand sich ein grauer Schal, den die Flüchtende verloren haben musste. Der Stoff war fein gewebt und duftete überhaupt nicht nach Gosse, sondern nach teurem Parfüm.

An dieser Bettlerin war mehr dran, als der erste Schein verriet.

Plötzlich ertönte ein Knall. Hochbeil wuchtete sich empor und sprintete in die entsprechende Richtung. Jetzt hatte er sie!

Doch am Ort des Geschehens lag neben dem geöffneten Koffer bloß ein anderer Bettler heulend auf dem Boden und hielt sich die Augen.

»Die Kanaille bringe ich um!«, brüllte der Mann. »Da will man helfen, und dann so was!«

Wieder misslungen!

Das wurde ja langsam schon zur schlechten Gewohnheit.

Nach diesem Fiasko und dem telefonischen Rapport beim Polizeipräsidenten benötigte Hochbeil dringend ein wenig Aufmunterung. Er war ein genügsamer Mann, der nicht viel vom Leben erwartete. Ab und an allerdings schon eine gute Flasche Wein. Riesling. Von der Mosel. Eine süße Spätlese – mit schön knackiger Säure. Deshalb machte er nun einen Schlenker zum Weinhaus in der Pontstraße. Zwischen Bordeaux und Barolo fand sich überraschenderweise auch Wilhelm Dinants Witwe, mit einer Flasche Luxus-Brause in der Hand. Sie schien ihn gar nicht zu bemerken und scherzte mit dem Verkäufer, flirtete sogar.

Hochbeil ging nach seinem Einkauf kopfschüttelnd zum nächsten Ort der Geldübergabe: dem Kehrmännchen. In aller Ruhe zündete Hochbeil sich einen Zigarillo an und malte sich aus, wie der Riesling heute Abend kühl über seine Zunge gleiten würde.

Knipsende Touristen und zwei Stadtführungsgruppen trotteten die Judengasse herauf. Eine erkannte er wieder. Die Asiaten blieben stehen, obwohl es an Ort und Stelle gar nichts zu sehen gab. Der hagere Stadtführer mit Pferdeschwanz erzählte etwas, es sah fast aus, als bilde er einzelne Buchstaben, und einer der Asiaten schrieb fasziniert mit – obwohl die Übersetzerin ihren Job nicht erledigte und nur lächelte. Hochbeil wusste schon, warum er keinen Reis aß.

Vom Annutiatenbach her tauchte kurz darauf der Teufel auf, aus der Eilfschornsteinstraße die Bettlerin – nun trug sie jedoch schicke Abendgarderobe. Ihr Gang war anders, ihr Gesicht geschminkt. Hochbeil erkannte sie trotzdem, denn er hatte ein

Faible für hübsche Nasen. Und dieses Exemplar war besonders makellos. Beide verharrten in ausreichender Entfernung, als sie Hochbeil erblickten. Der Teufel winkte plötzlich dem Stadtführer zu, doch der reagierte nicht. Dann verschwand der Fürst der Finsternis.

Hochbeil wandte sich mitsamt Koffer an den Angewunkenen.

»Kannten Sie den Teufel da eben?«

»Ich weiß nicht, wen Sie meinen«, antwortete der Stadtführer sichtlich nervös.

»Er hat Ihnen doch zugewunken!«

»Entschuldigen Sie bitte, aber ich habe hier einen Job zu machen.«

Verdammter Muffkopp, dachte Hochbeil und griff den hageren Kerl am Kragen »Sehe ich aus, als wäre *ich* zum Vergnügen hier?«

Sein Gegenüber schüttelte ängstlich den Kopf. Hochbeil ließ ihn los und ordnete das Hemd des Stadtführers; es hatte eine modische Stickerei mit den Buchstaben »WoY« auf dem Revers. Irgendwie kam ihm das bekannt vor. Unsinnige Abkürzungen waren heutzutage ja in. Auch in Aachen.

Aus dem Stadtführer brachte er leider nichts mehr heraus, und die Truppe zog nach kurzer Zeit weiter. Hochbeil rannte auf die falsche Bettlerin zu – und musste bewundernd feststellen, wie schnell Frauen auf hochhackigen Schuhen laufen konnten. Auch wenn es allen Gesetzen der Physik widersprach.

Als er zurück zum Kehrmännchen kam, fand sich wieder ein Zettel. Ein neuer Übergabeort, eine neue Uhrzeit. Sie war auf merkwürdige Weise exakt. Es war nicht Punkt oder halb, es war genau dreiundzwanzig Minuten nach. Was hatte das zu bedeuten?

Mit einem Mal wusste Hochbeil es.

Plötzlich ergab alles einen Sinn. Teufel, Bettlerin, Kaiser. Alles an seinem Platz. Das Kehrmännchen hatte alles bloßgelegt.

Hochbeil entschied deshalb, den nächsten Übergabeort nicht aufzusuchen. Es würde sowieso wieder alles schiefgehen.

Außerdem wusste er jetzt, wo er den Mörder finden würde.

Zu Hochbeils Glück war es ein sehr bequemer Ort – auf jeden Fall gemütlicher als die Roskapelle, welche der Täter für die nächste Geldübergabe ausgewählt hatte. Hier im Einrichtungshaus »WoY« gab es sogar Wein. Zwar kein süßes Moseltröpfchen, sondern einen trockenen Italiener, aber Hochbeil beschloss, nicht wählerisch zu sein. Gleich würde er diesen Fall lösen, darauf konnte er doch schon mal anstoßen.

Es war einiges los hier, ein großer Teil der Aachener High Society gab sich die Ehre, führte die neuesten Kleider und die steifsten Hemdkragen aus.

Hochbeil wartete, bis alle Beteiligten anwesend waren, ließ dann von seinen Kollegen sämtliche Eingänge abriegeln und schnappte sich das Mikrofon.

»Sehr geehrte Damen und Herren, verhalten Sie sich bitte ruhig. Keine Panik! Ich bin Hauptkommissar Ferdinand Hochbeil von der Aachener Kriminalpolizei und ich habe Ihnen eine Mitteilung zu machen.« Er räusperte sich. »Unter uns weilt der Mörder von Wilhelm Dinant!«

Es ging ein Raunen durch die Menge. Allerdings kein ängstliches. Einige Damen klatschten gar und lachten laut auf. Sie schienen ihn für die komische Einlage des Abends zu halten. Er hielt seinen Ausweis hoch – und erntete ein erheitertes »Boah!«.

Der Täter würde ihn längst erkannt haben.

»Viele von Ihnen dachten vielleicht, die Witwe hätte diese grausame Tat begangen.«

Erst in diesem Moment wurde allen bewusst, dass Judith Dinant sich mitten unter ihnen befand. Die Gästeschar ging auf Abstand. Hochbeil fuhr fort. »Der Tod ihres Mannes stürzte sie nicht unbedingt in Verzweiflung. Doch warum sollte sie sich selbst erpressen? Um die Tat auf jemand anderen zu schieben? Möglich. Doch dann würde sie einen Komplizen benötigen, der die Geldübergabe abwickelt. Einen Geliebten zum Beispiel? Oder einen auf viel Geld Versessenen mit flexiblen Moralvorstellungen? So etwas ist immer heikel – aber natürlich denkbar. Doch gab es irgendeinen Hinweis auf ihre Täterschaft? Nein, keinen. Also: Im Zweifel für den Angeklagten.«

Der Plumpser, mit dem Judith Dinant sich in ein Ledersofa fallen ließ, war sicher noch jenseits der Grenze zu hören.

»Also ein Konkurrent? Nein, der hätte sich einfach die benötigten Rezepte kopiert, das Buch zurück in den Tresor gelegt und still und heimlich seine Printen verbessert – ohne dass ihm etwas nachzuweisen gewesen wäre.« Hochbeil wartete einen Moment, bis alle seine Schlussfolgerung verstanden hatten. »Also schauen wir in die Familie. Wilhelm Dinant hatte einen Halbbruder, einen unehelichen, dem eigentlich das Erbe zugestanden hätte.«

Die Menge raunte wieder.

»Er ist heute Abend übrigens auch anwesend. Jens Wondratschek, Verkaufsleiter. Treten Sie bitte vor, Sie sind sowieso nicht zu übersehen.« Der so Angesprochene trat tatsächlich vor. »Falls Sie ihn nicht erkennen sollten – er gibt heute den Teufel.«

Außer der Maskerade hatte Wondratschek nun nichts Diabolisches mehr, seine Schultern hingen schlaff herunter, die Knie waren weich.

»Genau vor einem Jahr wurde er um sein Erbe betrogen. Das Motiv für den Mord? Er wollte sich rächen. Melodramatisch, als Teufel verkleidet. Wieso nicht, werden Sie denken, wir sind hier schließlich in Aachen. Aber warum schminkt er sich danach nicht ab? Wieso läuft er so auffällig durch die Altstadt? Na, weil er heute Abend hier auftreten muss. Einen Mord hätte er in diesem Aufzug nicht durchgeführt. Er wollte seinen Halbbruder in dessen Konditorei nur erschrecken und hatte dafür praktischerweise schon das richtige Kostüm an. Er wollte ihm die Bibelgeschichte von »Kain und Abel« überreichen. Dann entdeckte er jedoch, dass Wilhelm Dinant ermordet wurde und wollte unbedingt wissen, von wem. Vielleicht wollte er auch das erpresste Geld einstecken. Wie auch immer, er folgte mir. Und Wondratschek war nicht der Einzige.«

»Bitte nicht!«, sagte Wondratschek. »Lassen Sie sie aus dem Spiel!«

Hochbeil schüttelte den Kopf. Alles musste auf den Tisch.

»Wer küsst einen Mann wie Jens Wondratschek zärtlich auf die Stirn und ist gut zwanzig Jahre älter? Seine Mutter! Sie wusste anscheinend von seinem Plan, erfuhr über das Radio vom Mord und sah ihren Sohn in Gefahr. Daraufhin warf sie sich in ihre grauesten Kleidungsstücke und trat eine Teilzeitstelle als blinde Bettlerin an. Besorgt um ihren Sohn – und um das erpresste Geld – heftete auch sie sich an meine Fersen. Wer aber war der Mörder?«

Die Kellner verteilten ungeniert weiter kleine Häppchen und Wein. Manch einer im Publikum schien immer noch unsicher, ob die Vorstellung echt war.

»Ich möchte die Antwort so beginnen: Stadtführer ist ein Job, den einige neben ihrem Hauptberuf betreiben. Auf dem Hemd des Stadtführers, den ich meine, prangte das Logo dieses Hauses – zudem grüßte Jens Wondratschek in Teufelsgestalt ihn wie einen guten Bekannten. Nur von einem Kollegen konnte Wondratschek erwarten, dass er ihn in dieser Verkleidung überhaupt erkannte. Einem Kollegen, der von der Idee wusste, dass Wondratschek den eigenen Stiefbruder erschrecken wollte. Einem Kollegen, der dies für eine wunderbare Chance hielt, einen Mord zu begehen und ihn Wondratschek in die Schuhe zu schieben. Einem Kollegen, der nach Printen duftet – wie diejenigen, die überall am Tatort lagen. Einem Kollegen, der in seiner Funktion als Stadtführer immer genau zum richtigen Zeitpunkt an den Übergabeorten auftauchen und einem Koreaner diktieren konnte, was dieser zu schreiben hatte – ohne dass der Mann wusste, worum es sich dabei handelte, nämlich um Briefe an die Polizei. Mit Informationen zur nächsten Übergabe. Einem Kollegen, der heute Abend pünktlich zur Arbeit erschienen ist, denn die bisher erbeuteten hunderttausend Euro reichen nicht für einen ruhigen Lebensabend aus.«

»Ich bringe dich um!«, schrie Jens Wondratschek und stürzte sich auf den Teilzeit-Stadtführer. »Du warst mein Freund – ich habe dir vertraut!«

Hochbeil nickte seinen Kollegen in zivil zu, die sofort eingriffen. Die Menge johlte.

Den Namen des Täters verriet Hochbeil dem Publikum nicht. Karl König. Wie passend.

Die nächsten Wochen würde er am Polizeiprotokoll sitzen

müssen – deshalb genehmigte er sich zur Belohnung nun ein Kanapee. Und noch eins. Schließlich hatte er sich heute viel bewegt! Wenn er nichts unternahm, sähe er bald nicht mehr aus wie eine Marzipankartoffel. Und das durfte nicht passieren!

Es würde ihm sicherlich helfen, dass Dinants geheimes Rezeptbuch nun ein Beweismittel war – er hatte es sich eben persönlich übergeben lassen. Nun blätterte er versonnen darin herum und sah die Genüsse förmlich vor sich. Lange verharrte er auf der Seite mit dem Kaiser-Karl-Pralinchen. Er konnte diesen schokoladigen Genuss fast schon auf der Zunge spüren. Vor der Rückgabe würde er sich eine Kopie des Buches machen. Bald würde es bei Hochbeil zu Hause dann wunderbar nach Printen und Kaiser-Karl-Pralinchen duften – und er läge mittendrin.

Allerdings quicklebendig.

Weintipp

Hauptkommissar Ferdinand Hochbeil kauft in »Kaisermord und Printenklau« eine süße Riesling-Spätlese »mit schön knackiger Säure«. Falls Hochbeil in der Weinhandlung gut beraten worden ist, könnte er mit einer Flasche Wein unter dem Arm nach Hause kommen, deren Trauben an einem der Moselnebenflüsse Saar und Ruwer gereift sind. Gerade die für ihre knackige Säure bekannte Saar hat in den letzten Jahren viele spannende neue Weingüter hervorgebracht. Van Volxem zum Beispiel hat sich innerhalb weniger Jahre als Spitzenbetrieb etabliert, besonders die Weine von uralten, wurzelechten Reben beeindrucken ungemein. Ein anderer Newcomer ist das Weingut Dr. Siemens, welches der ehemalige Chefredakteur der »Frankfurter Rundschau«, Jochen Siemens, mit viel Enthusiasmus leitet. Beide Betriebe sind einen Schluck – und sogar eine Reise – wert.

Heidenei

August Eberbach zog seinen Windsorknoten so fest, dass ihm fast die Luft wegblieb, und bewunderte sich dann im großen goldenen Barockspiegel seines Hausflurs. Eberbach fand, dass er unverschämt fesch aussah für seine vierundsechzig Jahre. Sein Anzug wirkte wie gerade erst gekauft, und sein grauer Schnauzbart war dem wundervollen Schwung der schwäbischen Hügel nachempfunden.

Eberbach war bereit für seinen großen Tag, auf den er so lange gewartet, für den er so viel gezahlt hatte. Obwohl Eberbach für das Wetter nichts hingelegt hatte, strahlte die Sonne. Sie spielte mit den herbstlichen Farben in den Weinbergen des Remstals wie ein übermütiges Kind. Nur eine Wolke gab es, und sie verdüsterte wie auf Befehl das Haus seines Bruders, des ewigen Nichtsnutzes, des schwarzen Schafs der Familie, der Weine aus französischen Rebsorten erzeugte, am Vereinsleben kaum teilnahm und der sonntäglichen Predigt fernblieb. Wie in diesem dasselbe Blut, und noch grundlegender, derselbe Wein fließen konnte wie in ihm, war August Eberbach unbegreiflich.

»Heidenei!«, sagte er nun und schritt aus der Tür. Das Wort sprach er gerne aus, und je zufriedener er war, umso öfter.

Es war der Samstag des zweiten Oktoberwochenendes, und das Weinfest »Fellbacher Herbst« steuerte auf seinen Höhepunkt zu. Die Gruppen für den Festumzug würden sich bald aufstellen, Schaulustige säumten bereits den Weg und steigerten ihre Stimmung mit Wein, viel davon aus Eberbachs Weingut. Um vierzehn Uhr würde der Zug bei der Neuen Kelter am Fuße des Kappelbergs losziehen. Die Wagen- und Fußgruppen, die Musiker und Tänzer, alle würden das Volk in Stimmung bringen für August Eberbachs großen Auftritt. Er prostete den Massen schon einmal gönnerhaft zu, obwohl er kein Glas in der Hand hielt und die Bürgersteige neben ihm unbevölkert waren. Winken würde er nicht. Nur majestätisch sitzen und das Glas emporhalten. »Heidenei! Das wird so schön!«

Vorher würde er noch ein Viertele Trollinger mit seinen neuen Freunden von der »Fellbacher Bürgergruppe« trinken. Mitglied war er zwar erst seit einem Jahr, aber dank seines Geldes stellten sie nun erstmals den größten Wagen, den letzten im Festumzug, und er würde darauf thronen, er, August Eberbach, König des »Fellbacher Herbstes.«

»Heidenei, Heidenei, Heidenei!«

Auch ohne Alkohol fühlte sich Eberbach bereits ein wenig beschwipst, und als eine junge Dame seines Weges kam, schaute er ihr tatsächlich nach, linste auf ihr Hinterteil und kicherte. Oh, was würde er es heute krachen lassen! Vielleicht würde er Elsa, der Wirtin seines Stammlokals (samt Bundeskegelbahn), sogar an den wonnigen Busen greifen. Davon träumte er schon lange!

Das Gasthaus tauchte vor ihm auf, von innen war aufgeregtes Gemurmel zu hören, der Duft von Wein loderte bereits wie Feuer heraus. Da er der König war, wurde heute sein Wein getrunken. Zwar gab es im Ort etliche Stände, an denen andere Winzer und die Fellbacher Weingärtner ihre Tropfen verkauften, doch er hatte eine Menge Schankplätze unter seine Kontrolle gebracht. Das Geld für den großen Festwagen hätte er heute Abend wieder heraus – und stände noch dazu als Wohltäter vor allen da.

»Heidenei!«

August Eberbach ging in die gute Stube, das Gejohle war groß. Direkt hielt er auf die Bühne zu und hob beide Hände, um für Ruhe zu sorgen. Die Masse gehorchte ihm. Die dummen Schafe, dachte Eberbach, soffen seinen Wein und merkten überhaupt nicht, wie sie mit diesem Umzug seiner Wahl zum Oberbürgermeister im nächsten Jahr den Weg ebneten. Dann würde er ihnen die Zuschüsse streichen und in den privaten Weinbau umleiten, mit etlichen Auflagen, die nur ein einziges Gut erfüllen könnte. Nämlich seins.

Ein Lächeln erschien auf Eberbachs Gesicht, breit und siegessicher. »Heidenei!« rief er, und ein Grölen erklang. »Liebe Freunde, ich bin sehr, sehr glücklich, heute hier zu sein. Ihr wisst, ich hatte es nicht leicht, meine Eltern waren arm, und ich musste mir alles hart erarbeiten. Aber bevor ich weiterspreche, muss ich erst einmal einen ehrlichen Trollinger trinken – meine Kehle ist schon ganz trocken.«

Unter lautem Gelächter wurde ihm ein Glas gereicht.

»Und von wem ist dieser Tropfen?« Eberbach hatte erwartet, dass es einer der seinen sei, doch eine Stimme verriet ihm, dass dem nicht so war.

»Der ist von mir, August. Auf dein ganz besonderes Wohl.«

Es war die Stimme seines Bruders Gerhard.

Eberbach kippte den Wein vor aller Augen gen Boden. Genauer gesagt: auf seinen Bruder.

»Untrinkbar«, kommentierte er. »Das reinste Gift. Eine Schande für unseren schönen Ort. Vermutlich ein Merlot, ein Cabernet oder ein Sauvignon Blanc.«

»Sauvignon ist aber weiß«, rief sein Bruder wütend, dem der Wein in den Augen schmerzte.

August Eberbach beachtete ihn nicht weiter. Er wandte sich an seine Untertanen. »Liebe Freunde, Ihr alle kennt den familiären Schicksalsschlag, der mich bis heute verfolgt. Vermutlich ein Kuckucksei, so sagt man doch. Ich gehe weiter: eine Missgeburt und Teufelei, ein Fehler Gottes, eine Schande im Antlitz unseres schönen Ortes. Einst machte er mir meinen treuen Jagdhund auf hinterfotzigste Art abspenstig, weil dieser mich angeblich nicht leiden konnte und ihn sehr wohl. Später erhielt er einen Weinpreis, der von Rechts wegen mir zugestanden hätte, und riss sich durch Erbschleicherei die einzige wertvolle Parzelle meiner bescheidenen Eltern unter den Nagel. Es ist ein Mensch, mit dem ich mich nicht mehr abgebe. Und keiner von Euch guten Leuten sollte sich in Zukunft mit ihm abgeben. Abschaum ist er, und dieses Wort verwende ich nicht leichtfertig. Er sollte nun den Saal verlassen. Gebt mir bitte ein neues Glas, gefüllt mit meinem Trollinger!«

Die Stimmung war nun stocknüchtern, keiner traute sich mehr, etwas zu sagen. August Eberbach erhielt ein neues Glas und ließ den Wein darin kreisen, roch daran, ließ ein deutlich vernehmbares »Mhm!« erklingen und trank einen mächtigen Schluck.

»Heidenei! Das ist wahrhaftig der beste Wein, den ich je gekeltert habe. Vollmundig, doch samtig, feinduftig und saftig. So schmeckt das Remstal. Darauf trinke ich. Hebt die Gläser und lasst uns feiern!«

Zögerlich wurden die Gläser gehoben, nur langsam traute man sich, wieder guter Laune zu sein. Der Schluck Wein half.

»Das war nicht deiner, August«, sagte eine höhnische Stimme und hielt eine halb leere Flasche hoch. »Es war wieder meiner. Ein Merlot vom Fellbacher Lämmler. Danke für dein Lob, und schön, dass es alle gehört haben. So was Gutes hast du tatsächlich noch nie gekeltert.« Es war Gerhard, und er triumphierte. Der verhasste Gerhard!

August Eberbach spuckte aus, was vom Wein noch in seinem Mund war, wollte würgen, doch es gelang ihm nicht. Er begann zu husten, lief puterrot an, packte sich an den feisten Hals, griff sich dann ans Herz, röchelte ruckartiger, lief blau an, schnappte nach Luft, stürzte von der Empore.

Und war tot.

Daran gab es keinen Zweifel. Doch das Glas Wein hielt er weiterhin fest umklammert in der rechten Hand. Es war nicht zerbrochen, sogar ein Tropfen Wein fand sich noch darin.

Die Uhr schlug dreizehn Uhr dreißig. In einer halben Stunde startete der Festumzug.

Und der König war mausetot.

Gerhard Eberbach stand mit seiner Familie in der Nähe der Schwabenlandhalle, wo der Zug sich auflösen und der Oberbürgermeister seine Herbstansprache zum Besten geben würde. Er selbst wäre dann wohl längst auf dem Weg zur Polizeistation. Was war ihm da nur wieder passiert?

Auf Gerhards Schultern saß sein Sohn, die Tochter hielt die Hand der Mutter. Reitertrupps, Buttenträger, Trachtengruppen und zahlreiche Abordnungen von Vereinen, Schulen, Kirchen und Musikkapellen waren bereits vorbeigezogen. Auch Abordnungen der Partnerstädte – aus Tain l'Hermitage und Tournon-sur-Rhône (Frankreich), Erba (Italien), Pécs (Ungarn) und Meißen (Sachsen) – waren vertreten gewesen. Nun erwarteten alle den Höhepunkt: die »Fellbacher Bürgergruppe«. Gerhard Eberbach begann zu zittern, und er nahm noch einen Schluck seines Weins.

»Du sollst doch nicht so viel trinken!«, zischte seine Frau. »Heute Abend kannst du wieder nicht gerade stehen. Musst nicht meinen, dass ich dich dann am Stand ablöse!«

Gerhard Eberbach trank aus. Was für eine verheerende Publicity würde er bekommen, wenn allgemein bekannt wurde, dass sein Wein den Bruder getötet hatte? Sitzen bleiben würde er auf dem ganzen Jahrgang. Dabei war der Merlot so gut gelungen.

Mörderisch gut.

Er konnte ein Lächeln nicht unterdrücken. Doch es tat weh.

Gleich würde der Wagen seines Bruders kommen. Gerhard Eberbach hatte sich extra ans Ende des Zugweges gestellt, da er das Unvermeidliche möglichst lange hinauszögern wollte. Jede Minute mehr, die sein Leben in den bekannten Bahnen verlief, wollte er auskosten. Nachdem sein Bruder tot umgefallen war, hatte Gerhard Eberbach das Gasthaus in Panik verlassen. Sein Wein war in Ordnung gewesen, er hatte ihn selbst getrunken. Kein Gift oder solch ein Blödsinn. Doch sein Bruder, ausgestattet mit einer Kampfleber, war daran erstickt.

Alle würden ihn verdächtigen.

Nun war der letzte Festwagen zu sehen. Die Damen der »Fellbacher Bürgergruppe«, welche zum Teil orientalische Bauchtänzerinnenmaße hatten, gaben darauf den Tanz der sieben Schleier. Es war fraglos eine einmalige Verbindung von Orient und Württemberg. In einem großen Weinkelch aus Pappe räkelte sich, so gut es eben ging, Elsa von der Bundeskegelbahn, als Verführung pur. Gerhard Eberbach brauchte seinen Kindern dafür jedoch nicht die Augen zuzuhalten. Da strahlte selbst Schneewittchen mehr Erotik aus.

»So zufrieden hab ich den Onkel August ja noch nie gesehen! Der schaut so glücklich und lieb aus«, sagte seine Tochter ganz überrascht.

Und sie hatte recht. Am höchsten Punkt des Wagens saß sein Bruder als Gott Bacchus in einem Weinfass, den Arm nach vorne gereckt, in der Hand ein Glas, gefüllt mit Wein, ein Lächeln in seinem Gesicht. Er winkte den Scharen nicht zu, aber das hatte eh keiner von ihm erwartet. Sie prosteten in seine Richtung und jubelten. Für genug Bewegung sorgten die Damen mit ihrem Schleiertanz.

»Wir konnten den Festumzug doch nicht ohne König stattfinden lassen«, hörte Gerhard Eberbach plötzlich eine Stimme ganz nah an seinem Ohr – es war der Oberbürgermeister. »Deshalb haben wir ihn mit Paketklebeband am Stuhl festgemacht. Man sieht es nicht, weil das Hemd drüber ist. Raffiniert, was?«

Gerhard Eberbach nickte. Doch er fragte sich, was dieses Possenspiel bloß zu bedeuten hatte.

»Heute Abend wird er etwas zu viel von seinem eigenen Wein trinken und selig dahinscheiden. Darauf haben wir uns alle geeinigt.«

Gerhard Eberbach bekam einen leichten Klaps auf den Rücken. »Herzlichen Glückwunsch zum Erbe. Ich denke mal, du sponserst uns nächstes Jahr den Umzug, oder? Und meine Partei würde sich sehr über eine großzügige Spende zur Unterstützung meiner Wiederwahl freuen.«

Gerhard Eberbach nickte wieder.

In diesem Moment sah er das Motto des Festumzugs, das in großen goldenen Lettern auf den Prunkwagen seines verstorbenen Bruders gemalt war: »Mit Wein dem Himmel so nah«.

Dazu fiel ihm genau ein Wort ein.

»Heidenei.«

Weintipp

Manchmal wird einem erst nach dem Schreiben einer Geschichte bewusst, dass man eine kleine Hommage verfasst hat. Der tragische Held im Krimi »Heidenei«, der Winzer Gerhard Eberbach, lebt im württembergischen Remstal und ist offen für ungewöhnliche Rebsorten. Tja, es gibt wirklich einen Spitzenwinzer auf diesem Fleckchen Erde, der die Scheuklappen abgelegt hat. Sein Name: Albrecht Schwegler. Und so heißt auch sein Weingut. Es ist nur 1,7 Hektar groß. Und es ist pure Leidenschaft. Früher war Schwegler in einer Großkellerei tätig, pumpte aberwitzige Mengen Wein von einem Stahltank in den anderen – und irgendwann hatte er genug davon. Heute leitet er im Hauptberuf eine Firma für lineartechnische Teile und im Nebenberuf eines der besten Weingüter Württembergs. Rebsorten wie Merlot, Cabernet Franc oder auch Blauer Zweigelt vermählt er zu grandiosen Cuvées, die aufs Feinste reifen können. Man merkt den Tropfen die Liebe an, die Albrecht Schwegler in ihre Erzeugung steckt. Kein Wunder, dass er sie allesamt nach Edelsteinen benennt.

Die Geschichte der Tellerwäscherin

Der Gang kam wirklich zurück! Von allem etwas – und von allem zu viel. Melba von Thunfisch, Yellowfin mit Zitruspulver, Stockfisch-Brandade mit Kefirblättern und Birne mit marinierten Sardinen. Vormals edel angerichtet, nun eine einzige Sauerei. Als hätte eine barbarische Schlacht auf dem teuren Porzellanteller stattgefunden. Die Stoffserviette lag als Kollateralschaden inmitten des Fischpürees, und Speisereste waren über den Tellerrand geschmiert, als hätte der Gegner sie bei der Flucht einfach erdrückt.

Liliane Barbet leerte alles mit langen Fingern in den Mülleimer. Warum kam jemand ins »L'Émile«, das einzige Zwei-Sterne-Restaurant Kölns, und ließ dann den wunderbaren ersten Gang nahezu komplett zurückgehen? Sie sah aus den Augenwinkeln, dass der jungenhafte französische Chefkoch enttäuscht den Kopf hängen ließ. Ceri Chonnem nahm sich solche Niederlagen immer verdammt zu Herzen. Dabei lag es doch nicht an seinen Künsten, das musste er doch wissen! Die Kritiker überschlugen sich mit Lobeshymnen für seine kreative, spielerische Küche, die selbst exotischste Kombinationen unglaublich schlüssig erscheinen ließ. Doch jede halb angekaute Dauphinekartoffel, jedes angeknabberte Kalbsbäckchen brachte den Provenzalen dazu, seine rahmenlose Brille zu putzen und einige Minuten so zu arbeiten, dass keiner in der kleinen Küche sein Gesicht sehen konnte. Der Hass auf den unwürdigen Esser dampfte dann heißer aus der Brigade als die Schwaden aus den Kochtöpfen.

Liliane warf die Meiko DV 80.2 an. Die riesige Maschine mit ihrem matten Metall wirkte wie ein fremdartiges Raumschiff in der kleinen Küche, doch Liliane liebte das kraftvolle Ungetüm. Die Programme des Durchschub-Geschirrspülers brauchten bloß sechzig, neunzig oder zweihundertzehn Sekunden, um allen Dreck fortzuzaubern, denn der Einbauboiler erhitzte das Zulaufwasser in kürzester Zeit auf eine Temperatur von bis zu hundert Grad. Liliane drückte den bequemen Rundum-Bügel herunter, mit dem sich die Haube über das betongraue Plastiktablett mit dem Geschirr ziehen ließ, und lauschte dem heiß einspritzenden Wasser. Die Teller kamen hervor, als hätte es niemals einen unzufriedenen Esser gegeben.

Doch an diesem Novemberabend wurde es immer schlimmer, und die DV 80.2 musste wieder und wieder zeigen, was sie zu leisten imstande war. Die vollen Teller kamen alle von Tisch neun des wunderschönen Belle-Époque-Restaurants mit Bistro-Flair: das gebratene Rotbarbenfilet mit Kürbiskernen, Ceris geniales Kalbsbries in Ahornsirup, ja, sogar das lockere Nougatküchlein mit Bittermandel-Eis und die legendäre »Kleine Reise nach Marokko«. Da Ceri es liebte, seine Speisen auf unzähligen Tellern, Schüsseln, Schalen, Näpfen, Bechern und Platten anzurichten, bedeutete dies viel Arbeit für Liliane.

Es sah nicht einmal aus, als hätte der Gast die Köstlichkeiten ernsthaft probiert. Vielmehr erschien es Liliane, als sei es ihm nur darum gegangen, auf dem Geschirr ein möglichst abstoßendes Bild zu erschaffen und Ceris Kreationen böswillig in Müll zu verwandeln.

Der Chefkoch flanierte an diesem Abend nicht durch den Gästeraum des Restaurants, um hier eine Hand zu küssen, dort ein Lob entgegenzunehmen und vielleicht sogar das ein oder andere Kochgeheimnis preiszugeben. Als nur noch der Patissier die Gäste zufriedenstellen musste, verschwand er einfach aus dem Restaurant im Agnesviertel. Ohne ein Wort des Abschieds.

Liliane Barbet prüfte an diesem Abend das Geschirr, das durch ihre grazilen Finger und das heiße Wasser der DV 80.2 gegangen war, unzählige Male. Sie wollte nicht, das Ceri sich ärgern musste, wenn er morgen für die Mittagsgäste seine Gerichte auf dem Porzellan platzierte. Sie wollte sein glückliches Gesicht beim Kochen sehen. Den Ausdruck leidenschaftlicher Konzentration, wenn sein Blick trotz Schweiß und Anstrengung so zärtlich über die exquisiten Zutaten glitt, wenn er behutsam über Filets strich und Liliane sich wünschte, es wären ihre Hüften.

Doch in den nächsten Wochen bekam sie immer weniger Gelegenheit dazu.

Schweinebauch mit Süßholz, Möhren-Ingwer-Flan, Kaninchenrücken in Muskat-Koriander. Alles kam verunstaltet retour. Es gab keinen roten Faden in der Ablehnung. Es ging nicht um Fisch, Ingwer, Nüsse oder exotische Aromen – einfach alles wurde abgelehnt.

Schnell stellte sich heraus, dass es immer derselbe Gast war.

Dessen Name kam niemandem bekannt vor. Es handelte sich weder um eine Berühmtheit noch um einen neidischen Kollegen. Der Mann war kein Kritiker und kein Journalist. Nach den Aussagen der Kellner wirkte er völlig harmlos. Liliane hatte nicht nachgesehen. Sie wollte diesen Mann hassen. Ein freundliches Gesicht wäre ihr dabei nur in die Quere gekommen. So grauenhaft, wie sie sich diese Kreatur vorstellte, konnte kein Mensch aussehen.

Ceri wirkte nach Wochen der Zurückweisung wie allen Blutes entleert. Seine Kreationen wurden fahriger, sein fehlendes Selbstbewusstsein versuchte er mit Salz und Pfeffer zu kaschieren.

Der Gästestrom verkümmerte mit der Zeit zu einem Bächlein.

Ceri trat nun an keinem Abend mehr vorsichtig hinter Liliane und fragte sie mit seiner leisen, höflichen Stimme, wie es ihr gehe, oder brachte ihr neue französische Vokabeln bei. Dabei war Liliane kurz davor gewesen, ihn in seiner Sprache nach einem Rendezvous fragen zu können.

»Avoir rendez-vous avec moi?«

Es klang wie Musik.

Sie übte nun alleine weiter. Vor dem Spiegel. Für den richtigen Augenaufschlag.

Hinauswerfen ließ sich der unselige Gast nicht. Er war höflich, sein Trinkgeld mehr als angemessen, und er beklagte sich nie. Es habe ihm hervorragend geschmeckt, pflegte er zu sagen, er habe einfach zu wenig Hunger mitgebracht. Der Patron des »L'Émile« spendierte ihm Wein, kürzte die Rechnung, tat alles, um ihn freundlich zu stimmen. Und hungrig. Schließlich strich ihm die Chefin den Brotkorb, ließ die Portionen verkleinern, mischte gar Appetitanreger in den ausgeschenkten Wein.

Es half alles nichts.

Die Teller kamen voll zurück. Häufig erst nach langer Zeit, wenn die Speisen schon Krusten ansetzten, Speisereste wie Schorf auf Messern und Gabeln lagen und Liliane schwer schrubben musste, bevor sie die Sachen in die Maschine geben konnte.

Kam der fragliche Gast, und dies tat er immer häufiger, verlängerte sich Lilianes Arbeitszeit bis spät in die Nacht. Alles musste sauber sein, bevor sie das »L'Émile« verlassen durfte.

Es fiel ihr stetig schwerer, nach solchen Nächten aufzustehen. Ihr wunderbares neues Leben fing an, sie zu erdrücken. Dabei hatten die ersten Monate Liliane so gutgetan. Endlich war sie ihrer Ehe entronnen, die sie aller Eigenheiten und Interessen beraubt und auf bloße Funktionen beschränkt hatte. Es war ein großes Glück gewesen, dass Ceri sie als Tellerwäscherin akzeptiert hatte. Ohne Ausbildung und mit Mitte vierzig bereits nahe der Unbrauchbarkeit für den Arbeitsmarkt, war dies ihre Chance gewesen. Lilianes neue Wohnung hatte nur ein Zimmer. Doch es gehörte ihr. Natürlich hatte sie das Haus eingerichtet, in dem sie mit ihrem Mann so viele Jahre verbracht hatte. Doch stets hatte sie das Interieur so gestaltet, wie es ihm gefallen mochte. Sie hatte ihm ein Nest gebaut. Und selbst im Astgewirr gehaust.

Sie würde nicht zurückkehren. Egal, wie schlimm es im »L'Émile« noch wurde. Sie würde sich niemals wieder unter sein Regiment begeben. Dann lieber jede Nacht erschöpft und mit aufgequollenen Händen in die Laken sinken. Ohne Zeit, ein Buch zu lesen, ohne Zeit, am Rhein zu flanieren, ohne Zeit für Liebe.

Nach einigen Wochen begann der Gast, jeden Abend bei ihnen zu essen. Sie nannten ihn mittlerweile »das Schwein«. Doch Liliane fand, dass der Name nicht passte. Zwar hinterließ er Spuren wie eine Sau am Trog, doch die Borstentiere liebten es zu fressen. Es war ihnen egal, womit sie ihre Mägen füllten, Hauptsache, diese fühlten sich danach schwer und warm an. Dieses Schwein jedoch war krank.

Es begab sich am 18. Dezember, Lilianes Geburtstag, dass

der Gast Zigarre rauchend bis zwei Uhr früh über seinem Dessert saß, nur alle paar Minuten eine kleine Gabel nehmend. Er hatte den Kellnern bereits fürstliche Trinkgelder zugesteckt, alle Köche waren längst nach Hause geeilt und nur eine Bedienung im Restaurant verblieben. Liliane konnte das Schnarchen des Kellners bis in die kleine Küche hören.

Die Zeit wurde zäh wie zu lang gebratenes Rückenfleisch.

Liliane griff zum normannischen Seelentröster, trank, tupfte sich einige Tropfen hinter die Ohrläppchen, rieb damit ihre Hände ein. Sie begannen sogleich, nach Calvados zu duften. So gut, dass Liliane mehr trank – auf sich, auf ihr Leben. Und da beides eine Lüge war, trank sie noch mehr.

Plötzlich hörte sie Stimmen aus dem Restaurant.

Es wurde gelacht. Zwei Menschen, zwei Männer, amüsierten sich. Doch die Stimme des Kellners war das nicht.

Liliane lugte durch die Schwingtür, trat dann in das verbotene Reich, in das sie mit ihrem schmutzigen Kittel, den Gummihandschuhen und dem vom Dampf geröteten Gesicht nicht gehörte.

Das Licht war gedimmt, die Vorhänge zugezogen. Hinter dem Tresen stand niemand mehr.

Aber Ceri war wieder da.

Er saß an Tisch neun. Beim letzten Gast. Das Dessert »Le petit Tiramisu à la mousse de chocolat et sabayon au café« stand auf dem Tisch. Es war zur Hälfte verspeist.

»Köstlich, einfach köstlich! Ich verstehe gar nicht, wie ich Ihre anderen Kreationen verschmähen konnte.« Die kratzige Stimme klang fremd, und doch schien sie einen Kern Vertrautheit zu enthalten.

»Nicht wahr? Was gefällt Ihnen besonders?«, fragte Ceri. Er klang noch süßer als die köstliche Nachspeise.

»Die Sabayon! Ihre Konsistenz! Fast transzendental in ihrer Feinheit! Und neckisch das mit Zitronengrascrème gefüllte Überraschungsei – Sie sind ein Genie.«

Liliane war überglücklich. Die Zeit der Leiden war vorbei, für sie und Ceri. Der Gast aß und hatte endlich die Größe der Küche des »L'Émile« begriffen.

Ihre Augen gewöhnten sich an das Dämmerlicht, und der Schemen des Fremden, der ihr den Rücken zugewandt hatte, gewann Kontur und Details. Sein Sakko war sehr elegant, anthrazitfarben, tailliert geschnitten, aus Kaschmir. Sie selbst hätte es auch ausgewählt für einen Abend im Restaurant.

Ceri winkte ihr fröhlich zu, und Liliane trat näher, lächelte ihn an.

Der Gast hörte dem Chefkoch aufmerksam zu, kerzengerade, den Kopf leicht nach vorne gesenkt.

»Ich kann gar nicht genug davon bekommen«, sagte jetzt wieder die kratzige Stimme.

Doch die Worte kamen aus Ceris Mund. Nun nahm er sich die Gabel und aß das Dessert.

»Köstlich, Monsieur Chonnem«, sprach Ceri weiter, mit verstellter Stimme und vollem Mund. Er bedeutete Liliane, am Tisch Platz zu nehmen. »Ich möchte dir einen hochinteressanten Gast vorstellen.«

Sie setzte sich. Nun sah sie das Gesicht des Mannes. Der Mund war weit aufgerissen, die Augen ebenfalls, der Blick starr. Aus seiner Brust, in Höhe des Herzens, ragte der Griff eines schweren Brotmessers. Die Klinge musste bis zum Holz des Stuhls reichen, den Toten aufspießend und in der Waagerechten haltend. Blut war über Hemd und Krawatte gespritzt und über die Anzughose bis auf den Boden heruntergeflossen. Nun wusste Liliane, warum ihr das Sakko so gut gefiel.

Sie hatte es gekauft.

Denn der Gast, das Schwein, das kranke, mit dem Ceri nun weitersprach, war ihr Mann. Der sie all die Jahre behandelt hatte wie eine Selbstverständlichkeit, wie eine Köchin, Putzfrau und Hure. Wegen ihr hatte er die Teller so verunstaltet. Nur sie wollte er treffen, Ceri war ein unschuldiges Opfer. Mit jeder besudelten Suppenschale, jedem verkrusteten Löffel hatte er auf sie, Liliane, gespuckt.

Nie wieder würde er ihr Schaden zufügen.

Ceri lachte laut auf. »Es ist so nett, dass Sie das sagen! Ich freue mich wirklich sehr darüber, dass dies das beste Dessert Ihres Lebens ist.«

Liliane strich Ceri sanft über den kahlen Kopf, holte eine Sackkarre und brachte ihren dahingeschiedenen Mann zur DV 80.2, wuchtete ihn mitsamt Messer hinein, riss die doppelwandig isolierte, reinigungsfreundliche Aluminium-Dampfhaube so weit es ging herunter und betätigte den roten Knopf, der das heiße Wasser aus unzähligen Düsen schießen ließ. Es traf ihn mit voller Kraft. Liliane war, als ließe sich damit alles abwaschen, nicht nur die letzten Wochen, sondern auch all die Jahre davor. Sie drückte auch den Schalter für »AktivClean«. Er sollte rein werden. Keine Fingerabdrücke, Hautschuppen oder Haare sollten auf den armen Ceri hinweisen. Sie war in diesem Moment sehr glücklich, dass die DV 80.2 eine Drucksteigerungspumpe hatte, die das Wasser in scharfen, spitzen Strahlen auf das zu reinigende Objekt schoss. Zu allen Seiten spritzte das Nass heraus, durchtränkte heiß ihre Kleidung, setzte die Küche Land unter, bis der kleine Raum nur noch aus Feuchtigkeit bestand, auf dem Boden und wallend in der Luft. Alles um sie herum war mit einem Mal so wunderbar weiß. Wie in Watte. Unschuldig, als sei die Welt noch nicht erschaffen. Liliane drang der Schweiß aus allen Poren

Erst nach der vollen Programmzeit hob sie die Haube. Ihr Mann war porentief sauber geworden, und rot glühend wie der Teufel. Sie öffnete die Fenster und ließ den Dampf hinaus in die kalte Luft der Stadt.

Dann begann sie die Küche sauber zu machen. Noch niemals hatte es ihr solche Freude bereitet, dem Wischmopp beim Vollsaugen zuzuschauen. Sie brachte in dieser Nacht alles zum Blitzen und polierte die DV 80.2 bis in die frühen Morgenstunden.

Als sie zurück ins Restaurant ging, saß Ceri immer noch dort und redete mit sich. Doch nur seine eigene Stimme war zu hören, und sie klang wieder so samtig wie vor den Besuchen ihres Mannes. Ceri war wieder im Reinen mit sich, er war wieder glücklich. Liliane setzte sich neben ihn und lehnte sich liebevoll an seine Schulter. Auf dem Tisch waren noch einige Blutspritzer, die sie fast andächtig wegwischte.

»Avoir rendez-vous moi?«

Er wandte sich zu ihr und seine feinen Lippen berührten die ihren. »Oui, mon petit ange.«

Sie würde alles verzehren, was er ihr vorsetzte.

Weintipp

Auch »Die Geschichte der Tellerwäscherin« ist eine Hommage – doch in diesem Fall wusste ich es vorher. Deswegen habe ich auch Hinweise eingebaut, welches Restaurant und welcher Koch in der Geschichte gemeint sind.

Inspiration für das »L'Émile« war Kölns einziges Zwei-Sterne-Restaurant, das »Le Moissonnier«. Warum der Name »L'Émile«? 1885 gründete der berühmte Kunstschreiner Emile Moissonnier in Bourg en Bresse sein Geschäft. Und Ceri Chonnems Vorbild in der wirklichen Welt ist der Koch des »Le Moissonnier«, Eric Menchon. Puzzeln Sie einfach etwas mit den Buchstaben …

Die Menüs in diesem so besonderen Restaurant sind stets Entdeckungsreisen, die zeigen, wie köstlich Ungewohntes sein kann. Also sollte zu der Geschichte ein ebenso ungewöhnlicher wie köstlicher Wein getrunken werden. Und er sollte Sterne beinhalten. Wie sagte doch der Kellermeister der Abtei Hautvilliers bei Reims, als er einen seiner Champagner genoss? »Ich trinke Sterne!« Der Name des berühmten Mönches: Dom Pérignon.

Doch Champagner wäre nicht ungewöhnlich genug. Also ein anderer Schaumwein aus Frankreich. Immer noch ein Geheimtipp sind die hervorragenden Sprudler der Loire. Ein Klassiker der Region ist das Haus Bouvet-Ladubay, dessen Saumur Brut »Saphir« fast zu hundert Prozent aus der Rebsorte Chenin Blanc besteht. Deutlich günstiger als die teure Konkurrenz aus der Champagne und wunderbar nach Birnen, Vanille und gerösteter Brioche duftend.

Eine andere Möglichkeit, den richtigen Wein zur Geschichte zu finden, ist, sich an das »Le Moissonnier« selbst zu wenden – dem Restaurant angeschlossen ist nämlich eine kleine, liebevoll sortierte Weinhandlung.

Eine Leiche zum Riesling

Ulrike stocherte lustlos in ihrem gemischten Friséesalat mit Moselaal. Dabei war er knackfrisch, der Fisch zuckte fast noch.

»Schmeckt es dir, Liebes?«, fragte Ulrich Klönke hoffnungsvoll. »Das ist einer der großen Klassiker hier.« Er hob die Arme, um das Reich zu zeigen, welches er ihr zu Füßen legte. Durch die große Fensterfront konnten sie einen Teil der Bremmer Moselschleife bewundern und mit dem Calmont gar den steilsten Weinberg Europas. Der Blick seiner Ulrike ging jedoch in den Raum, der im Glanz der vergoldeten Kronleuchter, der silbernen Teller und des Schmucks der anwesenden Damen erstrahlte. Ihre Miene verfinsterte sich.

Ulrich legte seine Hand zärtlich auf ihre. »Schau, wie festlich alle gekleidet sind! Ist das nicht richtig schön?« Er blickte ihr tief in die Augen. »Ich ... liebe dich.«

Ulrike Klönke lief puterrot an, die Äderchen auf ihren Schläfen traten hervor, als würden sie gleich zerplatzen.

»Habe ich das gerade richtig verstanden? Du liebst mich? Wenn du *so* deine Liebe zeigst, dann wäre es mir lieber, dass du mich hasst!« Sie zog zischend die Luft ein, ihre Fäuste schlossen sich um Messer und Gabel.

Sechzehn glückliche Jahre lagen hinter ihnen, doch Ulrich Klönke fragte sich nun ernsthaft, ob er ein siebzehntes erleben würde. Seine Frau richtete nämlich die Zinken ihrer Gabel auf ihn.

»Hast du mich mal angeschaut?«, fragte sie mit Eiseskälte. »Ich meine: *richtig* angeschaut?«

Darauf konnte es nur eine Antwort geben: »Du siehst fabelhaft aus – wie immer, Schatz!«

Etwas Spitzes traf ihn am Schienbein. Es fühlte sich an wie ein Eispickel, doch es musste Ulrikes Schuh sein.

»Ich sehe un-mög-lich aus! Aber das ist ja auch kein Wunder! Denn du hast mich ja zu einer Überraschungsspritztour entführt, ohne mir zu sagen, wohin es geht. Dabei hasse ich Überraschungen, das solltest du nach fünfzehn Jahren Ehe wissen. Und natürlich habe ich nicht das Richtige zum Anziehen dabei. Schon bei der Wanderung durch die Weinberge von …«

»… Bernkastel-Kues, am schönsten fand ich es im Bernkasteler Doctor mit seinem verwitterten Tonschiefer und im …«

Sie schnitt ihm das Wort ab: »Ich bin ständig mit meinen Slippern umgeknickt! Und nun sitze ich hier im Freizeitlook. Es ist so beschämend, ich könnte losheulen!«

Ulrich Klönke traute sich nicht, nochmals seine Hand auf die ihre zu legen – schließlich war Ulrike nun bewaffnet.

»Aber ich habe es doch nur gut gemeint, mein Engel! Und hier kocht doch dein geliebter Josef Kufer. Nicht im Fernsehen, sondern leibhaftig für dich!« Ulrich Klönke winkte einen Ober herbei. »Sagen Sie jetzt doch bitte Herrn Kufer Bescheid, dass er an unseren Tisch kommen darf.«

Der so Angesprochene buckelte und verschwand. Ulrich goss seiner Ulrike noch etwas Riesling nach, vom Schieferboden, eine fruchtsüße Spätlese aus Zeltingen-Rachtig. Als Aperitif hatte er einen seltenen Elbling aus Nittel reichen lassen, zum Hauptgang würde es einen Spätburgunder aus St. Aldegund geben – der rote Wein musste das Herz seiner geliebten Ulrike doch erweichen!

Die blickte ihn jedoch immer noch an wie ein tollwütiger Schimpanse.

»Ich hoffe für dich, dass er wirklich kommt – und sein neues Buch dabei hat«, zischte sie.

Schnell raunte Ulrich einen anderen Ober an: »Holen Sie bitte *endlich* Herrn Kufer an den Tisch!«

Langsam versank der Mond über dem Moseltal. Riesling-Kräutersuppe, Weincrewes und Moselzander in Safran-Rivanertraubensoße wurden aufgetischt. Viele Kellner kamen an den Tisch – doch kein Josef Kufer. Die Laune der immer stärker alkoholisierten Ulrike sank.

Und dann tauchte auch noch Irene auf.

Sie war der Grund, warum diese panisch organisierte Überraschungsreise überhaupt nötig war. Irene, seine Jugendliebe, mit der er sich zu einem Spaziergang getroffen hatte. *Einem harmlosen Spaziergang!* Es war nichts passiert, sie hatten nur über die alten Zeiten geredet. Ein kleiner Abschiedskuss auf die Wange, das war alles gewesen. Natürlich hatte er seiner Ulrike nichts davon erzählt, denn sie war doch immer so schrecklich eifersüchtig.

Aber dann hatte sie es doch herausgefunden.

Eigentlich sollte Irene längst wieder zurück in den Staaten sein.

Jetzt küsste sie ihn zärtlich zur Begrüßung. Auf die Lippen.

Ulrike stieg der Dampf aus den Ohren.

»Und Sie müssen Ulrike sein, freut mich sehr.« Irene reichte ihr die Hand. »Ulrich hat mir so viel über Sie erzählt – natürlich nur Gutes. Ich habe Sie mir aber ganz anders vorgestellt.«

»Wie denn?«, fragte Ulrike zuckersüß.

»Viel älter, und nicht so schlank.« Sie lehnte sich zu ihr herüber. »Und ich finde es ausgesprochen mutig, dass Sie hier im *casual dress* sitzen – es geht mir in Deutschland auch immer viel zu steif zu.« Sie kicherte. »Aber ich will nicht länger stören. Hat mich sehr gefreut!«

»Mich noch *viel* mehr«, erwiderte Ulrike. Es kam Ulrich vor, als wär die Temperatur auf den Gefrierpunkt gesunken. Er nahm einen großen Schluck des schmelzigen Weißburgunders vor sich – doch seine Lebensgeister kehrten nicht zurück.

Ulrike stand auf, griff sich ihr Glas (darin ein Riesling von der Lage Kröver Nacktarsch) und leerte es mit Schwung auf Ulrichs Anzug. Dann klebte sie ihm eine. Und schrie. Glühbirnen platzten nicht – aber die Glasscheiben wackelten bedrohlich.

Das ist das Ende, dachte Ulrich. Das Ende einer glücklichen Ehe. Er hatte sie mit Mosel, Wein und einem Kochbuch kitten wollen, doch nun … Ulrich Klönke fiel in sich zusammen.

Doch mit einem Mal straffte sich sein Körper wieder.

… nun musste er genau das tun!

Er zerrte die zeternde Ulrike in die Küche des Sterne-Etablissements. Hier würde er Josef Kufer finden! Der stets lächelnde Bartträger würde ein paar lockere Sprüche loslassen, Ulrike in den Arm nehmen, und alles, alles wäre wieder gut.

Die Kochbrigade blickte erschrocken auf, als das Gespann in ihre Welt hereinbrach.

»Wo ist Kufer?«, brüllte Ulrich. *»Bringt mir Kufer!«* Er griff sich eine unschuldige Weinflasche, die dummerweise zum Ablöschen bereitgestellt worden war, und hielt sie drohend empor.

»Lass mich los, du Monster!«, schrie Ulrike derweil und versuchte, ein grobes Brotmesser zu greifen. Ein umsichtiger Koch schob es schnell außer Reichweite.

Gleich würde Kufer erscheinen, davon war Ulrich überzeugt, und seine Ulrike würde ihm dankbare Küsse geben. Vielleicht gewährte sie ihm sogar eine Liebesnacht.

Doch der berühmte Josef Kufer, Erneuerer der Moselküche, Integrierer der römischen Tradition, trat nicht vor sie. Stattdessen ein kleiner, blasser Mann mit eingedellter Kochmütze.

»Wie …«, begann er stotternd, die Hände gleichsam zum Gebet gefaltet, »… darf ich Ihnen behilflich sein?«

»Kufer!«, stieß Ulrich atemlos aus.

»Er ist heute leider, leider nicht zugegen. Sie müssen verstehen, ein Fernsehtermin. Ich werde Ihnen aber gerne ein für Sie signiertes Buch überreichen. Mit Empfehlung der Restaurantleitung!«

Plötzlich hörte Ulrich ein metallisches Pling. Irgendwie klang es böse. Es war Ulrikes Ehering, der im brodelnden Öl der Fritteuse landete.

»Das war's«, brachte Ulrike nach Luft ringend hervor. »Ich lasse mich scheiden. Und du bekommst nichts!«

Hinter sich hörte Ulrich mit einem Mal ein Kichern. Es war Irene. Und plötzlich spürte er, dass alle Restaurantgäste das entwürdigende Schauspiel beobachtet hatten.

In diesem Moment setzte sein logisches Denken einfach aus.

Er griff in die Fritteuse, um den Ring herauszufischen. Hundertachtzig Grad heißes Öl verwandelte seine Hand in ein knuspriges Stück Fleisch. Der Schmerz raste durch seinen Körper, und Ulrichs Augen stülpten sich aus seinem schmächtigen Kopf. *Rache!*, dachte er und holte mit der wohlgeformten Schlegelflasche aus, um seine Ulrike zu treffen und ihr Vernunft mit diesem Moselerzeugnis einzubläuen.

Doch sie duckte sich.

Der kleine Koch hingegen, der mittlerweile ein signiertes Kochbuch herbeigeschafft hatte, tat das nicht.

Die Glashütte hatte ganze Arbeit geleistet, denn die Weinflasche ging nicht kaputt, wohl aber der Schädel des armen Kochs.

Es dauerte einige Zeit, bis Ulrich wieder atmete. Dann griff er sich wie in Trance das Buch und schlug es auf.

»Für Ulrike«, stand darin. »Leider konnte ich heute Abend nicht da sein. Aber dein Mann – der dich sehr liebt – wird dir sicher einen wunderbaren Abend auf moselanische Art bereitet haben. Dein Josef Kufer.«

Ulrich reichte das Buch seiner Ulrike.

Dann beschloss er, in Ohnmacht zu fallen.

Er spürte nicht mehr, wie sie ihm zum Dank einen Kuss auf die Stirn gab, und sah auch nicht, dass sie die Widmung triumphierend Irene präsentierte. Ulrich war in einer anderen, besseren Welt, wo Überraschungen Frauen noch erfreuten und Köche zu jeder Stunde am Herd zu finden waren.

Weintipp

»Eine Leiche zum Riesling« spielt an der Mosel, Deutschlands wohl berühmtestem Weinbaugebiet. Ulrich Klönke versucht seine geliebte Ulrike nicht nur mit einem Spaziergang durch die berühmte Weinlage Bernkasteler Doctor zu besänftigen, sondern auch mit einer fruchtsüßen Spätlese aus Zeltingen-Rachtig (wo entfernte Verwandte von mir einst ein Weingut betrieben), mit einem Elbling aus Nittel, einem Riesling vom Kröver Nacktarsch und sogar einem Spätburgunder aus St. Aldegund (vermutlich von Rotwein-Pionier Uli Stein). Mit anderen Worten: Ulrich Klönke fährt ganz schön was auf.

Trotzdem empfehle ich einen anderen Tropfen.

Das Restaurant in der Geschichte bietet eine Aussicht auf den atemberaubenden Bremmer Calmont, Europas steilsten Weinberg. Bekanntester Winzer dieses außergewöhnlichen Fleckchens Erde ist Ulrich Franzen vom Weingut Franzen in Bremm (bei ihm können Sie sogar die Patenschaft für einen Rebstock in der legendären Lage übernehmen). Da der Calmont so steil ist, bekommt er extrem viel Sonne, weshalb die Weine viel fruchtiger und opulenter ausfallen als andere Moselrieslinge. In trockenen und heißen Jahren ist es manchmal des Guten etwas zu viel, in klassischen Moseljahrgängen dagegen trumpft die Lage auf. Ein echtes Erlebnis. Aber Obacht: nur für Schwindelfreie!

Das Sükrüt seiner Mutter

Er wusste es, wie ein Elefant, der sich auf den Weg zu einem Dickhäuter-Friedhof in den Weiten Afrikas machte. Der Tod wartete, und er wurde ungeduldig, weil Gustave Kreydenbach sich Zeit gelassen hatte. Viel zu viel Zeit.

Eingesunken wie ein alter Ball, fuhr Gustave Kreydenbach in seinem verbeulten Citroën nach Innenheim, seiner Heimat aus Kindertagen. Der kleine Ort befand sich im Elsass, am Fuß der Vogesen und in Hörweite der A35. Es war Advent, und der Schnee lag hoch in den Weinbergen. Die Rebstöcke waren nur Gerippe, von denen seit Langem das Fruchtfleisch gelöst war. Gustave Kreydenbachs sehnige Arme hielten das Lenkrad krampfhaft fest. Er hatte Angst vor jeder Kurve. Angst, es nicht noch einmal essen zu dürfen, bevor er für immer gehen musste.

Er nahm sich ein kleines Zimmer in einer Pension mit defekter Leuchtreklame, ganz oben unter dem Dach, wo es am wenigsten kostete. Er packte seinen Koffer nicht aus, legte ihn nur aufs Bett und ging direkt hinaus, den dicken Wollmantel gegen die tief jagenden Winde fest um sich geschlungen.

Er nahm die erste Tür, aus der es duftete. Ihn interessierten weder die Preise auf den draußen aushängenden Menüs, noch ob die Gaststätte von einem Restaurantführer empfohlen wurde oder welche Kreditkarten sie akzeptierte. Nur eines war wichtig: Es roch nach Sükrüt – *choucroute alsacienne* –, dem Sauerkraut, das seine Heimat zu durchziehen schien wie Pilzfäden die Waldböden.

Gustave Kreydenbach wehrte die Speisekarte ab, als sie ihm gereicht wurde. Er wusste, was er wollte und dass sie es hatten.

»Keine Vorspeise«, sagte er. Nein, auch kein Foie gras. Nur Sükrüt mit Schweinebauch, Eisbein und Würstchen. Und einen einfachen Wein. Einen AC aus Chasselas, Goldriesling, Knipperlé und Müller-Thurgau. Ruhig etwas süßer. Und alles schnell, denn seine Zeit lief ab. Nein, er wollte nicht darüber reden.

Die Servierdame mit dem Oberlippenbart erinnerte Gustave

Kreydenbach an seine Mutter. Ein gutes Zeichen. Es ging schließlich um das Sauerkraut seiner Mutter, den Geschmack der Kindheit, welchen er nun noch einmal zu sich nehmen wollte. Sie war früh gestorben, überfahren worden, womit seine Jugend geendet und sein verfrühtes Erwachsenendasein im Kinderheim begonnen hatte. Niemand hatte das Sükrüt wie sie gekocht.

In der Wartezeit lauschte Gustave Kreydenbach auf sein Herz. Wie viele Schläge würde es ihm noch gewähren, wie viele Atemzüge, wie viele Mahlzeiten?

Das Essen kam schnell, und es dampfte. Der Teller quoll über vor Kraut und großen Fleischstücken. Gustave Kreydenbach probierte zuerst Schweinebauch, gefolgt von Eisbein und Würstchen. Alles war in Ordnung, genau so hatte es die Mutter immer gemacht. Und er sah erste Erinnerungen an seine Jugend aufleuchten. Doch sie waren schwach, nicht mehr als Schemen. Die entscheidende Zutat, die Farben satt wie Technicolor über allem ausschüttete, fehlte noch. Sükrüt. Sauerkraut. Gustave Kreydenbach wusste genau, wie es zubereitet werden musste, denn er hatte seiner Mutter oft dabei zugesehen. Das rohe, bereits geschnittene Kraut wurde zuerst gewässert und wanderte danach in einen Topf, welcher bereits in Öl erhitzte Zwiebeln und Knoblauch enthielt. Die Krautballen wurden auseinandergezogen und gleichmäßig verteilt. Das hatte er immer machen dürfen. Dann musste Riesling hinzugegeben werden, bis das Kraut bedeckt war – den Rest der Flasche hatte stets sein Vater bekommen, der nie die Küche betrat. Nur wenn eine gesalzene und eine geräucherte Speckschwarte mitgekocht und in einem Leinensäckchen Lorbeerblätter, Nelken und Wacholder dazugegeben wurden, schmeckte das Sauerkraut richtig. Seine Mutter hatte nie abschmecken müssen, ihr Handgelenkt wusste stets, wie viel Salz und Pfeffer noch notwendig waren.

Gustave Kreydenbach nahm eine große Gabel voll. Kleine Portionen Sauerkraut machten seiner Meinung nach keinen Sinn, der Mund sollte gefüllt sein, und die Zähne mussten einen ordentlichen Weg zueinander zurücklegen, um das Gefühl zu erhalten, die erfrischende Kraft der Köstlichkeit vollends in sich aufzunehmen.

Er probierte.

Das Bild in seinem Kopf, seine Kindheit, wurde farbig. Lorbeerblätter, Nelken und Wacholder, jede Geschmacksnuance gab einen neuen Ton hinzu. Das Fotoalbum blätterte auf.

Doch es wirkte nicht echt.

Zwar konnte er die Bilder erkennen, aber etwas fehlte, das die Erinnerungen lebendig werden ließ. Sie waren wie eingemottet, in ihrer Form klar erkennbar, doch ohne Kraft.

Dieses Sükrüt schmeckte nicht wie das seiner Mutter! Es war nur ein fader Abklatsch. Gustave Kreydenbach sprach die Serviererin darauf an, fragte, was der Koch falsch gemacht haben könnte, erzählte von seiner Familie, die vor so vielen Jahren hier gelebt hatte, und erkundigte sich, ob sie jemanden wüsste, der seine Mutter noch gekannt haben könnte – und ihr Rezept, ihr einzigartiges Rezept, das ihm die Jugend wiederbringen würde, wenigstens für einige Bisse.

Nein, sagte sie, von einer Familie Kreydenbach habe sie nie gehört, und Innenheimer dieses Alters kenne sie keine, es gebe sie auch kaum noch, sie seien längst irgendwo anders untergebracht. Ob er trotzdem noch etwas wolle, vielleicht Tarte aux pommes oder Zwatschgawaia zum Nachtisch? Es seien auch noch Bredele da.

Nein, sagte Gustave Kreydenbach. Er zahlte, verließ das Gasthaus und ging in das nächste hinein, an dem ihn sein Weg entlangführte. Fünf schaffte er an diesem Abend, und obwohl er immer nur wenige Bissen nahm, bevor er die Gabel enttäuscht sinken ließ, war er am Ende vollkommen gesättigt, und die Winde suchten ihn in dieser Nacht stürmisch heim. Der Tod, verriet ihm ein Traum, war trotz des gesunden Sauerkrauts mit seinem vielen Vitamin C wieder einen Schritt näher gekommen; Gustave Kreydenbach konnte dessen Gesicht nun klarer denn je erkennen. Der Tod hielt ein Stundenglas in der knöchernen Hand, und in der oberen Hälfte war nicht mehr viel Sand.

In den nächsten Tagen ernährte sich Gustave Kreydenbach ausschließlich von Sükrüt, doch stets bekam er seine Kindheit nur in Standbildern zu sehen – wenn überhaupt. In manchen

Fällen schlug sich das Buch der Zeit nicht einmal auf, da ihm neumodische Sauerkraut-Kreationen wie Sauerkraut mit Gans, Sauerkraut mit Fisch, Stopfleber und Sauerkraut oder Junges Rebhuhn und flambiertes Sauerkraut mit Rosinen serviert wurden. Er hatte zweifellos oft gut gegessen, vielleicht sogar besser, raffinierter als bei seiner Mutter, die gekocht hatte, wie arme Leute kochen mussten. Doch es ging ihm nicht darum, das beste Sükrüt zu essen, sondern jenes seiner Kindheit. Seiner viel zu kurzen Kindheit, der ein viel zu langes Alter gefolgt war.

Ganz Innenheim hatte er bald nach dem Sükrüt seiner Mutter abgegessen. Bei Nacht erkannte er im Schädel des Sensenmannes nun bereits die Furchen, an denen die Knochen einst zusammengewachsen waren. Der Tod schien zu lächeln.

Ob dies ein gutes Zeichen war?

Nur rund einen Kilometer südwestlich von Innenheim lag Krautergersheim, »La Capitale de la choucroute«, die Hauptstadt des Sauerkrauts. Es war einen Versuch wert, fand Gustave Kreydenbach, vielleicht den letzten. Das Geld würde bald genauso knapp werden wie die verbliebene Lebenszeit.

Er fuhr durch den matschigen Schnee nach Krautergersheim, das im Gegensatz zu früher nun eine Touristenattraktion war. Bei den schiefen Fachwerkhäuschen hatte Gustave Kreydenbach das Gefühl, man habe sie extra, pittoresken Gründen halber, aus der Senkrechten befördert. Zusammen mit den wie Zuckerguss wirkenden Schneehauben erschien ihm die Idylle unerträglich.

Er fraß sich trotzdem durch. Und da er es nicht mehr schaffte, ausschließlich Sauerkraut zu verzehren, bestellte er sich einmal auch eine kleine Portion Baeckeoffe und ein andermal Flammekuech, bevor er sich an die stets riesenhafte Erscheinung des heimischen Krautes begab.

Am Ende des Abends begann Gustave Kreydenbachs Körper einen säuerlichen Geruch anzunehmen. Die gewaltige Säure des Krautes bahnte sich von innen unaufhaltsam ihren Weg hinaus, sodass er wie eine gewaltige Portion Sükrüt duftete.

In Gustave Kreydenbachs Portemonnaie war nur noch wenig Geld, und er ahnte, dass ihm höchstens ein, zwei Tage blieben, bis ihn die Armut oder der Tod ereilten.

Ohne einen Blick in die Kindheit.

Schon fast wieder aus Krautergersheim hinaus, auf dem Rückweg durch den Schnee zu seinem am Ortsrand abgestellten Wagen, entschloss er sich, in einer schäbigen Touristenfalle von Restaurant einzukehren, in der niemand saß und dessen Bedienung vom asiatischen Kontinent stammte.

Gustave Kreydenbach bestellte nur eine kleine Portion. Und darüber war er froh, denn schon beim ersten Bissen merkte er, wie versalzen sein Kraut war.

Maßlos versalzen.

Doch mit einem Mal erschienen die Bilder seiner Erinnerung.

Sie begannen zu leben.

Das Sükrüt war versalzen, wie seine Mutter es immer versalzen haben musste! Er war wieder fünf Jahre alt und sprang Seil, verbrannte sich die Finger am heißen Ofen, sah das Lächeln seiner Mutter, nur für ihn.

Sie gab ihm einen Kuss.

Gustave Kreydenbach bestellte noch eine Portion. Und noch eine. Er fraß sich fast zu Tode, ergötzte sich an den Filmen seiner Jugend, die doch so viel mehr waren. Das Sükrüt ließ ihn alles noch einmal erleben. Gustave Kreydenbach begann vor Glück zu weinen, die Tränen rannen über seine Wangen, tropften ins Sükrüt, salzten es weiter nach und ließen es so immer mehr zum Geschmack der goldenen Tage werden. Als er merkte, dass er satt wurde, ließ er die Bissen immer länger im Mund, bis sie schließlich erkalteten, was schrecklich ernüchternd war, weil nur warm die Erinnerung kam, nur warm hatte er das Sauerkraut seiner Mutter damals gegessen. Immer eine große Portion.

Als nichts mehr ging, als der Ranzen spannte und der Magen schmerzte, beschloss er, am nächsten Tag wiederzukommen, wenn der Tod ihn ließe, und von früh bis spät hierzubleiben, als kleiner Junge, mit seiner Mutter.

Auf dem Rückweg, schon in Innenheim, nur wenige hundert Meter von seiner Pension entfernt, sah er einen alten Mann mit Baskenmütze auf einen Stock gestützt die Straße überqueren. Er erkannte ihn sofort und begriff, dass sein Glück nun perfekt war. Dass ihm der Tod nicht nur einige Stunden in der Kindheit gestattet hatte, sondern auch seinen sehnlichsten Wunsch wahr werden ließ.

Gustave Kreydenbach stieg auf das Gaspedal und drückte es durch. Er erwischte den Mann, der noch um einiges älter war als er selbst, mit voller Wucht. Zitternd vor Freude stieg er aus und legte zwei Finger an die Halsschlagader des Greises, der vor über sechzig Jahren seine Mutter überfahren hatte, und niemals dafür belangt worden war, da er sein Amt als Bürgermeister und seine Beziehungen weidlich genutzt hatte.

Kein Puls.

Gustave Kreydenbach nahm einen langen, kalten Atemzug.

Es war sein letzter.

Der Tod machte reiche Beute in dieser Nacht.

Weintipp

»Das Sükrüt seiner Mutter« sucht Gustave Kreydenbach in der Heimat, dem Elsass. Eine Reise in die Vergangenheit ist es, die er angetreten hat. Dazu passt der Wein eines elsässischen Winzers, der ebenfalls in die Historie blickt – und damit fortschrittlicher ist als die meisten seiner Kollegen. Marcel Deiss heißt dieser Mann. Manche halten ihn für völlig abgedreht, weil er seine Weinberge im gemischten Satz bestockt. Das heißt, die Rebsorten stehen wild durcheinander, so, wie es früher üblich war. Zum einen, weil die Winzer die Rebsorten gar nicht exakt unterscheiden konnten, zum anderen, weil dies eine Art der Risikominimierung darstellte. Irgendeine Rebsorte wurde in jedem Jahr reif und gesund.

Dieser Ansatz führt dazu, dass die Weine jedes Jahr sehr unterschiedlich ausfallen. Und genau das gefällt Marcel Deiss. Sei-

ne Weine sollen das Terroir und das Klima des Sommers widerspiegeln, in dem sie gewachsen sind – und nicht in erster Linie die Rebsorten-Aromen.

Und es gibt noch einen Grund, Deiss-Weine zur Geschichte zu trinken: Sie passen wunderbar zu Sükrüt.

Der Bomber

Die Sonne hing wie ein gleißendes Stück Eisen über dem wolkenlosen Himmel von Stellenbosch und scherte sich nicht darum, dass der südafrikanische Winter begonnen hatte. Auch Russ Truut tat das nicht. Der braun gebrannte Mittfünfziger hob sein mit jungem Chenin Blanc gefülltes Glas in die Höhe und prostete gut gelaunt der Welt zu. Dies war sein Weingut, und diesen wunderbaren Tropfen hatte er selbst gekeltert – das heißt: seine Leute. Er hatte für alles Leute. Für alle Unternehmen, Holdings und Investitionen. Er sah seine Aufgabe darin, die richtigen Menschen zu finden. Die dann das Richtige für ihn taten. Sodass er nur noch zwinkern musste, damit irgendwo ein neues Hotel aus dem Boden gestampft wurde oder ein Fließband stehen blieb. In den letzten Tagen und Wochen hatte er viel gezwinkert, doch heute blieben seine Augen ruhig. Die Fußball-WM hatte begonnen, und seine Gedanken drehten sich um nichts anderes mehr.

»Und, was glaubst du?« Seine Frage galt Hamilton van de Merwe, der gerade lässig die T-Bone-Steaks auf dem Grill wendete. Aus dem Handgelenk, so, als hätten sie kein Gewicht. Hamilton war ein Geschäftsfreund – obwohl er sich nur so viel für Wirtschaft interessierte, wie es seiner kometenhaften politischen Karriere diente. Grillen war seine wahre Profession, doch mit krossen Spareribs gewann man leider keine Wahl.

»Ich denke, die Iren machen es.«

»Die haben wirklich ein gutes Team!« Russ hob seinen adipösen Körper aus dem Sonnenstuhl und trat ans Terrassengeländer des Fünf-Millionen-Dollar-Gutes. Den Blick richtete er nach Kapstadt, wo heute im Green-Point-Stadion gespielt wurde.

»Und sie haben Wut im Bauch.« Hamilton stieß die Zinken einer Gabel tief ins Rindfleisch, um dessen Elastizität zu prüfen. Er liebte es, wenn die Spitzen ins Gewebe fuhren. »Die wollen es, unbedingt. Weil es die letzten Male nie geklappt hat.«

»Aber ihr Hintermann …«

»Ja, der macht mich auch immer nervös. Zu unsicher, wo er doch eigentlich Ruhe ausstrahlen sollte.«

»Deswegen glaube ich fest an unsere Jungs.« Russ hob wieder das Glas. Es war schon leer. Wie schnell das Zeug in diesem heißen Land doch verdunstete! Er füllte sich nach. »Die Chance im eigenen Land kann man doch nicht so verstreichen lassen! Ich hab sogar auf sie gewettet.«

»Gewettet? Offiziell? Wo denn?«

»Natürlich inoffiziell. Bei Motsoko.«

»Ein Schwanzlutscher, so wahr mir Gott helfe.« Hamilton bekreuzigte sich. »Ich drück dir trotzdem die Daumen. Aber ich glaube, unsere sind im Abschluss leider zu schwach. Da fehlt ihnen ein Mann mit Nerven wie Drahtseile. Blutig, oder?« Er legte das erste fertige Steak auf einen Teller und reichte es Russ mit einem breiten Lächeln.

»Triefend vor Blut bitte! Dazu passt der Chenin allerdings überhaupt nicht. Ich mach uns mal einen schönen Shiraz auf. Meinen besten, der packt alles Gegrillte.«

Nachdem er aus dem Keller zurück war, schlug Russ den Hals der Shiraz-Flasche am Terrassengeländer auf. Dann schüttete er sich einen großen Schwall direkt in den Mund, bevor er die Flasche an Hamilton weiterreichte und seinen Blick über die Weingärten schweifen ließ. Die Rebstöcke waren noch jung und schmal, denn bis vor Kurzem war dies alles Ackerland gewesen. Er hatte es dank seiner guten Verbindungen ganz unbürokratisch umwandeln können. Nun standen die Reben Spalier bis zur sanften Erhebung, die das nächste Tal versprach. Russ liebte dieses Land, liebte ganz Südafrika sehr. Hier war noch so vieles möglich.

»Du darfst die Israelis nicht vergessen«, riss ihn Hamilton aus seinen Gedanken. »Die darf man nie unterschätzen. Präzise und taktisch diszipliniert. Zwar nur wenige gute Leute, aber die sind super aufeinander eingespielt.«

»Eigentlich ist egal, wer das Rennen macht. Hauptsache, es passiert.«

Sie tranken noch etwas Wein und aßen die heißen Steaks. Es

gab keine Salate, keine Saucen, keine Beilagen. Nur Fleisch. Die Stimmung stieg, obwohl Russ immer wieder nervös auf die Uhr schaute. Beim ungefähr zwanzigsten Mal klopfte Hamilton mit der Grillzange auf das Ziffernblatt.

»Siehst du schon dein Geld davonfliegen?«

»Ach, die paar Kröten! Das erhöht bloß den Kitzel. Ich will nur, dass es endlich passiert.«

Sekunden später erhellte sich sein Gesicht, und seine drei Kinne hoben sich. Denn der Lärm der Bombenexplosion aus dem Green-Point-Stadion war so laut, dass er selbst zum Weingut drang. Nach kurzer Zeit erschien eine Rauchwolke am sattblauen Himmel über Kapstadt.

Hamilton goss sich Wein nach. Einen großen Schluck, den hatte er sich wahrlich verdient.

»Habe ich nicht immer gesagt, die Sicherheitsvorkehrungen seien zu lasch?«, ließ er zufrieden verlauten. »Habe ich den hochverehrten Staatspräsidenten nicht persönlich darauf hingewiesen und sogar meine eigenen finanziellen Mittel zur Hilfe angeboten? Und was hat er? Mich ausgelacht! Die Wähler werden das ganz bestimmt nicht vergessen. Dafür werde ich sorgen.«

Russ stieß mit ihm an. »Sei gegrüßt, siebenstellige Versicherungssumme!« Versonnen blickte er zu der imposanten Rauchwolke.

»Und, wer war's?«, fragte Hamilton. »Hast du die Wette bei Motsoko gewonnen?«

Russ holte sein Fernglas und blickte lange hindurch. »So, wie es aussieht, haben sie einen Plastiksprengstoff benutzt. Ich würde sagen, rund vierhundert Kilo Semtex. Aber nicht, wie nach dem verdammten Montreal-Abkommen vorgeschrieben, mit Markierungsstoffen versetzt. Sondern pur. Sodass kein Hund es finden konnte. Also waren es die Iren.«

»Das siehst du alles an der Rauchwolke?« Hamilton schüttelte den Kopf und blickte auf das Flaschenetikett. Dreizehn Prozent. Er konnte also noch nicht annähernd so betrunken sein, dass er sich verhört hatte. »Chapeau!«

Dafür erntete er ein lautes Lachen von Russ. Er klang wie eine Kuh beim Kalben. »Quatsch! Genau das Zeug hab ich ihnen verkaufen lassen.«

»Wusste ich doch gleich, dass du Spaß machst«, erwiderte Hamilton mit schiefem Lächeln. »Was meinst du? Wie viele Tote?«

Russ lauschte Richtung Stadion, doch leider war die Symphonie der herbeieilenden Feuerwehrwagen nicht zu vernehmen. Wie gern wäre er jetzt vor Ort gewesen, hätte den verbrannten Geruch in seine Nase gesogen, den Abtransport der Leichen gesehen. Es war schön, einen Dominostein umzuwerfen – aber ein Martyrium, nicht beobachten zu dürfen, wie der letzte fiel. Er stellte sich die Toten vor – und zählte sie durch.

»Das Ding ist ziemlich früh hochgegangen«, konstatierte Russ schließlich. »Es wird höchstens Sicherheitspersonal im Stadion gewesen sein. Und ein paar Lakaien. Die Iren sind weicher, als ich dachte.«

»Du vergisst, dass der Sprengstoff im VIP-Bereich detoniert sein könnte. Dort traf man sich heute schon sehr früh. Immerhin hatte unser hochverehrter Staatspräsident eingeladen.«

»Und wir beide konnten unverzeihlicherweise nicht hin! Bei mir lag es am hohen Fieber.« Russ fasste sich theatralisch an die Stirn.

»Ich habe mir den Magen an Austern verdorben. Das hat mehr Stil.«

»Wie kann ein so eingebildeter Lackaffe wie du eigentlich so ein verdammt guter Kumpel sein?« Hamilton erhielt einen Knuff.

»Jetzt sag schon: Wie viele Tote genau? Um eine Flasche 86er Grange.«

»Ich sage fünfzig … nein, warte, mach vierzig draus.«

»Ich tippe auf siebzig!«

Sie schalteten den Großbildfernseher am Swimmingpool ein. Es war bereits auf allen Kanälen. Russ stellte auf Dolby Surround – so klang es, als wäre man live vor Ort. Er zog seinen Bademantel aus und ließ sich ins Wasser gleiten. Erst nach quälend langen Minuten wurde eine Zahl genannt. Russ riss den Arm in Siegerpose empor.

»Zweiunddreißig. Und sieben Schwerverletzte. Gewonnen!« Er blies mit dem Mund eine Siegesfanfare. »Allerdings ein schwaches Ergebnis für die Iren, da wäre so viel mehr drin gewesen. Kein Attentat für die Geschichtsbücher.«

»Zwei schweben immerhin noch in Lebensgefahr.« Hamilton krempelte die Hosenbeine hoch und ließ die Füße im Nass baumeln. »Wirklich schön hier! Danke dir sehr für die Einladung.«

»Dabei kommt das Beste erst noch! Jetzt, wo wir uns mit Proteinen vollgestopft haben, müssen wir nur noch ein paar von den blauen Wunderpillen einwerfen. Und dann kann die Post so richtig abgehen!«

Russ wuschelte Hamilton durch die Haare und rief zur Feier des Tages ein paar Mädchen an. Schnell war der Pool von ihnen bevölkert. Alle waren handverlesen. Bei einigen hatte Russ sogar großzügig die Anbauten aus Silikon und die Botox-Spritzen finanziert. Auch dafür hatte er seine Leute. Keins der Mädchen würde über diesen Abend reden, egal was passierte. Er hatte jede Einzelne von ihnen in der Hand. Das fühlte sich gut an. Russ liebte es, sich alles erlauben zu können. Bald würde er Südafrika nehmen, so wie er es nun mit der drallen Blonden tat. Sie war neu und richtig klasse. Das Mädchen hatte sogar Koks mitgebracht, kein gestrecktes Zeug, sondern absolut reine Ware. Wie traurig wäre doch das Leben, wenn man sich nur Essen und Medikamente nach Hause kommen lassen könnte.

Während ihrer kleinen Orgie ließen sie den Großbildfernseher stumm weiterlaufen. Mit der Zeit wurden Experten befragt, Feuerwehrmänner und Polizisten gaben Interviews, die Zahl der Toten und Verletzten stieg auf über vierzig, und schließlich war sogar der Staatspräsident zu sehen – leider lebend. Hamilton entfuhr ein Seufzer der Enttäuschung. Angemessen betroffen las der Führer Südafrikas seine Beileidsrede ab, blickte immer wieder mit Tränen in den Augen auf und hob zum Schluss gar die Faust, als wolle er die Terroristen eigenhändig erschlagen. Russ lachte, als er das sah, und zeigte ihm mit den Fingern ein umgedrehtes V.

»Die Bullen werden uns nie kriegen! Und weißt du warum?

Weil sie so beschissen bezahlt werden! Da leistet man auch beschissene Arbeit. Wir zahlen viel besser. So einfach ist das. Jeder ist käuflich, nicht wahr, Blondi?«

»Ich kann machen, dass sich dein Schwanz anfühlt, als wäre er aus Ecstasy – aber das hat seinen Preis, Baby. Schenk mir deine Rolex, und ich leg los.«

Russ zögerte keinen Augenblick. Die Nacht wurde lang, und er prahlte immer mehr mit seiner Verwicklung in das Attentat – besonders vor der Blonden, die ihren Hintern besser schwingen konnte als Josephine Baker. Das Feuer des Green-Point-Stadions flackerte ohne Unterlass in den Himmel und ließ die tief hängenden Wolken rot wie Blutlachen erscheinen.

Es war bereits fünf Uhr früh, als Hamilton den riesigen Grill nochmals anfachte, um etwas Fleisch draufzuwerfen. Sein Körper verlangte einfach danach. Außerdem bekam er trotz des bis zur Stirn in seinem Körper schwappenden Alkohols kein Auge zu. Drei der Mädchen lagen zugekokst auf den Sonnenliegen, alle anderen waren wieder abgerauscht, die Blonde sogar in einem Porsche. Schien ein geschäftstüchtiges Ding zu sein.

»Wundgebumst?«, fragte Russ, der plötzlich aus dem Haus kam, und griff ihm von hinten zwischen die Beine. »Die kleine Sandy kann einen ganz schön fertigmachen, ich hatte dich gewarnt!«

»Schaffst du noch eins?« Hamilton hielt ein Steak hoch, sicher fünfhundert Gramm schwer.

»Was soll die blöde Frage? Ich bin Südafrikaner! Wir können immer«, rief Russ und fügte nach einer kurzen Pause hinzu: »Was fleischliche Gelüste angeht!« Dann lachte er und machte eine unmissverständliche Geste.

Er war nackt, und genau so legte er sich jetzt auf einen Liegestuhl, den er zuvor in Richtung Kapstadt gedreht hatte. »Ich hab gerade meine Mails abgerufen. Sie haben keine Ahnung, wer es war. Entwickelt sich alles so, wie wir es uns gewünscht haben.«

»Das hoffe ich doch sehr.«

»Warum dann so grüblerisch?«

Hamilton antwortete nicht, denn er hatte gerade verdächtige Stimmen gehört. Er besaß ein gutes Gehör – und hatte bei Weitem nicht so viele Drogen genommen wie Russ, in dessen zugekokstem Kopf vermutlich immer noch einige Engel jubilierten.

»Diese Schweine! Das darf doch alles nicht wahr sein«, hörte Hamilton einen Mann sagen.

»Als hätten sie kein Gewissen.« Das war eine Frauenstimme, extrem rauchig, wie ein doppelter Whisky. Äußerst attraktiv.

»Gucken seelenruhig zu, während andere die Drecksarbeit machen.«

»Das sind für mich die Schlimmsten!«

Hamilton wurde blass. Sie waren aufgeflogen! Eine Spezialeinheit musste sie umstellt haben und nur noch auf den Einsatzbefehl warten. Er würde nicht einmal mehr sein Steak essen können!

Wieder wurden Sprachfetzen zu ihm geweht.

»Was bin ich froh, dass ich nicht im Stadion war. Das hätte ich mir nicht anschauen wollen.«

»Komm, mach es aus. Das ist ja nicht zum Aushalten. Warum speicherst du so was auf deinem Player?«

Hamilton lachte laut. Das war nur ein Pärchen, das die Nacht in den Weinbergen verbrachte! Und er hatte sich schon im Knast gesehen. Er drückte fest auf die Steaks, um die Markierung des Gitters tief hineinzubrennen.

Dann hörte er ein weiteres Wort: »Jetzt!«

Es kam leider nicht von Russ.

Der bewegte sich überhaupt nicht. Dafür aber die Rebstöcke um das Weingut. Lauter Vermummte mit Maschinengewehren im Anschlag traten dazwischen hervor – und plötzlich erschien auch ein Helikopter am Himmel, die Suchscheinwerfer auf die Terrasse gerichtet.

Sie hatten keine Chance.

Nachdem sich die Handschellen längst um ihre Gelenke geschlossen hatten und der beißende Rauch verbrannter Steaks vom Grill aufstieg, nahm die Polizeitruppe ihre Masken ab. Und unter einer steckte doch tatsächlich die dralle blonde Meisterbläserin!

»Das war hervorragende Arbeit«, rief ihr jemand zu. »Dafür gibt es eine dicke Zulage. Ich bin äußerst zufrieden mit dir.«

»Bei mir hat sich noch nie einer beschwert«, antwortete sie, blickte dabei aber Russ an. »Oder?«

In dessen Adern erledigte das Kokain noch immer fröhlich seinen Job. Schwarz, fand er, stand der Kleinen verdammt gut. Erstaunlich, was für Spitzenkräfte heute bei der Polizei arbeiteten! Er hatte gedacht, sie zum Jubilieren gebracht zu haben – dabei war sie es in Wirklichkeit, die ihn zum Singen verführt hatte.

»Du stehst ganz oben auf meiner Abschussliste«, sagte Russ.

Sie lachte auf. »Das will ich doch hoffen!«

Diese Frau war fraglos ein Volltreffer. Die musste er sich unbedingt merken. Allerdings war er jetzt im Abseits. Na ja, er würde nur ein paarmal zwinkern müssen. Das konnte er selbst im Knast. Aber für Hamilton sah er schwarz. Die nächste Wahl würde er bestimmt noch nicht gewinnen.

Weintipp

In »Der Bomber« baut Russ Truut Chenin Blanc und Shiraz auf seinem Gut an. Trotzdem empfehle ich zu der Geschichte etwas Traditionelleres: einen Pinotage. 1924 wurde diese Rebsorte von Abraham Perold in Stellenbosch aus Pinot Noir und Cinsault gekreuzt. Selbst heute wird sie nahezu nirgendwo außerhalb von Südafrika angebaut. Der seit Jahren konstanteste Spitzenerzeuger dieser Rebsorte ist das Weingut Kanonkop. Deren vollmundiger Pinotage duftet nach dunklen Beeren, Pflaumen, aber auch Himbeeren – und gilt als echter Klassiker am Kap.

Der Name des Gutes wird übrigens von »Kopje« abgeleitet, was »Hügel« bedeutet. Im 17. Jahrhundert wurde von eben diesem Hügel eine Signalkanone abgeschossen, wenn Schiffe in die Tafelbucht von Kapstadt einliefen. Die Farmer der Umgebung machten sich dann auf den Weg, um ihre Waren an die Seefahrer zu verkaufen.

Ein Russ Truut hätte für so was natürlich seine Leute gehabt.

Deutschland sucht den Superwinzer (DSDSW)

Sabine Knorzen betrat das Weingut mit weichen Knien. Zwar erwartete sie nicht, gleich tot im Maischebottich zu landen, aber man wusste ja nie. Immerhin hatte es hier schon zwei Mitarbeiter erwischt. Dabei sah doch alles so friedlich aus in diesem Vorzeigebetrieb des Verbands der Deutschen Prädikatsweingüter! Der Hof war wie immer lupenrein sauber, von den Pflastersteinen hätte man sogar Wein schlabbern können.

Sabine wusste, dass sie vorgeschickt worden war. Niemand aus der VDP-Geschäftsstelle in Gau-Algesheim hatte hergewollt – und sie war nun mal der Azubi. Sollte sie sich doch der Gefahr aussetzen. Sabine erinnerte sich plötzlich daran, dass Bergarbeiter früher Kanarienvögel mit in die Gruben nahmen, um frühzeitig festzustellen, ob irgendwo tödliches Gas ausströmte.

Sie war der Kanarienvogel des VDP.

Und fühlte sich jetzt gerade auch wie ein kleines Vögelchen.

Hätte sie doch bloß die Stelle als Redaktionsvolontärin bei der »Bäckerblume« angenommen!

Auf der Steinbank neben dem kleinen Brunnen saß eine alte Frau mit Kopftuch. Es war Oma Elfriede. Sie hatte so ein nettes Lächeln. Obwohl ihr alle Zähne fehlten. Jetzt lächelte sie nicht. Sie bewegte sich überhaupt nicht.

War sie etwa auch ermordet worden? Steckte eine Rebschere in ihrem Rücken? Hatte jemand einen Weinbergspflock durch ihr Herz getrieben? Vorsichtig stupste Sabine die alte Frau an.

Oma Elfriede erwachte mit einem lauten Schrei. Sabine schrie zurück. Das ging eine gute Minute so.

Erst dann beruhigten sich die beiden und rangen um Atem.

»Sie machen mich ja tot vor Schreck!«, sagte Oma Elfriede. »Mein armes Herz. Ist nicht mehr das, was es einmal war. Sie suchen bestimmt meinen Sohn. Der ist sicher im Weinkeller.«

»Geht es Ihnen wieder gut?«, fragte Sabine und erntete ein entschiedenes Nicken.

»Unkraut vergeht nicht!« Oma Elfriede kicherte.

Auf dem Weg zum Weinkeller merkte Sabine wieder einmal, wie unglaublich schön dieses Gut war. Es war das Rothenburg ob der Tauber der deutschen Weingüter. Alles sah aus wie gemalt. Selbst der Wein rankte genau im richtigen Maß an den alten Backsteinfassaden empor. Und sogar der Himmel hatte genau das richtige Pelikan-Tintenblau mit niedlichen Wolken. Wie machte die Winzerfamilie Gschein das nur?

Jemand tippte ihr von hinten auf die Schulter – und Sabine zuckte zusammen. Es war Werner Gschein, die Haut sonnengegerbt und noch ledriger als die von Uschi Glas.

Er hielt sich gar nicht erst mit einer Begrüßung auf. Die Anspannung war ihm anzumerken.

»Und? Haben wir gewonnen? Sind wir Deutschlands schönstes Weingut? Oder können die Spinner da hinten jubeln?« Er zeigte in Richtung der Konkurrenz. Sie lag nur einen Steinwurf entfernt – und doch trennten die beiden Weingüter Welten.

Gschein gehörte zum Weinbaugebiet Pfalz, sein Konkurrent Robert Golla schon zu Rheinhessen. Gschein setzte auf Spontangärung, große Holzfässer und traditionelle Rebsorten, Golla dagegen auf Edelstahl und Reinzuchthefe. Mit seinen Rebsorten war er dem Trend stets einen Schritt voraus. Sein Weingut sah jedoch überhaupt nicht aus wie Rothenburg ob der Tauber. Das heißt, es sah aus wie Rothenburg ob der Tauber – in das ein Ufo gestürzt war. Vom Planeten Tohuwabohu. Wenn es einen geraden Winkel im Neubau gab, dann musste er erst noch gefunden werden.

»Mörder!«, sagte Gschein und spuckte auf den staubigen Weg.

»Es ist doch nicht bewies…«

»Ich brauche keine Beweise! Die wollten ihr Gut groß rausbringen, weil sich die Investitionen irgendwann auszahlen müssen. Und weil wir das schönere Team haben, bringen die einfach unsere attraktivste Praktikantin um! Und als das noch nicht reichte, auch noch unsere neue Sekretärin.« Er blickte Sabine tief in die Augen. »Fehlt nur noch, dass Sie auch umgebracht werden, weil Sie gerade auf unserem Hof sind. Sie sind ja viel zu hübsch, um hier frei rumlaufen zu dürfen.«

Er lachte laut auf, und Sabine begann wieder zu atmen. Diese Pfälzer. Hatten einen Humor wie Pferdemetzger.

Werner Gschein klopfte ihr auf die Schulter. »Wir lassen uns von denen nicht kleinkriegen! Niemals! Und wenn das alles vorbei ist, zünden wir ihnen die Hütte an.«

Diesmal lachte er nicht.

Sabine fuhr es eiskalt über den Rücken. Die VDP-Gesandte räusperte sich. »Ich habe Ihnen etwas mitzuteilen, von unserem Präsidenten. Können Sie alle Mitarbeiter des Gutes dafür zusammenrufen?«

Gschein nickte und läutete eine Glocke, die am Eingang zur Probierstube hing. Kurze Zeit später stand das ganze Weingutsteam vor ihnen – zum Sitzen waren alle viel zu nervös. Sogar Hansi war da, das Faktotum des Gutes. Er sah genau aus wie Blacky Fuchsberger. Nicht der junge aus »Der Frosch mit der Maske«, sondern der alte aus … na ja, der alte Blacky halt. Nur mit längerem Bart. Man durfte ihn aber nicht drauf ansprechen! Das hasste er mehr als rheinhessischen Wein – und der galt für ihn als Frevel gegen Gott.

Hansi war ein Grund dafür, dass der VDP das Weingut Gschein für »Deutschland sucht den Superwinzer« ausgewählt hatte. So hieß der Wettbewerb natürlich nicht offiziell, aber alle nannten ihn so. Dabei ging es nicht nur um den Winzer, sondern auch um sein Team und das Weingut. Das Gesamtpaket musste stimmen. Denn alle Generationen sollten auf den Fotos der Jubiläumskampagne erscheinen, idyllisch aussehen und für den deutschen Wein werben.

Mit Hansis Gesicht hätte man Schnaps an Abstinenzler verkaufen können.

Allerdings nicht mit der aktuellen Miene.

Doch bald würde es ihm besser gehen.

Sabine räusperte sich. »Der VDP hat nach langen Diskussionen entschieden, dass Ihr Weingut … trotz der Unglücksfälle der letzten Wochen den Zuschlag für die Werbekampagne zu unserem hundertjährigen Jubiläum erhält!«

Ein ohrenbetäubender Jubel brach los. Die Familie Gschein und ihre Mitarbeiter fielen sich in die Arme, führten regelrechte Veitstänze auf und johlten vor Glück. Nur der alte Hansi verschwand leise, dicke Tränen in seinen Augen. Sabine war gerührt, dass er sich so sehr freute. Als die erste Aufregung sich gelegt hatte, erklärte Sabine, der Grund für die Entscheidung sei gewesen, dass die Werbefotos vor allem im Ausland eingesetzt werden sollten – wo man Gott sei Dank nichts von der Mordserie wusste.

»Wir wollten nicht, dass Sie nach so schlimmen Schicksalsschlägen auch noch diese verdiente Marketingkampagne verlieren. Sie mussten wirklich schon genug erleiden. Morgen kommt bereits der Fotograf – und ich schau mich heute noch ein bisschen um, damit ich ihm sagen kann, was er alles fotografieren soll. Außerdem darf ich Ihnen mitteilen, dass der VDP-Präsident morgen ebenfalls eintreffen wird.«

Jetzt ging ein Raunen durch die Gruppe – und direkt rannte jemand mit einem wetterfesten roten Teppich zum Vordereingang.

Werner Gschein zeigte Sabine ihr Zimmer. Dort machte sie sich kurz frisch und nutzte die Zeit vor dem Abendessen dann für einen Spaziergang im Paradies.

Ihren besten Weinberg hatten die Gscheins besonders schön herausgeputzt. Am Ende jeder Rebzeile standen Rosen – doch das war noch das Normalste, immerhin galten diese als Zeigerpflanzen für Mehltau. Die im Boden angebrachten Strahler, die den Weinberg abends in sanftes Licht tauchten, und der mannshohe Springbrunnen in Form einer Schlegelflasche waren hingegen einzigartig in Deutschland. Sabine merkte gar nicht, dass ihre Beine sie immer weiter fort vom Hof der Gscheins trugen, und sie achtete auch nicht darauf, als sich ihr plötzlich ein Schmalspurtraktor näherte.

Und hielt.

Nur wenige Zentimeter vor ihr.

Winzermeister Robert Golla sprang vom Fahrerbock. Er sagte kein Wort, zog nur fragend die buschigen Augenbrauen in die Höhe. Er trug ein weißes Hemd und dunkle Jeans, alles makellos, wie aus dem Ei gepellt. Golla war einer der mächtigen Regionalfürsten des VDP und saß auch im Bundesvorstand –

doch er gehörte nicht zur herrschenden Seilschaft. Deswegen hatte er schon im Vorfeld getönt, man würde ihn den Wettbewerb niemals gewinnen lassen. Unverdienterweise, verstand sich.

Obwohl er keine Frage stellte, wusste Sabine daher genau, was er erfahren wollte.

»Ich darf Ihnen das Ergebnis noch nicht mitteilen, der Präsident wird persönlich bei Ihnen anrufen.«

Gollas Kieferknochen malmten. Er begriff direkt, was das bedeutete. Sabine sah es ihm an. Trotz der beiden Toten bei Gscheins sollte sein bei mehreren Architekturwettbewerben ausgezeichnetes Weingut also nicht gewinnen. Dabei hatte er sogar alle Mitarbeiter auf Diät gesetzt und übers Wochenende auf eine Beautyfarm geschickt. Alles vergebens.

Sie verabschiedete sich schnell. Golla sah ihr noch lange nach, Sabine spürte seinen Blick förmlich im Rücken. War dieser Mann tatsächlich ein Mörder? Und wenn ja, an wem würde er seine Wut nun auslassen? Doch wohl nicht an ihr, sie war doch nur die Überbringerin der schlechten Nachricht!

Nach dem Abendessen mit den Gscheins – und einer ausgiebigen Weinprobe – hatte sie die unangenehme Begegnung mit Golla endlich vergessen und fiel gleichermaßen müde wie angesäuselt ins Bett. Sie brauchte keine Minute, um wegzuschlummern. Doch Sabine hatte immer schon einen unruhigen Schlaf gehabt, deswegen reichte das leise Knarren der sich kurz nach Mitternacht öffnenden Zimmertür, um sie aufzuwecken.

Und sie in Panik zu versetzen.

Die Fensterläden des Gästezimmers schlossen nicht dicht, sodass Mondlicht hinein fiel. Die Konturen der eintretenden Silhouette wurden immer deutlicher, und plötzlich erkannte sie, wer da auf sie zukam.

Hansi! Im schwarz-weißen Zwielicht sah er sogar noch mehr wie Blacky Fuchsberger aus.

Sabine atmete erleichtert aus. »Meine Güte, Hansi! Was tun Sie denn mitten in der Nacht hier? Wollen Sie noch was wegen der Fotos wissen?«

Natürlich war das eine saudumme Frage, doch in diesem

Moment erschien sie Sabine völlig logisch. Warum sollte Hansi sonst mitten in der Nacht zu ihr kommen?

Doch dann sah sie das große Brotmesser – und spürte Hansis Hand auf ihrem Mund.

»Es tut mir wirklich leid«, sagte der alte Mann.

Erst in diesem Moment versuchte Sabine, um Hilfe zu rufen. Doch es war bereits zu spät.

»Ich will auf kein Foto mehr. Dann geht das alles wieder von vorne los. Wegen der Ähnlichkeit, wissen Sie? Ich will doch nur mein Leben ungestört verbringen. Den Rest, der davon noch übrig ist. Aber wenn Sie diese Fotos machen, dann fängt das wieder an mit Joachim Fuchsberger. Ich konnte doch schon »Auf los geht's los« nicht ausstehen. Deshalb habe ich auch … na ja, ich dachte halt, wenn ich die hübschen jungen Leute aus dem Weg schaffe, gewinnt unser Weingut niemals den Wettbewerb. Hat leider nicht geklappt. Aber wenn ich Sie umbringe, hört's bestimmt auf. Das wäre wirklich schön.« Er lächelte selig. »Das wäre gut.«

Sabine sah die Schlagzeile schon vor sich: »VDP-Auszubildende ermordet«. Und das im Jubiläumsjahr! In der Geschäftsstelle würden sie ihr das nie verzeihen. Tot hin oder her. Die warteten ja nur darauf, dass sie einen Fehler machte. Deshalb hatten sie ihr vor Kurzem auch die VIP-Liste für den »Ball des Weins« anvertraut. Lauter Diven standen darauf. Fettnäpfchen, ick hör dir trapsen!

All das ging ihr jetzt durch den Kopf. Obwohl ihr gleich die Klinge durch den Hals gehen würde.

Sie presste die Augen zusammen, den kalten Stahl erwartend.

Doch dann fiel ein Schuss, und Hansi sackte in sich zusammen.

Ein anderer Schemen stand in der Tür. Ein Mann, der nun über den Lauf seiner Pistole blies wie ein Revolverheld. Es war Robert Golla.

»Ein Irrer weniger«, sagte er zufrieden und setzte sich auf den Rand von Sabines Bett. Beruhigend legte er ihr die Hand auf die Schulter. Doch Sabine stieß sie fort.

»Was wollen Sie denn hier? Mitten in der Nacht? In meinem Zimmer? Mit der Waffe?«

»Ich war gerade in der Nähe.«

»Das soll ich Ihnen doch nicht wirklich …«

»Wenn mich nicht alles täuscht«, unterbrach Golla sie, »habe ich Ihnen gerade das Leben gerettet. Und wenn ich mich weiterhin nicht täusche, macht sich eine Werbekampagne schlecht, deren Hauptpersonen einen Mörder beherbergten. Ein Held wie ich kommt dagegen sehr gut. Wenn das nicht Werbung für den deutschen Wein ist!« Er grinste selbstzufrieden.

Obwohl Sabine immer noch unter Schock stand, wusste sie eines: Der Mann hatte völlig recht.

Doch die Nacht war noch nicht zu Ende. Wieder hörte sie ein Geräusch. Es klang wie ein großer Kochtopf, der auf eine Melone prallte. In Wirklichkeit war es eine Magnumflasche Riesling Spätlese Herbolzheimer Gottesgericht, die auf Gollas Kopf traf.

Der Kopf zog den Kürzeren und auch Golla sackte in sich zusammen.

Hinter ihm stand Werner Gschein.

»Warum haben Sie das getan?«, rief Sabine. »Er wollte mir nichts tun. Hansi war der Mörder.«

Gschein winkte ab. »Weiß ich doch längst. Aber ein Dreckskerl wie Golla bleibt ein Dreckskerl. Und eine Magnumflasche bleibt eine Magnumflasche.« Er strich stolz über die völlig unbeschädigte Bouteille. »Keiner betritt unbefugt mein Weingut. Das wäre ja noch schöner!«

Sabine zog die Decke hoch. »Wissen Sie was? Das ist mir alles völlig egal. Von mir aus verscharren Sie die beiden. Bringen Sie sich doch alle gegenseitig um. Und behaupten Sie nachher, was Sie wollen. Ich kündige beim VDP! Mit sofortiger Wirkung. Ich dachte immer, Winzer seien nette Menschen, die gern leckere Tropfen trinken und es lieben, im Weinberg herumzustapfen.«

»Aber genau so ist es auch.«

»Nein, Sie sind alle wahnsinnig. Und die Winzer im VDP sind die Wahnsinnigsten!«

»Na, wenn das kein Grund zum Feiern ist.« Werner Gschein schleifte lachend die beiden Leichen hinaus.

Sabine Knorzen verließ das Weingut noch in dieser Nacht. Die ganze Heimfahrt verfolgte sie Werner Gscheins Gelächter.

Zu Hause angekommen, fiel Sabine völlig erschöpft ins Bett. Dann träumte sie lange.

Und schön.

Von der Redaktion der »Bäckerblume«.

Weintipp

In »Deutschland sucht den Superwinzer (DSDSW)« wird Deutschlands schönstes Weingut gesucht – und in der Pfalz gefunden. Ich selbst könnte, ehrlich gesagt, nicht entscheiden, welches das Schönste ist. Vor allem da jedes Weingut auch durch seine Menschen besticht. Manches mag äußerlich beeindruckend sein – aber wohl fühlt man sich nur dort, wo die Gastgeber herzlich sind.

Eines, auf das beides zutrifft, ist das Pfälzer Weingut Knipser in Laumersheim. Herrlich sitzt man hier im Hof zur Weinprobe, und generösere Gastgeber als die Knipsers kann man sich nicht vorstellen. Eine Flasche nach der anderen wird aufgezogen, und aus einer Stunde werden schnell zwei und mehr. Und die Weine? Ebensolche Persönlichkeiten! Die Knipsers trauen sich zum Beispiel, richtig trocken durchgegorene Weine mit rescher Säure zu erzeugen. Fragen Sie nach dem »Urologen-Wein« – und Sie werden erleben, wie eine kalte, morgendliche Dusche in Weinform schmeckt. Unvergleichlich.

Die Bärlauchsammler

Sie hielten sich an der Hand. Wie zwei Kinder, die sich in einem unheimlichen Wald verlaufen hatten. Dabei waren sie keine Kinder, diese Zeit lag schon weit hinter ihnen. Und es gab auch keinen unheimlichen Wald. Stattdessen erstreckte sich hinter dem Kassenbereich ihr Park. Natürlich gehörte er nicht ihnen, denn sie lebten von einer spärlichen Rente aus seiner Zeit im Braunkohletagebau und dem, was sie als Putzfrau dazuverdiente. Doch trotzdem fühlte es sich so an, als sei dies der eine Platz auf Erden, der nur für sie geschaffen worden war.

Mit einem freudigen Glucksen überschritten sie die Grenze. Es kam ihnen vor, als sei die Luft gleich eine andere und das Licht hier von ganz besonderer Qualität. Dabei war es ein wolkenverhangener Nachmittag Mitte April, der Himmel ein einziges kriechendes Grau und der Park deshalb nahezu menschenleer.

So hatten sie ihn am liebsten.

Sie wussten alles über den Park, vor allem Hans hatte jede Einzelheit über die wechselvolle Historie des Schlosses Dyck und seiner Gärten angelesen. Zum Beispiel, wie der Schotte Thomas Blaikie den Park Anfang des 19. Jahrhunderts gestaltet hatte, indem er eine große Wiese sowie stille, spiegelnde Gewässer platzierte und überall Sichtachsen erdachte, die wundervolle Blicke auf das Schloss ermöglichten. Es war, als habe er die Landschaft in eine einzige Bildergalerie verwandelt.

Waltraud hatte sich alle Pflanzen eingeprägt, das Aussehen der Blüten und Blätter im Kopf gesammelt wie andere Briefmarken in einem Album. Sie wusste, wo der Taschentuchbaum lag, dessen Blätter Ende Mai wie weiße Papierfahnen aussahen, und wo die Magnolienwiese. Sie kannte sogar den Platz, an dem sich früher der Riesenmammutbaum befunden hatte, bevor ihn ein Sturm umgeknickt hatte wie ein Streichholz. Doch ihre wertvollsten Erinnerungen stammten vom Bärlauch. Hans und Waltraud liebten Bärlauch in jedweder Form. Sie liebten seinen würzigen Geruch, seinen leicht scharfen Geschmack. Sie liebten Bärlauchknöpfle, ein einfaches, aber köstliches Gericht aus Waltrauds süddeutscher Heimat, Bärlauchspeckbrot, Bärlauchquiche und frischen Bärlauchsalat.

Stets folgten sie dem immer gleichen Weg durch den Park, wie zwei alte Dampfloks auf ihren Schienen. Sie redeten währenddessen nicht viel miteinander. Es war alles gesagt, sogar alle Streite hatten sie längst ausgetragen. Sie schauten sich seitdem viel mehr an, in die Augen, manchmal reichten schon kleine Bewegungen, um zu wissen, was der andere dachte. So waren sie viel glücklicher miteinander. Die Sprache hatte bloß zwischen ihnen gestanden. Nur ab und zu sagte Hans noch etwas – aber mehr aus Gründen der Tradition. Waltraud wusste, dass es jetzt wieder so weit wäre.

»Die Bäume tragen so wenig Blätter, wie ich Haare auf dem Kopf.«

Er machte diesen Scherz jeden Frühling und jeden Herbst, und Waltraud lächelte stets. Schließlich gehörte dies zu den Pflichten einer guten Ehefrau.

Als sie sich der Bärlauchwiese näherten, konnte Waltraud aus den Augenwinkeln sehen, wie Hans sich über die Lippen fuhr. Auch das machte er immer. Sie mochte, wie er sich auf ihr Essen freute. Das hatte sie immer schon an ihm geliebt. Niemand außer Hans hatte jemals ihr Essen gelobt. Ihre Eltern hatten nicht einmal gewollt, dass sie kochen lernte. Dafür gab es schließlich Personal. Und dass sie sich mit einem einfachen Arbeiterkind einließ, hatten sie erst recht nicht gewollt.

Das hatte Waltraud nur noch mehr angestachelt.

Doch das war lange her und nicht mehr wichtig. Der Bärlauch dagegen schon. Die Blätter mussten alljährlich vor dem Erblühen der Pflanze eingesammelt werden, sonst schmeckten sie bitter. Waltrauds Blick fuhr suchend über den Boden. Eigentlich wäre dies gar nicht nötig gewesen, denn sie wusste genau, wo der Bärlauch stand und wie er aussah. Wie er *ganz genau* aussah. Viele verwechselten ihn mit Maiglöckchen oder Herbstzeitlosen, doch Waltrauds Blick war geschult. Was gut war, denn die dem köstlichen Bärlauch zum Verwechseln ähnlichen Gewächse waren hochgiftig. Wenn Waltraud, deren Augen an Kraft sehr verloren hatten, sich nicht sicher war, zerrieb sie die Blätter zwischen den Fingerspitzen. Entströmte ihnen der typische Knoblauchgeruch, konnte sie guten Gewissens weitersammeln.

Hans hielt an. Er tat so, als betrachte er eine prächtige Erle. Doch Waltraud wusste, dass ihm die Luft ausgegangen war. Sie sagte nichts dazu. Nach einiger Zeit brummte er, und sie setzten sich wieder in Bewegung.

Nie würde Hans sich zum Ausruhen auf eine Bank setzen. Dafür war er viel zu stolz. Doch Waltraud hatte gelernt, die kleinen Zeichen der Schwäche zu erkennen und vorzugeben, sie selbst brauche eine Pause. Dabei war sie weitaus besser zu Fuß als er, der sich die Knochen im Tagebau zerschunden hatte. Mit Überstunden und noch mehr Überstunden. Für sie, damit sie es gut hatte und niemals daran dachte, was sie für ihn aufgegeben hatte.

Doch das hätte sie ohnehin nie getan.

Sie bogen an der Säuleneiche ab.

Der Bärlauch liebte den Schatten von Laubbäumen. Von Esche, Ahorn, Eiche und natürlich Buche. Waltraud ließ Hans den Bärlauch entdecken, nachdem sie seine Schritte unbemerkt in diesen wenig besuchten Winkel des Schlossparks gelenkt hatte.

»Schau, Waltraud. Da steht er, unser Bärlauch. Als hätte er auf uns gewartet. Ich werd ihn dir pflücken.«

Zärtlich hielt sie seine Hand. »*Wir* pflücken ihn, gönn mir diese Freude.«

Waltraud hatte Gartenkissen eingepackt, auf denen sie knien konnten. So sammelten sie große Mengen der geliebten Köstlichkeit. Was sie heute nicht aßen, würde Waltraud pürieren und einfrieren. Früher, da waren sie jeden Tag in den Park gekommen, da war der Bärlauch immer frisch gewesen. Doch heute ging dies einfach nicht mehr. Der Weg von ihrer Wohnung hierher war nicht weiter geworden, aber anstrengender.

Waltraud wollte gleich wieder zurückgehen, denn Hans war abermals kurzatmig geworden. Doch er schlug einen anderen

Weg ein. Als sie ihm nicht folgte, sah er sie an, mit seinen blassblauen Augen, in die sich Jahr für Jahr mehr Grau schlich.

»Zur Buche gehen wir noch, ja? Wir müssen doch zur Buche gehen, mein Schatz.«

Und sie nickte. Die Buche. Ihre Buche. Der älteste Baum im ganzen Park. 1730 war er gepflanzt worden, das wussten sie genau, sie hatten extra bei der Parkleitung nachgefragt, und nun gab es auch eine kleine Tafel, auf der alles über ihn stand. Eigentlich hätte er nicht länger als zweihundertfünfzig Jahre leben dürfen, die Altersgrenze für Buchen. Doch diese wuchs einfach weiter und weigerte sich standhaft zu sterben. Dafür liebten Hans und Waltraud sie noch mehr. Ihr Blätterdach erstreckte sich von der Krone nahtlos bis zum Boden – es bedeckte ganze hundertsechzig Quadratmeter. Hans hatte die Zahl ungläubig wiederholt, als er sie erstmals hörte. Das war mehr als ihre ganze Wohnung maß, fast dreimal so viel.

Langsam gingen sie zu dem alten Baum und traten schweigend ein. Das dichte Blätterdach bildete eine Kuppel, und im Dunkel darunter fühlten sie sich wie in einer Kirche. Hier herrschte eine besondere Stille, der Boden war braun und weich wie Teppich.

»Unsere Buche«, sagte Hans und nahm seine Waltraud in den Arm.

Doch dann zuckte er zusammen. Und Waltraud sah es auch. Dort war jemand! Ein Mann, er saß auf den Zweigen, die kreuz und quer wuchsen, sogar in den Boden und wieder empor, sodass man meinen konnte, es handle sich nicht um eine einzelne Buche, sondern um eine ganze Kolonie. An einer Stelle bildeten die Äste eine Art Schaukel. Still saß der Mann dort, von ihnen abgewandt, den Kopf leicht gesenkt. Er ist eingeschlafen, dachte Waltraud. Sie mussten ihn wecken, der Park würde bald schließen.

»Gehst du zu ihm?«, fragte sie Hans.

Und er ging. Vorsichtig tippte er dem Mann auf die Schulter. Der Fremde trug einen Smoking, seine schwarzen Lederschuhe glänzten selbst im Zwielicht. Die Haare waren leicht gewellt und sahen feucht aus.

»Entschuldigen Sie bitte«, sagte Hans. Und tippte nochmals. Als keine Reaktion kam, ergriff er vorsichtig die Schulter des Mannes und schüttelte ihn leicht.

Wie in Zeitlupe fiel der Körper nach vorne. Kopfüber. Krachte durch einen der Äste und landete auf dem Boden.

Nun konnten die Beiden sein Gesicht sehen. Es war blutüberströmt. In seinen Zügen war kein Leben mehr. Und seine gesamte Kleidung war nass.

Waltraud hielt sich die Hände vor den Mund, um den Schrei zu ersticken. Hans zitterte am ganzen Leib. Doch dann drehte er sich entschlossen zu ihr um. »Wir müssen der Polizei Bescheid geben.«

Waltraud schüttelte den Kopf. »Sie werden uns befragen, und wir kommen nicht mehr rechtzeitig nach Hause zum Essen. Vielleicht denkt die Polizei auch, wir hätten etwas damit zu tun. Und dann kommen wir in die Zeitung. Alle Nachbarn würden davon erfahren.«

»Wir müssen Bescheid geben.«

Waltraud schüttelte wieder den Kopf.

»Wir können ihn nicht einfach hier liegen lassen«, sagte Hans. »Das gehört sich nicht.«

Waltraud erwiderte nichts, presste nur die Lippen so fest aufeinander, dass sie weiß wurden.

»Ich gehe jetzt zum Schloss und sage Bescheid. Und dann nehmen wir den nächsten Bus nach Hause. Ja? So machen wir es. Bleib du hier.«

»Nein«, sagte Waltraud. Und dann nochmals lauter: »Nein! Ich bleibe nicht alleine bei dem Toten.«

»Dann komm mit.«

Er streckte seine Hand aus, und Waltraud ergriff sie.

Das Schloss lag nah, sie mussten nur den Wassergraben überqueren. Hans wollte schnell gehen, doch Waltrauds Schritte waren langsam, als müsste sie bergauf wandern.

»Eine Leiche in unserem Baum«, flüsterte sie. Und dachte zurück an den Tag, diesen ersten Tag, als sie sich unter der Buche geküsst hatten – wo sie niemand der Sonntagsgesellschaft sehen konnte. Leidenschaftlich und ungelenk war der Kuss gewesen, in der ständigen Angst, entdeckt zu werden. Nie wieder war sie so geküsst worden. Und bei jedem Besuch im Schlosspark hatten sie diesen goldenen Augenblick wiederholt. Selbst als ihre Lippen trocken und dünn geworden waren wie altes Herbstlaub. Heute war das erste Mal seit Jahrzehnten, dass sie sich nicht unter den Zweigen der alten Buche geküsst hatten.

Sie kamen an die neue, viel zu moderne Brücke, die zur Landesgartenschau gebaut worden war. Sie wirkte schon ergraut und aus der Mode, wogegen die alten Brücken des Parks mit der Zeit nur an Schönheit gewonnen hatten.

Das Gatter stand auf, und so gelangten sie auf die kleine kiesbedeckte Terrasse vor dem Schloss, auf der Tischgarnituren in Reih und Glied standen, überspannt von bunten Girlanden. Sogar eine Theke war aufgebaut worden. Ein junger Mann saß davor auf einem Barhocker, er trug wie der Tote einen teuren dunklen Anzug, und auch sein Kopf war nach vorn gesunken. Doch er lebte noch, denn sein Brustkorb hob und senkte sich.

Hans tippte ihm trotzdem nicht auf die Schulter.

»Entschuldigen Sie bitte«, sagte er. »Wir haben einen toten Mann gefunden. Dort drüben unter der alten Buche. Wir müssen die Polizei benachrichtigen. Besitzen Sie vielleicht ein tragbares Telefon?«

Der Mann hob seinen Kopf und blickte die beiden an. Seine Augen waren rot von zerplatzten Äderchen, die Wangen aufgequollen von Tränen.

Hans schob Waltraud hinter sich und sagte etwas, womit sie niemals gerechnet hätte. »Sie waren es! Sie haben diesen Mann getötet. Ich kenne den Blick.«

Der Mann stand auf. Er war jung und kräftig. Erst jetzt erkannte Waltraud, dass er den Anzug eines Bräutigams trug. Er trat auf Hans zu, schnell, die Arme zu Fäusten erhoben.

Doch dann hielt er inne und fiel ihrem Mann heulend um den Hals.

Hans sagte nichts. Er selbst weinte nie. Nur als »Der kleine Lord« erstmals zu Weihnachten im Fernsehen lief, hatte Waltraud gesehen, wie er sich verdächtig die Augen rieb. Doch sie mochte sich getäuscht haben.

Nach einigen Minuten fing der Mann sich wieder und wischte seine Tränen ab. Ausgelaugt sank er auf einen Stuhl.

»Ich … ich heirate doch heute. Und er«, seine Stimme wurde plötzlich wütend, »er hat sie mir nicht gegönnt! Er war ihr erster Freund, jahrelang waren die beiden ein Paar. Seine Familie, die hat Geld. Die stinken vor Geld, aber ich? Bei mir ist nichts zu holen. Gar nichts. Aber ich liebe Susanne! Er nicht. Er wollte sich nur mit ihr schmücken. Und vorhin, da hat er gesagt, er würde allen erzählen, was ich für einer wäre. Er hatte einen Privatdetektiv auf mich angesetzt, und so einer findet immer was. Gott, ich bin kein Unschuldsengel. Wer ist das schon? Er wollte mein Glück zerstören. Mir meine große Liebe wegnehmen. Da bin ich ausgerastet. Völlig ausgerastet. Ich …« Er drückte die Fäuste so fest gegen seinen Kopf, als könnte er dadurch die Erinnerung herauspressen. »Ich habe das Nächstbeste genommen und auf ihn eingeschlagen. Da war so eine Vase. Die sah gar nicht gefährlich aus! Ich dachte, die zerspringt einfach. Ich wollte ihn doch nicht töten!«

Waltraud und Hans sagten nichts, sie rührten sich keinen Zentimeter. Was würde dieser Mann mit ihnen anstellen, wenn sie jetzt losgingen und die Polizei riefen? Sie kannten sein Geheimnis. Ein Geheimnis, von dem niemand wissen durfte.

Der Bräutigam stierte den Boden an. Jeden Augenblick konnte jemand kommen, doch das schien ihn nicht zu stören, er sprach weiter.

»Dann hab ich ihn in den Wassergraben geworfen. Ich dachte, er geht unter, die Fische fressen ihn und alles ist gut. Doch er trieb oben, wegen diesen ganzen Algen. Viel zu viele Algen.« Er schüttelte den Kopf. »Da hab ich mich ausgezogen und bin ins Wasser, hab ihn rausgeholt und ins nächstbeste Gebüsch getragen. Hab ihn extra so in die Äste drapiert, dass es aussieht, als sitze er da und wolle in Ruhe gelassen werden. Und Sie haben ihn gefunden. Nach nicht einmal«, er blickte auf seine Armbanduhr, »zwanzig Minuten. Läppische zwanzig Minuten konnte ich hoffen, dass es gut geht. Aber eigentlich hab ich gar nicht gehofft. Ich hatte nur Angst davor, dass es auffliegt.«

Er reichte ihnen sein Handy. »Rufen Sie ruhig die Polizei. So kann ich sowieso nicht leben. Es ist alles aus, oder? Und dabei sollte heute der schönste Tag meines Lebens werden. Der schlimmste, das ist er geworden.«

Hans hielt das Telefon in der Hand wie einen fremdartigen Knochen. »Ich werde die Polizei nicht rufen. Zum einen weiß ich nicht, wie man so ein Ding bedient. Und selbst wenn ich es wüsste, würde ich es nicht tun.«

»Aber Hans, der Mann in der Buche ist …«

»… tot. Ich weiß, Liebes. Und nichts wird ihn wieder lebendig machen. Dieser Bursche hier hat einen Fehler begangen, aber dafür hatte er einen guten Grund. Ein Mann, der eine Frau wirklich liebt, ist gut genug für sie. Wenn sie ihn auch liebt. Das ist das Wichtigste. Tut Ihre Verlobte das?«

»Ja.« Der junge Bräutigam schluckte hörbar. »Da bin ich mir sicher. Ganz, ganz sicher.« Er lächelte etwas. Er sah nett aus, wenn er lächelte, fand Waltraud. »Sonst würde sie das alles auch nicht durchstehen können. Ihre Eltern haben das Schloss hier für die Hochzeit gemietet, das teuerste Essen bestellt und die ganzen neureichen Freunde eingeladen. Denen darf sie mich jetzt als Bräutigam präsentieren. Da muss sie mich doch lieben, oder?«

Hans sah Waltraud tief in die Augen. »Ja, das muss sie. Und sie kennt sicher genau die richtige Stelle, wo die Leiche Ihres Widersachers niemals gefunden wird.«

Waltraud wusste nicht, was sie darauf sagen sollte. Es war unrecht, einen Mord zu vertuschen. Doch sie hatte den Ernst in der Stimme ihres Mannes gehört. Es war eine Bitte gewesen. Und Hans war sonst kein Mann, der um einen Gefallen bat. Dafür war er viel zu stolz. Es musste ihm wichtig sein. Sehr, sehr wichtig.

»Was? Wie bitte?«, fragte der Bräutigam. Doch niemand antwortete ihm.

Waltraud nickte. Sie wusste, wann ihr Mann kein Nein akzeptierte. Das eine Mal war gewesen, als er sie um ihre Hand gebeten hatte. Und heute war das zweite Mal.

In jedem Park gab es vergessene Ecken, in denen das Gestrüpp so dicht war, dass selbst Suchtrupps mit Stöcken auf keine Leiche treffen würden, und Ecken, die so bewachsen von aromatischen Wildkräutern und duftenden Blumen waren, dass keine noch so feine Spürhundnase dort etwas erschnupperte. Waltraud kannte alle Wege, auch die im Schatten, die uneinsehbaren Abschnitte des Parks, der doch überall Schneisen aufwies, die den Blick auf das Schloss preisgaben.

Hans half dem Bräutigam beim Tragen der Leiche, wenn dieser nicht mehr konnte. Immer nur ein paar Schritte, doch er ließ es sich nicht nehmen. Sie sprachen die ganze Zeit kein Wort miteinander.

Es war fast so friedlich und still wie auf einem ihrer Spaziergänge zu den Bärlauchwiesen.

Sie brachten den Bräutigam nicht zurück zum Schloss, es war besser, wenn sie nicht mit ihm gesehen wurden. Er bedankte sich mit einem verstörten Nicken, in seinem Blick stand Unverständnis über diese unerwartete Hilfe. So als wäre ihnen nicht zu trauen, als könnten sie ihn im nächsten Augenblick ebenfalls verschwinden lassen. Er lief davon, zurück zur Hochzeitsgesellschaft, in die Arme seiner Braut.

Hans führte Waltraud nochmals zur alten Buche, genau an die Stelle, wo er damals geschehen war, dieser erste Augenblick der Zärtlichkeit. Der Baum hatte sich in all den Jahrzehnten nur wenig verändert. Zwar waren die Wurzeln tiefer und die Äste stärker geworden, einige auch morscher, und das Blätterdach erschien ihnen lichter als früher. Doch der Geruch nach Wald war immer noch der Gleiche, wie vor so vielen Jahren.

Ein eigenartiger Gedanke war auf dem Weg hierher in Waltraud aufgestiegen, wie ein misstrauischer Mond.

»Weißt du noch, damals, bei unserer Hochzeit?«, fragte sie. »Als mein Großcousin aus Finkenwerder nicht eintraf und ab diesem Tag nie wieder gesehen wurde? Er war meine Jugendliebe, weißt du das eigentlich? Das hat mich heute so daran erinnert. Wer weiß, was dem Armen damals zugestoßen ist.«

Hans sagte nichts, küsste sie stattdessen stürmisch. Und es fühlte sich wieder an wie damals.

Weintipp

Zu »Die Bärlauchsammler« empfehle ich einen ganz besonderen Wein – nämlich einen, den Sie selber machen! Passenderweise aus Bärlauch. Maria Treben hat das Rezept in ihrem Buch »Gesundheit aus der Apotheke Gottes« niedergeschrieben: Eine Handvoll Bärlauchblätter (und/oder Bärlauchzwiebeln) klein schneiden, mit einem Viertelliter Weißwein kurz aufkochen, abseihen und nach Geschmack mit Honig oder Sirup süßen.

Der Weinsud soll ein wunderbares Heilmittel bei Brustverschleimungen sein und bei Lungenentzündung sowie Wassersucht helfen. Ich habe das Rezept noch nicht nachgekocht, weil ich mit Wein grundsätzlich nicht rumpansche. Doch Hans und Waltraud haben es bestimmt schon ausprobiert.

Tod eines Kritikers

Nur wenige Gerichte, ein schnelles Drei-Gang-Menü, dann würde er mit ihr in die Oper gehen. Mit ihr, mit Annabelle. Heute war *der* Abend, ganz bestimmt. Sie liebte Puccini, und die Besetzung war phantastisch. Er hatte schon den Champagner für danach kalt gestellt – und sein Bett frisch bezogen. Jochens Hände wurden feucht beim Gedanken an Annabelle.

Noch saß er allerdings ungeduldig und allein im neuesten In-Restaurant Düsseldorfs, dem »Gorilla Links«. Er hatte dem Kellner extra gesagt, dass es schnell gehen müsse. Doch der Kerl ließ sich einfach nicht mit dem ersten Gang blicken. Einer Variation von Foie gras, vermutlich als Crème brulée, Baumkuchen und gebraten. Es langweilte ihn schon jetzt. Der Geschmack der warmen Brioche, die wie immer dazu gereicht werden würde, ekelte ihn beinahe. Aber welcher normale Mensch verstand das schon? All die anderen Gäste, die sich in diesem modernistisch-kühl totdesignten Restaurant mit seinem indirekten Licht und seinen unverputzten Betonwänden eingefunden hatten, würden ihn vermutlich um seinen Beruf beneiden. Restaurantkritiker? Da dürfen Sie gut essen und werden auch noch dafür bezahlt. Sie Ärmster!

Die hatten ja keine Ahnung, wie viel Mist er essen musste, wie viele Stunden mit Warten draufgingen und welche Beleidigungen man zu ertragen hatte, wenn man die ungeschönte Wahrheit schrieb.

Auch über das »Gorilla Links« würde er selbige zu Papier bringen! Dass es hier zog wie Hechtsuppe, dass es hallte, als stände man im Kölner Dom, und dass die Kellner so fröhlich aussahen, als planten sie nach Schichtende Selbstmord.

Jochens Leser liebten es, wenn er etwas über das Ambiente schrieb. Er würde deshalb auf jeden Fall die geschmacklose Gorilla-Plastik erwähnen, augenscheinlich ein Silberrückenmännchen, die auf einem Sockel im Zentrum des Restaurants stand. Von Jochens Platz blickte man genau auf den Hintern. Um ganz präzise zu sein: die gewaltige Kimme.

Endlich kam der Ober mit dem Essen! Wie erwartet die übliche Trilogie. Jochens Geschmacksknospen falteten sich wie von selbst zusammen.

Doch dieser saumäßig einfallslose erste Gang war nicht das Schlimmste. Bei Weitem nicht. Das Schlimmste – oder besser gesagt: das Unfähigste – war Achim Bengtson. Das Gaumennichts, der Restaurantwichtel. Einer, der seinen Wikipedia-Eintrag selber schrieb. Der weißbärtige Restaurantkritiker schaute immer so gequält, als habe ihn gerade jemand in die Familienjuwelen getreten. Jochen grüßte ihn nicht. Bengtson grüßte Jochen nicht. So hielten sie es seit Jahren.

Und nun war er ausgerechnet an den Tisch ihm gegenüber gesetzt worden. Bengtson hatte protestiert, doch der Ober nur mit den Schultern gezuckt und ihm einen schönen Abend gewünscht.

Es war beinahe unmöglich für Bengtson, nicht zu Jochen zu blicken. Er versuchte es trotzdem. Jochen dagegen fixierte den Konkurrenten. Angriff war schließlich die beste Verteidigung! Erfreut bemerkte er dessen vorsichtig um die hochgehaltene Speisekarte linsende Blicke. Jetzt winkte Bengtson den Ober herbei und bestellte.

Und wie er bestellte!

Laut und deutlich, sodass Jochen es hören musste. Und viel. Nicht nur das Fünf-Gang-Degustationsmenü, nein, er erweiterte es sogar noch um zwei weitere Vorspeisen.

Danach sah er erstmals zu Jochen herüber. Triumphierend, so als habe er gerade einem Stier den Gnadenstoß gegeben. Und dieser Stier hieß Jochen.

Keine Podiumsdiskussion, in der Bengtson nicht erwähnte, er könne Kollegen nicht ernst nehmen, die nicht einmal ihre Portionen aufaßen. Wie ließe sich dann beurteilen, ob ein Restaurant wirklich gut koche? Dafür müsse man nämlich am eigenen Leibe prüfen, wie die Verträglichkeit der Speisen sei und ob ein Gericht nicht nur beim ersten, sondern auch beim zwanzigsten Bissen noch Freude bereite. Die anderen Restaurantkritiker in Düsseldorf würden sich leider nicht an diesen Grundsatz halten.

In ganz Düsseldorf gab es nur einen anderen Restaurantkritiker.

Und der hieß Jochen Hunne.

Das wussten alle. Denn Jochen war die Nummer eins vor Ort. Er war der Mann, der Bengtson die Kolumne beim Düsseldorfer Stadt-Anzeiger weggeschnappt hatte und nun sogar regelmäßig im Fernsehen kochte.

Jochen winkte rasch den Ober herbei – und erhöhte seine Bestellung. Acht Gänge sollten es sein. Diesen Bengtson würde er in Grund und Boden futtern!

Schnell schrieb er Annabelle eine SMS. Sie solle schon mal vorgehen, er käme nach. Er hätte einen Unfall, nein – er tippte neu –, einen Motorschaden, eine ganz schlimme Sache, aber sie solle sich dadurch nicht den Abend verderben lassen.

Dann aß Jochen den strunzlangweiligen Gänsestopflebertelller leer. Ja, er wischte mit der warmen Brioche sogar die letzten Pfützchen Balsamico-Essig auf. Und leckte sich danach demonstrativ die Finger ab.

So, Bengtson, nimm dies!

Leider hatte Jochen während des Essens nicht aufgeschaut. Deshalb wurde ihm erst jetzt klar, dass Bengtson sein Amuse-Bouche, bestehend aus irischen Austern in geliertem Algenwasser, pochiert mit Eiskraut, dazu Safranmayonnaise, sowie den ersten Gang mit den Gänsestopflebervariationen ebenfalls erhalten – und schon komplett verputzt hatte. Der alte Mann legte ein Tempo vor, bei dem die Geschmacksknospen überhaupt keine Zeit hatten, etwas zu erschmecken! ICE-Essen war das. Nein, *fressen*!

Auch Bengtson leckte sich die Finger ab.

Und trank sein Weinglas in einem Zug leer.

Aha, da eröffnete einer ein neues Schlachtfeld! Es ging jetzt also auch um Alkohol. Spielend würde Jochen ihn unter den Tisch saufen. Eigenhändig griff er sich die Weißburgunder-Flasche aus dem Kühler und füllte sein Glas bis zur Oberkante. Das gehörte sich zwar nicht, ließ dem Wein auch keinen Raum zum Atmen, aber es würde Bengtson schocken. Der Hund mochte der erfahrenere Trinker sein, Legenden woben sich um seine Leber, doch Jochen hatte gerade erst eine Entschlackungskur absolviert – das würde ihm heute zum Doppelsieg verhelfen.

Schon stand der nächste Gang vor ihm – und vor Bengtson. Respekt dem Küchenteam, jetzt gaben sie richtig Gas. Jochen packte seinen groben Löffel aus. Den führte er immer mit sich. Für Notfälle. Bengtson sollte Augen machen. Und genau das tat er. Gegen den Löffel kam er nicht an! Jochen genoss, wie Bengtson schäumte und sich mit seiner kleinen Gabel abmühte. Das Steinbuttfilet samt Lorbeerkarotte und Orange in Chablisbutter würde ihm sicher bald aus den Ohren herauskommen, so viel Druck baute der Alte in sich auf.

Jochen selbst verspürte bereits ein leichtes Völlegefühl, deshalb boxte er sich kurz gegen die Brust, nahm einen weiteren Schluck Wein und erwartete fröhlich den nächsten Gang. Dank des Löffels konnte nun nichts mehr schiefgehen. Siegessicher machte er das Victory-Zeichen. Oh, wie wundervoll rot Bengtson anlief! Wäre er Rumpelstilzchen – was von seiner Statur her kein Problem darstellte –, würde er sich nun sicher in tausend kleine Stücke reißen. Die Gastro-Szene würde aufatmen, keine Frage.

Der nächste Gang, die Kabeljaublätter auf Rote-Bete-Graupen mit Stockfischcrème, wurde aufgetragen. Absolut synchron bei Bengtson und ihm. Jochen hielt seinen riesigen Löffel schon im Anschlag, bereit, dem Fisch mit einigen wenigen schaufelnden Bewegungen den Garaus zu machen, als sein Blick auf Bengtson fiel.

Er würde doch nicht … Niemals könnte er … Doch! Es sah aus, als würde er alles per Hand in sich hineinspachteln wollen. Abartig! Animalisch!

Das konnte er auch! Jochen legte den groben Löffel zur Seite. Doch dann winkte Bengtson ihm zu, grinste breit, griff sich das Besteck und begann ganz langsam zu essen. Er rollte die Augen dabei, probierte alles einzeln und dann in Kombination, so wie es die hohe Schule der Verkostung vorschrieb. Er testete auf Aromen, Konsistenzen, Temperaturen, Garzeitpunkte und wie all dies zusammen wirkte, wie es Akkorde im Mund bildete.

Er machte seinen Job, und er machte ihn richtig.

Schlingen war amateurhaft.

Jochen schnaufte verächtlich. Langsam essen? Konnte er auch! Sogar langsamer als Bengtson. In Zeitlupe führte er die Gabel zum Mund – und blickte zu seinem Gegner. Keiner wollte zuerst zubeißen. Doch gegessen werden musste. So hielten sie ihre Gabeln und bewegten sich nicht. Als hätte jemand im »Gorilla Links« die Pausetaste gedrückt.

Irgendwann schafften sie es, das Stück Kabeljau in den Schlund zu befördern – perfekt synchron, sogar beim Kauen.

Sie brauchten eine halbe Stunde für den Gang.

Am Ende war alles auf Zimmertemperatur abgekühlt und weiß Gott nicht zu bewerten. Doch das war Jochen egal. Von Bengtson würde er sich nichts nachsagen lassen. Von vielen anderen schon, doch niemals von diesem Mann.

Nachdem er eine weitere Entschuldigungs-SMS an Annabelle geschrieben hatte, trat der Ober an seinen Tisch. Er bot ihm an, einen weiteren Gang dazwischenzuschieben. Der Koch sei gerade in einer kreativen Laune.

»Warum nicht gleich zwei?«, fragte Jochen, obwohl ihn sein Magen nun schon beträchtlich drückte. »Oder besser drei!«

Leider sagte er dies so laut, dass Bengtson es hörte und nun ebenfalls nachorderte.

Plötzlich merkte Jochen, dass ihm der kalte Schweiß auf die Stirn trat. Nicht wegen Bengtson, auch nicht wegen der auf ihn zurollenden Essensmenge, sondern wegen deren Qualität. Jochen hatte Angst, schreckliche Angst. Denn seit Langem hatte er nicht mehr so schlecht essen müssen. Nahezu jeder Gang triefte vor Fett; sein Gaumen fühlte sich mittlerweile an, als habe ihn jemand mit Griebenschmalz eingerieben. Der Koch war ein Stümper biblischen Ausmaßes.

Bei den nächsten Gängen wurde es sogar noch schlimmer. Selbst mit großen Mengen Wein bekam Jochen den öligen Geschmack nicht weg. Auch Bengtson trank viel, seine Augen wurden bereits glasig, seine Bewegungen fahrig. Doch er streckte sein Kreuz immer wieder durch und aß weiterhin jeden Teller leer. Der Koch war in einer solchen Spendierlaune, dass er seinen beiden enthusiastischen Gästen kostenlos zusätzliche Speisen bringen ließ.

Jochen aß immer weiter.

Er war längst im Automatikmodus. Nicht einmal auf die Toilette hatte er sich getraut. Seinen Widersacher wollte er um nichts in der Welt aus dem Blick lassen oder ihm gar einen Vorsprung gewähren.

So zog sich der Abend quälend lang hin. Das Restaurant leerte sich langsam, neue Gäste kamen kaum noch hinzu. Jochen nahm sie ohnehin nicht wahr, denn längst hatte der Alkohol sein Hirn vernebelt, es wie eine Kirsche in Rum eingelegt. Selbst als Annabelle in wundervollster roter Abendgarderobe eintrat, die Frau, mit der er in Gedanken längst Dutzende stürmische Nächte verbracht und den gemeinsamen Nachwuchs (zwei Mädchen, ein Junge) geplant hatte, sah er nicht auf. Sie kam mit einem anderen Mann ins »Gorilla Links«, entdeckte den schwer sanierungsbedürftigen Jochen, lachte verächtlich und setzte sich weit fort von ihm. Ihre langen Wimpern, ihre sinnlichen Lippen, das Schwingen ihrer göttlichen Hüften – Jochen nahm all das nicht mehr wahr, sondern nur noch sein Pré-Dessert, eine Punschpraline mit Clementinen und Kardamomcrème. Kurz war sein Atem geworden. Es fühlte sich an als stapele sich das Essen vom Enddarm bis unter die Gaumenmandel. Hätte er doch bloß nicht am Mittag schon ein Restaurant getestet, auch dieses mit großem Menü! Bald würde alles einer Fontäne gleich herausschießen. Schlecht war ihm schon. Doch diesen Triumph würde er Bengtson nicht gönnen! Eher würde er alles wieder runterschlucken. So sollte ihn diese Nullnummer von Kritiker nicht sehen.

Plötzlich stand Bengtson auf und kam herüber. Seine Haut war fahl, blutunterlaufen seine Augen. Er schwankte, doch er fiel nicht.

»Lass uns aufhören«, sagte Bengtson, als er Jochens Tisch erreicht hatte. »Das bringt doch nichts.«

»Kannst du etwa nicht mehr? Bist eben doch nicht mehr der Jüngste. Langsam spürst du es, was?«

»Was soll das? Wir benehmen uns wie zwei dumme Kinder.

Ist es immer noch wegen dieser alten Sache? Das ist doch schon so lange her.«

»Für dich mag es lange her sein – für andere nicht. Und ich mache hier nur meinen Job. Präzise und unermüdlich. Aber wenn du aussteigen willst: nur zu. Es zwingt dich nicmand. Ist keine Schande, dem Alter Tribut zu zollen.«

»Du bist solch ein Idiot. So habe ich dich nicht erzogen!«

»Nein, denn du bist ja abgehauen.«

Bengtson wandte sich kopfschüttelnd ab, die Arme hilflos in die Höhe gestreckt. Jochen ging es trotz des Völlegefühls nun richtig gut. Früher hatte auch er den Namen Bengtson getragen. Bevor diese Frau ins Leben seines Vaters getreten war, ein Vierteljahrhundert jünger und noch nicht einmal attraktiv, auch nicht klug. Nur neu. Das hatte gereicht. Jochens Mutter hatte nach der Scheidung wieder ihren Mädchennamen angenommen, und ihre Kinder hatten es ihr gleichgetan. Seitdem nahmen sie den Namen Bengtson nicht mehr in den Mund.

Bis jetzt. Jochen spuckte das verfluchte Wort aus. Und fühlte sich grandios. Er konnte kaum den nächsten Gang erwarten, um Bengtson den letzten, den entscheidenden Schlag zu versetzen. Nach diesem Abend, diesem Wettkampf, wären die Fronten geklärt. Er würde seine Mutter rächen! Mit Messer und Gabel!

Das Dessert flog heran: Manjari-Schokoladenzylinder mit Griottines, Zimtcrème und Gewürzkirscheis.

Doch diesen Teller schaffte Jochen nicht mehr.

Plötzlich tat sein Herz den letzten Schlag, und er brach unter leisem Stöhnen zusammen. Seine Nase sank in die Zimtcrème, seine Wange in das Gewürzkirscheis. Niemand bemerkte es, nur Bengtson. Er erhob sich vom Stuhl, um seinem Sohn zu Hilfe zu eilen.

Doch nachdem er den ersten Schritt getan hatte, griff er sich an die Brust. Dorthin, wo sein Herz schlug.

Er sackte in sich zusammen, mit seinem Ohr den hübschen Manjari-Schokoladenzylinder zerquetschend.

Dann herrschte Stille. Die noch besetzten Tische standen

weit entfernt, das Licht war gedimmt, die Musik lauter als die Melodie der tanzenden Gabeln und Messer. Als der Ober bei Bengtson Wein nachschenken wollte, durchfuhr ihn ein Schreck. Er besaß jedoch so viel Contenance, einen Schrei zu unterdrücken. Schnell informierte er den Küchenchef und rief den Notarzt.

Keiner bekam mit, wie sich kurz danach die Schwingtür zur Küche öffnete und der Koch des Hauses aus seinem Reich trat, um sich die beiden toten Männer anzuschauen. Er fühlte ihren Puls und nickte zufrieden, als sich keiner mehr fand. Dann winkte er einen Mann zu sich, der an der Bar ungeduldig einen Cocktail geschlürft hatte. Der Gast trug einen adretten Anzug, doch die von vielen Schnitten vernarbten Hände verrieten, dass er in keinem Bürokomplex arbeitete.

Sondern ebenfalls am Herd.

»Wie hast du es gemacht?«, fragte er den Koch des »Gorilla Links«.

»Bengtson hat einen Eiweißschock. Gefolgt von sofortigem Herzinfarkt. Hatte er schon mal vor Jahren, seitdem ist er vorsichtig mit Meeresfrüchten. Ich habe Eiweiß in jeden Gang eingebaut. Aber so, dass der Stümper es nicht merkte. Erstaunlich, dass er überhaupt so lange durchgehalten hat. Ohne Hunne wäre er vermutlich längst zu seinem Arzt gerannt. Du glaubst ja nicht, wie schwierig es war, beide auf denselben Termin zu legen, ohne dass sie Verdacht schöpfen.«

»Und Hunne?«

»Cholesterin. Das schlechte, literweise. Sein Hausarzt hat mir gesteckt, dass Hunnes Pumpe nicht mehr die beste war. Er hat deswegen auch mit dem Leistungssport aufhören müssen. Wenn er jetzt nicht umgekippt wäre, hätte ich ihm sogar Fett in den Kaffee getan.«

Sein Kollege klopfte ihm bewundernd auf den Rücken. »Du bist ein Genie.«

»Ehre gebührt auch dir, für die Vorarbeit! Wenn du die beiden heute Mittag nicht schon gemästet hättest, wäre die ganze Mühe wohl umsonst gewesen.«

Der Koch des »Gorilla Links« konnte den Blick nicht von

den beiden toten Restaurantkritikern lösen. Ein Traum war wahr geworden, eine große Last von seinen massigen Schultern gefallen.

»Was ich dich noch fragen wollte, ganz unter uns. Warum ich es getan habe, weiß ich. Die beiden haben mein letztes Restaurant kaputt geschrieben, und dieses zarte Pflänzlein hier hatten sie auch schon auf dem Kieker. Es ging um meine Reputation als Koch.«

»Verstehe ich doch.«

»Aber du? Deinen Laden haben sie gut bewertet.«

»Schon.« Der Kollege reichte ihm die Hand zum Abschied. »Aber das Lokal vom Herbert genau gegenüber, das haben sie noch viel besser bewertet.« Er verschwand grinsend durch den Ausgang.

Die Sanitäter trafen ein und schafften die beiden Leichen hinaus. Der Koch des »Gorilla Links« ging zurück in seine Küche. So schön die Sache gelaufen war, es gab doch einen Haken. Es störte ihn, mit etwas so Wunderbarem wie Essen getötet zu haben. Er würde es nie wieder tun.

Obwohl …

Mit einem Mal hielt er es für angebracht, über seine Ehe nachzudenken.

Weintipp

In »Tod eines Kritikers« wird zur Weißburgunder-Flasche gegriffen, und das sollten auch Sie tun. Und zwar zu einer ganz besonderen: der eines Kritikers! Jahrelang war Armin Diel einer der Chefredakteure des »Gault Millau WeinGuide Deutschland« (für den ich in meiner Tätigkeit als Weinjournalist ebenfalls schreibe) und damit einer der bedeutendsten Weinkritiker des Landes. Nebenbei war und ist Armin Diel aber auch Winzer eines der besten Güter Deutschlands, dem Schlossgut Diel in Burg Layen an der Nahe. Neben seinen großartigen Rieslingen hat er Rotweine, wie auch weiße Burgunder im Angebot. Früher waren sie stark vom Holzfass geprägt, seit Tochter Caroline ins Gut eingestiegen ist, werden sie immer feiner und französischer. Auch gut: der kleine Bruder dieser Weine, das Burgunder-Cuvée »Diel de Diel«, ein hervorragender Allround-Essensbegleiter. Armin Diels Weine beweisen: Kritiker können nicht nur meckern – manchmal können sie es auch richtig gut selber machen.

Böse Sach

Hauptkommissar Josef Indlekofer vom Morddezernat D1 in Waldshut-Tiengen hob den Kopf der Leiche. Er wollte das Gesicht betrachten. Es sah ehrlich überrascht aus. Kein Wunder, hing der Mann doch kopfüber im Taufbecken. Dazu kam diese elende Sauerei. Dem Toten waren nämlich die Ohren abgeschnitten worden, bevor er ertränkt wurde.

Indlekofers Berner Sennenhund Latschari schlabberte unbeeindruckt im Taufbecken. Prima. Da musste er ihm gleich nix mehr geben.

»Und, Chef?«, fragte Polizeikommissarin Lioba Weißenberger, den Notizblock gezückt. Sie hatte brünette Haare, eine gesunde Bräune und lange Beine. Indlekofer hatte vom Herrgott nur kurze Stampfer erhalten, machte dieses Manko mit seiner Breite jedoch mehr als wett. Er war stets auf Rammkurs mit der Außenwelt. Nun blickte er bedeutungsvoll, hob seinen Finger und schnaubte.

»Böse Sach.«

Lioba Weißenberger nickte und schrieb es dienstbeflissen auf.

»Folgen Sie mir!« Indlekofer steckte sich eine Zigarette an und durchschritt die St. Peter und Paul Kirche im Klettgauer Ortsteil Grießen. Er rauchte nicht nur Kette, sondern auch Übergröße. Lange, schlanke Zigaretten, die sich sonst zwischen den liebreizenden Lippen der Damenwelt fanden.

Indlekofer konnte das Grießener Gotteshaus nicht leiden. Was vor allem daran lag, dass seine Familie aus dem Nachbarort Erzingen stammte. Der einzig wahren Metropole Klettgaus. Alles, was mit Grießen zusammenhing, war Indlekofer zuwider. Allerdings stand der Ort nur auf Rang drei seiner liebsten Feinde. Den ersten Platz belegten unangefochten die Schweizer, gefolgt von den Schwaben. Fingen beide mit »Schw« an – genau wie ein bestimmtes Borstenvieh. Das passte schon.

Indlekofer schritt durch die neogotische, wunderbar ausgemalte Kirche und suchte nach etwas, das die unfähige Spurensicherung übersehen hatte. Zwei von denen kamen schließlich aus Grießen, was konnte man da schon erwarten? Märkte veranstalten konnten sie hier, auch Blasorchester gründen – aber Verbrecher stellen?

Diesmal hatten sie allerdings gut gearbeitet, und nur ein Stofftaschentuch nahe dem Altar übersehen. Es war größtenteils zerknittert, doch eine Ecke sah so glatt aus wie frisch gebügelt. Indlekofer hob es auf. Keine Stickereien. Benutzt worden war es anscheinend auch nicht.

»Tütchen«, schnauzte er die Weißenberger an und steckte das Tuch in selbiges.

»Böse Sach«, wiederholte Indlekofer und grunzte: »Informationen«, während er sich auf eine Kirchenbank plumpsen ließ. Sie war hart. Man saß schlecht. Typisch Grießen.

Lioba Weißenberger wusste, was ihr Vorgesetzter hören wollte. »Der Tote ist Karl-Heinz Schalling, ein Winzer aus Erzingen. Er hat gerade erst einen Betrieb gegründet, für nächste Woche stand seine Hochzeit mit Philomena Bernhard an, einer Käserin aus Grießen. Eine interessante Frau. Sie hat vor ihrer Lehre Kunstgeschichte studiert, mit Schwerpunkt Neogotik. Dann ging sie zu den Eidgenossen, um die Kunst der Käseherstellung zu lernen.«

»Alibi?«

»Wasserdicht wie Schweizer Hartkäse.« Lioba Weißenberger kicherte vergnügt.

»Ruhe ist!«, herrschte Indlekofer sie an. Wieder blickte er vielsagend, hob seinen Finger und schnaubte. »Weiter!«

»›Wein und Käse‹ heißt ihr gemeinsamer Laden. Sehr schick. Und ein ganz tolles Konzept. Da gibt es den passenden Käse zum Wein. Oder Käse mit Wein, Weintrauben oder Weingelee.«

»Und Wein mit Käsestücken? Gibt's den auch?«

Sie schüttelte unsicher den Kopf. »Ich glaube nicht.«

»Gut so«, grunzte Indlekofer. »Schulden? Ehebruch? Erbschleicherei?«

»Soweit wir bisher wissen, nein.«

»Und was hat er hier zu suchen gehabt?«

»Ich verstehe nicht«, antwortete die junge Polizistin.

»Das ist die katholische Kirche von Grießen. Hier gehört ein ordentlicher Erzinger nicht hin.« Deshalb ging auch Indlekofer nun hinaus. Er hatte genug gesehen.

Vor dem Kirchentor erwartete ihn bereits eine Menge Schaulustiger. Das elende Geschmeiß von der Presse war auch da. Vor über hundertfünfzig Jahren hatte es hier schon mal einen solchen Menschenauflauf gegeben. Damals hatten sich mehr als dreihundert Männer der revolutionären Hochrhein-Kolonne angeschlossen. Die Grießener waren Aufständler, immer schon. Das hatten sie auch 1525 bei den Bauernkriegen bewiesen. Und jetzt hatten sie einen Erzinger ertränkt! Indlekofer würde den Täter fassen. Heute noch. Denn morgen ging es für ihn in den Urlaub. Nach Südtirol. Er hatte keine Lust, den zu verschieben. Der Wohnwagen war vollgetankt und frisch poliert.

Indlekofer sah an der Kirche empor. Der Turm war höher und die imposanteste Glocke größer als die Erzingens – das hatten sie sich von dem Gießer schriftlich geben lassen, diese Kleingeister.

Grummelnd bahnte er sich mit Latschari einen Weg durch die Massen zu seinem Dienstwagen und fuhr zur Gaststätte »Brauhaus«. Hier würden sie sich zusammenrotten, die Grießener. Hier würden sie die Welt erklären. Genau der richtige Platz, um Mäuschen zu spielen. Der Wein würde die Zungen der Revolutionäre sicher lockern. Die Weißenberger sollte derweil recherchieren, wie sie es heute eben in den Polizeischulen lernten. Ordentliches Zuhören brachten sie den jungen Leuten nicht bei. Es war eine Schande.

Als er die gelb gestrichene Gaststätte mit den braunen Fensterläden betrat, putzte der Wirt gerade den Tresen. »Hunde sind hier nicht erlaubt«, sagte er statt einer Begrüßung.

»Bei mir schon«, raunzte Indlekofer.

»Außerdem sind wir rauchfrei.«

»Ich aber nicht.« Indlekofer zeigte dem Wirt seine Polizeimarke. »Keine Musik heute. Und gib mir Erzinger Wein.«

»Haben wir nicht.«

»Ihr sauft lieber ›Kaiserstühler‹, was?«

»Oder Bier. Alles besser als das Zeug von denen.«

Sonst trank Indlekofer immer Erzinger »Stigli-Wii«, selbstvergoren, nur für den Hausgebrauch. Den gab es für gute Freunde. Hier im Feindesland orderte er nun einen »Zibärtle«-Brand. Und gleich noch einen hinterher. Der Klare aus Wildpflaumen beruhigte mit seinem zarten Marzipanaroma Indlekofers Nerven. Zumindest etwas.

Nach und nach füllte sich die Gaststätte. Irgendwann hatten alle Gäste vergessen, dass Indlekofer unter ihnen weilte. Dank seiner grauen Jacke war er chamäleongleich mit der Wand verschmolzen. Nur seine Augen bewegten sich – und seine Ohren, je nachdem, wem er lauschte. Latschari schlief die ganze Zeit. Er hatte einen guten Schuss »Zibärtle« in den Napf bekommen.

»Der hat's bestimmt verdient. Die Erzinger sind doch alle Wildsäue!«

»Aber wir keine Esel!« Die Männer lachten lauthals. Einige klangen dabei durchaus wie Esel. Maulesel im Besonderen.

Frauen gab es hier keine. Wie vermehrten sich Grießener eigentlich? Wo lernten sie ihre Zukünftigen kennen? Oder praktizierten sie in Grießen die Zellteilung?

»Böse Sach«, brummte Indlekofer und meinte diesmal nicht den Mord.

»Was denken Sie, Herr Pfarrer? Immerhin ist er in Ihrer Kirche gefunden worden?«

Dem Priester stand der Schweiß auf der Oberlippe. Er trug immer noch die Soutane von der Morgenmesse. Indlekofer kannte den jungen Geistlichen. Er zählte zum Grießener Adel, denn er stammte von Claus Meyer ab, einem der aufständischen Bauern im Mittelalter, zudem beschäftigte er sich ausgiebig mit der Historie des Ortes. Und seiner geliebten Kirche.

»Dieser Schalling ist nie zuvor in mein Gotteshaus gekommen«, erklärte er jetzt. »Ein roter Hund war das. Den hat der Herrgott gestraft!«

Johlen ertönte, und der Geistliche orderte eine Lokalrunde. Indlekofer hatte sich mittlerweile die ganze Flasche »Zibärtle«

kommen lassen und füllte selbst nach. Das dumme Geschwätz war anders nicht zu ertragen. Der Priester murmelte irgendetwas vor sich hin und schlug drei Kreuze.

»Der war ein Schmuggler, das weiß doch jeder«, rief nun der Ortsvorsteher Grießens. »Dem sein Vater und Großvater haben schon Zucker, Mehl und Schokolade über die Grenze gebracht. Bei Weisweil und über unseren alten Schmugglerweg. Ein elendes Pack, diese Sippe! Fast so schlimm wie die Sauschwaben! Der Schalling war bekannt dafür, Geldkoffer über die Grenze zu schieben. Da hat er den Zaster dann auf Nummernkonten eingezahlt. Hatte sich auf Zahnärzte spezialisiert, weiß ich aus sicherer Quelle.«

»Kennt ihr die Geschichte, wie damals der Zöllner mit Weideruten erdrosselt worden ist und sie ihn im Karren ins Dorf gebracht haben?«

»Die haben nicht lange gefackelt, die Verbrecher. Waren sicher alle Schallings.«

»Wer schmuggelt, lebt gefährlich! Dieser Schalling wird einen Kunden beschissen haben. Da darf er sich nicht wundern, wenn er im Weihwasser landet.«

»Der wundert sich sicher nicht mehr!«, schrie der Ortsvorsteher geradezu. Es sorgte für Erheiterung.

»Die nächste Runde geht auf mich«, sagte er danach und stürzte sein Bier in einem Zug herunter. Der Pfarrer murmelte erneut etwas Unverständliches, den Rosenkranz fest umklammernd.

»Hat sicher gewildert, unsere Sikahirsche gejagt«, war plötzlich der ehemalige Schuldirektor zu vernehmen.

Normalerweise schimpften alle über das seltene, vor Jahrzehnten »eingebürgerte« Wild. In Erzingen wie in Grießen. Gruppen von zwanzig, dreißig Tieren waren keine Seltenheit, und sie fraßen sich gerne am Wald satt. Doch hier schienen sie mit einem Mal ganz hoch im Kurs zu stehen.

»Die Pracht des Klettgaus!«

»Könige unter den Hirschen!«

»Jeder Wilderer gehört im Weihwasser ersäuft – ein Prost auf den Mörder!«

Sie stießen an.

Vermaledeite Revolutionäre, dachte Indlekofer. Ganz Grießen gehörte seiner Meinung nach eingemauert. Mit Selbstschussanlagen!

Flugzeuglärm war zu hören. Die Gläser erzitterten.

»Böse Sach«, kam es aus Indlekofers Mund. Damit meinte er diesmal den »Welt-Flughafen« Zürich und dessen Einflugschneise. Er meinte aber auch die Atomkraftwerke und Endlager, welche die Eidgenossen so gerne an die Grenze setzten, und die Ackerflächen, die sie den deutschen Bauern wegschnappten. Er meinte die Schweizer im Allgemeinen. Er hatte viel zu oft mit Leichen zu tun – viel zu wenige davon waren Schweizer.

Auch der Wirt beteiligte sich nun an der kleinen Debattierrunde – und teilte anscheinend Indlekofers Meinung über die Schweizer.

»Die von drüben waren neidisch, dass einer vor ihnen die Idee hatte, Wein und Käse unter ein Dach zu bringen. Deshalb haben sie den Schalling einfach abgemurkst.«

»Wie nennt man einen intelligenten Menschen in der Schweiz?«, fragte nun der Pfarrer kichernd.

»*Tourist!*«, brüllte der ganze Laden zurück.

Indlekofer lächelte. Er musste den Grießenern recht geben. Ausnahmsweise. Latschari hob den Kopf und bellte zustimmend. Trotzdem war der Hauptkommissar es nun leid. Seine Zigarettenschachtel war leer, die »Zibärtle«-Flasche ebenfalls, und langsam nahm auch die Taubheit in seinem Mund ab. Er würde den Fall jetzt lösen, dann ab ins Bett und morgen früh nach Südtirol.

»Ade«, grunzte er und verzog sich aus der Kneipe. Vor dem Haus holte er eine neue Packung aus seinem alten Benz, zündete sich die nächste Kippe an und beorderte Lioba Weißenberger zu sich. Sie hatte die ganze Zeit mit der Aufnahme von Zeugenaussagen zugebracht. Während Indlekofer quarzend wartete, lief ein Fuchs über die Straße und einige Fledermäuse zogen über den Nachthimmel. Grießen – das Dorf, das niemals schlief.

Die Laune seiner Mitarbeiterin war miserabel, als sie ihren Dienstwagen kurz vor seinen Schuhen parkte.

»Sali.« Sie schnupperte an Indlekofer. »Sind Sie wieder betrunken?«

»Ach was. Zugegeben, in meinem Magen ist Alkohol – aber das ist etwas völlig anderes! Ich lasse nämlich nicht zu, dass er in die Blutbahn gerät. Alles eine Frage der Willensstärke.«

Sie schaute ungläubig. Gezehrt sah sie aus, fand Indlekofer. »Essen Sie was!«, brummte er deshalb und drückte Lioba Weißenberger eine Stulle in die Hand, die er seit dem Frühstück in seiner Jackentasche mit sich trug. Eingeschlagen in Zeitungspapier. Die junge Kommissarin war so verzweifelt, dass sie hineinbiss. Latschari blickte bitter enttäuscht zu ihr hoch. Er hatte so sehr auf den Happen spekuliert.

»Was ist das? Schmeckt so würzig.«

»Sikahirsch-Schinken«, antwortete Indlekofer. Eigentlich war es Mortadella. Aber nach einem Tag in seiner Tasche verwandelte sich alles in Wild. »Haben Sie das Tütchen mit dem Taschentuch dabei?«

Lioba Weißenberger reichte es ihm.

»Und die Handschellen?«

Sie nickte. »Wollen Sie einen Verdächtigen verhaften?«

»Dummes Geschwätz! Ich verhafte keine Verdächtigen. Nur Mörder. Sie haben noch viel zu lernen.«

Vor allem, dachte Indlekofer bei sich, dass Frauen nicht aussehen sollten wie Zahnstocher. Er mästete seine Kollegin, so gut es ging, aber sie wollte einfach nicht ansetzen. Trieb viel zu viel Sport.

Er sagte der jungen Beamtin, wen sie höflich herausbitten sollte.

Lioba Weißenberger wunderte sich bei Indlekofer über nichts mehr. Außer, dass er bei seinem Zigaretten- und Alkoholkonsum überhaupt noch lebte. Na ja, das war eben badische Wertarbeit. So was wurde heute nicht mehr gebaut.

Als sie aus dem »Brauhaus« zurückkehrte, zog sie einen sichtlich irritierten Mann hinter sich her.

»Hiermit verhafte ich Sie«, schnaubte Indlekofer, »im Namen des Gesetzes, bla, bla, bla. Kennen Sie aus dem ›Tatort‹. Für lange Ausführungen hab ich jetzt keine Zeit, ich muss nämlich noch meinen Koffer packen.«

»Hä?«

Indlekofer wusste, was das bedeutete: Würden Sie das eben Gesagte freundlicherweise wiederholen?

Das war ihm jedoch herzlich egal.

»Es bieten sich zwei Möglichkeiten: Wir befragen alle hier im Ort, holen jedes dreckige Geheimnis ans Tageslicht und treten das Ganze richtig breit. Oder Sie gestehen, und ich unternehme alles, um die Geschichte möglichst klein zu halten. Allerdings erregt es natürlich ein gewisses öffentliches Interesse, wenn ein Priester in seiner Kirche jemanden erschlägt.«

Der junge Pfarrer sah Indlekofer an, als hänge diesem ein ganzer Sikahirsch aus dem Maul.

»Eine traurige Geschichte«, fuhr der Hauptkommissar deshalb fort. »Da haben wir eine junge, hübsche Grießenerin, sie interessiert sich für Kunst und damit sicher auch für die Ortskirche – genau wie Sie.« Er rückte dem Geistlichen näher auf die Pelle. »Ich habe eben beobachtet, wie Sie der Wirtin in den Ausschnitt geblickt haben. Das Fleischliche ist Ihnen nicht fremd. Machen wir es kurz: Philomena Bernhard ist ihre Traumfrau, für sie hätten Sie sogar das Zölibat sausen lassen. Aber die Bernhard entschied sich gegen Sie. Und wen wollte sie stattdessen heiraten? Einen aus Erzingen! Und wo? Genau, bei Ihnen! Dann kommt der Bursche in die Kirche und lässt das hier«, Indlekofer zog das Tütchen mit dem Stofftaschentuch heraus, »aus der Hosentasche hängen. Ein Eselsohr, weil Sie ein Grießener Esel sind und er wollte, dass Sie es wissen. Da kam der heilige Zorn über Sie.«

»Er hat mich provoziert! Er wusste von meiner Liebe zu Philomena, der Hund.«

»Und weil er Sie mit dem Eselsohr verspottet hat, haben Sie ihm seine abgeschnitten. Danach ging es ab ins Taufbecken. Eine sehr ausführliche Segnung.«

»Er hatte es verdient, der Herrgott weiß, dass ich recht getan habe!«

»Aber sicher«, sagte Indlekofer. »Er nimmt es mit Todsünden bekanntermaßen nicht so genau.«

»Warum musste Philomena wegen der Hochzeit auch Grießen wählen?«

»Weil sie Ihre kreuzhässliche St. Peter und Paul Kirche genauso liebt wie Sie es tun. Und jetzt fahren wir zur Bernhard, damit Sie ihr alles ins Gesicht sagen können.« Er blickte mürrisch zu seiner Kollegin. »Ich will keine Widerworte hören, Weißenberger! So ein Prozedere steht natürlich nicht in den Dienstanweisungen – aber das schert mich einen feuchten Kehricht.«

Während Lioba Weißenberger den Wagen nach Erzingen lenkte, sagte Indlekofer lange Zeit nichts. Erst als sie fast am Ziel waren, sprach er wieder.

»Ich hätte mir gewünscht, es wären die Schwaben gewesen.«

»Oder die Schweizer?«

»Das versteht sich von selbst.«

»Aber es war bloß Eifersucht.« Lioba Weißenberger lehnte sich leicht zu ihm herüber. »Sind Sie jetzt enttäuscht?«

»Mir wäre ein revolutionärer Aufstand lieber gewesen, bei dem ich alle Grießener hätte einbuchten können.« Indlekofer blickte bedeutungsvoll aus dem Fenster, hob seinen Finger und schnaubte. »Aber es war halt nur eine einzige böse Sach.«

Weintipp

»Böse Sach« spielt in der Gemeinde Klettgau, dem beinahe südlichsten Weinort Deutschlands (ganz knapp nur auf Rang 2). Dort gibt es auch in Wirklichkeit ein interessantes junges Weingut. Dieses bringt jedoch nicht wie in der Geschichte Käse und Wein zusammen, sondern Schokolade und Wein. Denn Corina Keller ist gelernte Konditorin und ihr Mann Lorenz Keller gelernter Winzer. Gemeinsam betreiben sie das Weingut LCK, bei dem es auf den jeweiligen Wein abgestimmte Pralinés oder Schokoladen gibt. Mein Tipp: das Rotwein-Cuvée »Ungewohnt Rot« aus Cabernet Dorsa,

Dornfelder, Cabernet Cortis und Spätburgunder in Kombination mit den dunklen Trüffeln, die mit Chili, Paprika und Senf verfeinert sind. Klingt kriminell – ist aber mörderisch lecker.

... denn sie wissen immer noch nicht, was sie tun

Ulrich Hamms Herz raste – und das machte den Hundertzehnjährigen äußerst unruhig. Schließlich wusste keiner, wie lange die sieben Bypässe noch hielten. Er war nicht so unglaublich alt geworden, weil er seine Pumpe ständig auf Hochtouren laufen ließ. Vor allem jetzt, da das dumme Ding schwächelte. Sein Hausarzt gab ihm noch ein halbes Jahr. Doch der junge Weißkittel log ihn an, so was spürte Ulrich Hamm. Es würde deutlich weniger sein.

Zittrig drückte er auf den Knopf für die dritte Etage, und der Aufzug machte sich auf den Weg nach oben. Ulrich Hamm atmete so tief durch, dass seine Lunge rasselte. Er musste zur Tat schreiten, solange seine dürren rheumatischen Finger noch den Abzug der alten Selbstladepistole aus dem Ersten Weltkrieg ziehen konnten. Eine Mauser C96 mit sechs 9-mm-Parabellum-Patronen im Magazin. Die hatte ihn noch nie im Stich gelassen.

Sein Opfer hieß Wilhelm Eberhard und lag in Zimmer 273 der noblen Gladbecker Seniorenresidenz. Ulrich Hamm wusste alles über ihn. Denn er hatte jeden Zeitungsbericht über den ältesten Mann Deutschlands ausgeschnitten, jeden Fernsehbeitrag über ihn auf VHS archiviert. Er selbst wohnte auf der Insel Föhr, wegen des Reizklimas. Das war gut für das Kreislaufsystem. Von dort wollte er eigentlich auch bis zu seinem Lebensende nicht mehr weg. Aber da Eberhard hier in Gladbeck lebte, hatte er diese beschwerliche Reise ins Ruhrgebiet antreten müssen. Dabei hätte Ulrich Hamm die Nummer eins der Greisenliste niemals hier vermutet. Im schönen Bayern, ja. Im ordentlichen Schwabenland, natürlich. Auch im idyllischen Schwarzwald – aber doch nicht im Ruhrpott! Wo die Luft schlecht war und die Leute ein Leben lang malochten. Wie konnte man hier alt werden? Zu seiner weiteren Verwunderung hatte er gelesen, dass der drittälteste Mann Deutschlands aus Bottrop stammte – ein junger Hüpfer von hundertacht Jahren. Wilhelm Eberhard zählte ganze hundertdreizehn Lenze. Der Mann musste die Konstitution eines Ackergauls haben. Oder eher die einer ganzen Herde von Ackergäulen.

Aber das würde ihm heute auch nicht helfen!

Die Tür des Aufzugs surrte auf. Ulrich Hamm bugsierte seinen Rollator aus der Kabine und blickte sich um. Auf dem eitergelb gestrichenen Gang in der dritten Etage war niemand zu sehen. Bestens! Er öffnete leise die Tür von Zimmer 273, um sich durch einen gezielten Schuss in Wilhelm Eberhards Herz seinen größten Wunsch zu erfüllen. Endlich würde er die Nummer eins sein! Ulrich Hamm hatte in seinem Leben bisher nichts erreicht – außer sich beharrlich und erfolgreich dem Dahinscheiden verweigert zu haben. Er war eben ein Sturkopf, auch was den Tod anging. Ein Ulrich Hamm ließ sich nicht vorschreiben, wann er abzutreten hatte!

Sein Opfer schlief und sah bei Weitem nicht so gesund aus, wie Ulrich Hamm erwartet hatte. Wilhelm Eberhards Haut war mehr gelb als rosa und tief auf die Knochen herabgesunken. Die Schädelform trat deutlich hervor. Die Haare waren schlohweiß und dünn, wie Schimmelpilzfäden. Na ja, sein eigenes Haar sah aus, als sei es von delirierenden Spinnen gewebt. Deshalb trug er auch immer einen Hut. Das wirkte eh viel distinguierter.

Ulrich Hamm schlurfte neben das schwere Bett, in dem Eberhard seelenruhig schlief, und holte die Mauser aus der Alditüte im Rollatorkörbchen. Jetzt war er nur noch einen Schuss davon entfernt, der älteste Deutsche zu sein. Fliehen würde er nach der Tat nicht – warum auch? Selbst im Knast wäre er der älteste Deutsche. Das konnte ihm kein Gericht der Welt nehmen. Wahrscheinlich wäre er dann gleich noch der älteste Knasti der Welt! Und der älteste Mörder. Drei Rekorde mit einem Schuss. So was nannte man effektiv.

Aber er konnte noch nicht abdrücken. Erst musste er Eberhards Geheimnis erfahren. Sonst würde er keinen Schlaf mehr finden. Ruppig stieß er den Schnarchenden mit dem Lauf seiner Mauser an. Eberhard grunzte auf, fuhr sich über das Gesicht, als säße dort eine lästige Fliege und schnarchte weiter.

Dann eben auf die harte Tour, dachte Ulrich Hamm und griff sich die Bettbedienung. Surrend glitt Eberhards Oberkörper in die Vertikale. Als auch das nichts half, drückte er den Knopf für die Beine. Es knackte, wie bei einer Walnuss, als sich Eberhards Körper zu einem V formte. Endlich öffnete der Greis die Augen, langte automatisch nach der Bedienung, griff jedoch ins Leere. Erst als er sich irritiert umblickte, entdeckte er seinen späten Besucher.

»Da hol mich doch der Teufel! Der Ulrich Hamm!«

Es schmeichelte der Nummer zwei, dass die Nummer eins ihn kannte. »Genau der.«

»Dachte mir, dass du irgendwann kommst. Dein Ehrgeiz ist ja legendär. Sagst ja in jedem Interview, dass du mich überleben willst.« Eberhard zupfte ein Monokel aus der Brusttasche seines Schlafanzuges und klemmte es sich vors Auge. »Ah, mit einer Mauser willst du mich erledigen. Aber das wird nix! Die hat mich damals im großen Krieg nicht kaputt gekriegt, und jetzt wird ihr das auch nicht gelingen.« Er grinste breit – obwohl sein Gebiss noch im Wasserglas auf dem Nachttisch lag.

Hamm entging nicht, dass Eberhard mit der Hand unter der Bettdecke nach dem Notschalter für den Schwesterndienst langte und ihn drückte. Doch kein Alarmlicht begann zu blinken, kein Summen ertönte.

»Hältst du mich etwa für so verkalkt?«, fragte er. »Das Ding hab ich gleich als Erstes ausgestöpselt. Von den Kittelträgerinnen kommt dir keine zu Hilfe. So ein Pech aber auch …«

Eberhard wälzte sich auf die Seite und krächzte: »Du wirst doch keinen Mann in den Rücken schießen!«

Ulrich Hamm spürte, wie seine Kräfte nachließen. Er war es nicht mehr gewohnt, so lange im Rollator zu stehen. Es war an der Zeit, kurzen Prozess zu machen. Aber erst musste er Eberhards Geheimnis erfahren!

»Wie hast du die Jahre rumbekommen? Und erzähl mir jetzt nicht die Sülze für die Presse. Die Geschichte mit Doppelherz glaub ich dir nämlich nicht. Die schmieren dich doch!«

»Aber wie!« Eberhard drehte sich wieder um, Farbe kam in sein Gesicht. »Du junger Hüpfer willst also mein Geheimnis wissen? Ich sag's dir: Zigaretten, Whisky und wilde Weiber.« Er grinste breit und machte eine anzügliche Geste. »Hast du die mollige Schwester unten am Empfang gesehen? Die kommt aus der Luftschachtsiedlung in Ellinghorst. Da bauen sie noch solche Kaliber. Und die steht auf mich, sag ich dir! Dauert nicht mehr lang, dann liegt die hier bei mir im Bettchen und kriegt hundertdreizehn Jahre Manneskraft!«

Ulrich Hamm war die Schwester tatsächlich aufgefallen. Ein Geschoss, das sogar seine trägen Säfte in Wallung versetzt hatte. Aber dass solch eine ausgerechnet auf diesen Greis hier scharf sein sollte? Eberhard bluffte sicher. Das konnte ja gar nicht sein.

»Blödsinn!«

»Die zieht mich mit den Äuglein förmlich aus. Ehrlich! Steht halt auf Berühmtheiten. Wie viele andere auch. Hier geht richtig was ab. Hab nicht umsonst das Einzelzimmer. Schalldicht!«

Ulrich Hamm überkam die blanke Wut. Er hob die Waffe. »Und ich hab mich jahrzehntelang gequält! Keine Aufregung, keine Frauen, kein Alkohol, keine Zigaretten, kein fettiges Essen, wenig Salz, stattdessen bloß Grünzeug wie ein Karnickel, dazu frische Luft und Bewegung, bis mir die Knochen wehtaten. Zum Schluss sogar Eigenbluttherapie und Amphetamin-Doping, wenn's zu offiziellen Terminen ging. Und du willst mir sagen, das hätte ich alles auch billiger haben können?«

Eberhard beugte sich zu seinem Nachttischschränkchen und holte zwei dicke Zigarren aus der Schublade. »Probier es doch aus! Das ist die Freiheit des Alters. Worüber sollen wir uns denn noch Sorgen machen?«

»Über den Rauchmelder vielleicht?« Ulrich Hamm hob den Finger, um an die Decke zu zeigen, überlegte es sich dann aber doch anders. So eine Bewegung kostete schließlich Kraft, und die wollte er nicht verschwenden.

»Ach was! Den haben Karsten und Sven Linnartz aus der ersten Mannschaft vom DJK Germania Gladbeck für mich unschädlich gemacht. Das sagt dir jetzt nix, aber das sind gute Jungs. Für die bin ich so was wie ein Maskottchen. Der Verein nennt sich jetzt sogar »Die Unkaputtbaren«, und im Vereinsheim hängt ein goldgerahmtes Bild von mir. Komm, gönn dir eine Zigarre, bevor du mich abknallst. Und mir auch. Die hab ich mir mit hundertdreizehn Jahren ja wohl verdient, oder? Und allein rauchen will ich nicht.«

Ulrich Hamm nickte zögerlich. Er hatte seit über einem Vierteljahrhundert nicht mehr geraucht. Dabei hatte er den blauen Dunst früher so geliebt. Bevor die Rekordjagd losgegangen war: Insel-Ältester, ältester Nordfriese, ältester Schleswig-Holsteiner, ältester Norddeutscher. Die Pharmazieunternehmen ballerten ihn seitdem zu mit kostenlosen Lieferungen von Aufbau-, Stärkungs-, und Erhaltungsmitteln. Außerdem gab es gratis Seh-, Geh-, Steh- und Sitzhilfen und als besondere Dreistigkeit an jedem Monatsersten eine Lieferung Windeln für Altersinkontinenz. Doch anscheinend hatte er nur den kurzen Zipfel der Wurst erwischt – und Eberhardt das lange, lange Fleischstück.

Also her mit der Zigarre!

»Na siehste, geht doch!«, sagte Eberhardt triumphierend und ließ ein altes Sturmfeuerzeug aufflammen.

Es war wunderbar, den warmen Rauch nach so vielen Jahren wieder im Mund zu spüren. Er vertrieb sogar den ekelhaften Altenheimgeruch.

»Und dazu einen Wacholder!«, rief Eberhard. »Das gehört sich schließlich so. Hab ich immer griffbereit ... im Medikamentenschrank.« Er lachte.

Als Eberhardt sich aufsetzte, um die Schnapsflasche hervorzuholen, hob Ulrich Hamm seine Mauser. Doch die Nummer eins versuchte nicht, ihm die Buddel über die Rübe zu hauen. Stattdessen trank der – noch! – älteste Mann Deutschlands einen mächtigen Schluck und reichte die Pulle danach weiter.

»Ach, was soll's«, sagte Ulrich Hamm. »Recht hast du! Ich bin übrigens der Uli.« Er reichte Eberhard die Hand. »Aber umbringen tu ich dich trotzdem.«

»Ist doch klar. Muss ja auch mal ein anderer drankommen.«

»Genau! Darauf trinken wir!« Sie prosteten sich zu. »Oha, der ist gut, der Wacholder. Sag mal, wie viele Nachkommen hast du eigentlich? Die Zahlen in der Presse widersprechen sich da ziemlich.«

»Ach, die Tintenkleckser hören auch nie richtig zu. Also: fünf Enkel, zwölf Urenkel, vierzehn Ururenkel und einen Urururenkel.«

»Sauber. Gut vermehrt.«

»Man muss ja irgendwie die Zeit rumkriegen!«

Die Flasche ging noch einmal hin und her.

Eberhards gelbliche Haut bekam jetzt einen leichten rosa Schimmer. »Morgen hätte ich eigentlich zum Appeltatenfest gemusst«, brummelte er. »Also, wenn du mich nicht erschossen hättest … oder würdest … du weißt, was ich meine. Das ist eine Riesensache hier in Gladbeck. Da bringt mir zur Eröffnung immer so 'ne junge Fesche mit tiefem Dekolleté eine Riesenapfeltasche auf die Bühne. Dabei kann ich den Dreck auf den Tod nicht ausstehen. Aber die Weiber müssen sich auf dem Fest immer ganz tief zu mir runterbeugen. Ich sitz da nämlich im Rollstuhl und mach mich extra klein. Da hab ich dann den besten Ausblick!«

»Apfeltaschenfest!« Ulrich Hamm prustete vor Vergnügen. »Du arme Sau. Zu Hause, auf Föhr, da muss ich mich im Sommer bloß ans Fenster setzen und hab freien Ausblick auf die Touristinnen in ihren knappen Bikinis. Kannst froh sein, dass ich dich gleich von deinem Leid erlöse! Apfeltaschen!«

»Weißte was?«, fragte Eberhard und hob zitternd den Zeigefinger. »Ich will eigentlich nicht so abtreten. Einfach erschossen im Bett, was ist denn das? Kann ja jeder. Ich wollte immer, dass es Klasse hat. So wie in ›… denn sie wissen nicht, was sie tun‹. Mit James Dean! Weißt du noch?«

»Oh, Mann – was war das ein Skandal!«

»Und wir damals noch ganz junge Keiler, gerade mal um die sechzig!«

»Da stand uns noch die Welt offen!« Ulrich Hamm griff abermals zur Wacholderflasche. Viel war nicht mehr drin. Zukünftig würde er sich das Zeug auf Rezept geben lassen. War verdammt gut für den Kreislauf – und die Stimmung!

»Dann erinnerst du dich sicher auch an diesen Wettkampf

im Film … das Hasenfußrennen!« Eberhards Augen glänzten vor Freude – es konnte allerdings auch vom Wacholder kommen. »Die beiden Jungs treffen sich mit ihren gestohlenen Autos zur Mutprobe an der Küste. Dann rasen sie auf die Klippe zu. Und wer zuerst rausspringt, ist der Hasenfuß.«

»James Dean springt in letzter Sekunde, der andere bleibt mit dem Ärmel am Türgriff hängen. Adios, Amigo. Darauf trinke ich!« Ulrich Hamm hatte das Gefühl, einige Jahre des Rauchens und Saufens nachholen zu müssen. Es würden herrliche letzte Monate werden!

»Also, was ist?«, fragte Eberhard. »Bist du dabei?«

»Rollator gegen Rollator?«, fragte Uli.

Die beiden Greise grinsten sich schweigend an. Dann kicherten sie los.

»Klippen haben wir hier zwar nicht«, erklärte Eberhard, »aber dafür die Freitreppe im Westflügel. Der Flur davor ist ordentlich lang. Wenn ich verliere, kannst du mich auf der Stelle erschießen.«

»Und wenn ich verliere?«

»Dann lädst du mich über den Sommer nach Föhr ein, zu deinen Bikinischönheiten!« Eberhard lachte wieder anzüglich.

Die Nummer eins war ein verdammtes Schlitzohr, das wusste Ulrich Hamm nun. Aber er war sich sicher, dass er nicht verlieren konnte. Schließlich war er nicht nur bedeutend jünger, er hatte auch das bessere Gefährt. Eberhard fuhr einen alten, viereckigen Rollator, er dagegen eines der neuen trapezförmigen Topmodelle. Die waren windschnittiger – trotz Drahtkorb!

Als die beiden Alten aus dem Zimmer traten, schimmerten die Metallgestänge ihrer Boliden im roten Licht der Nachtbeleuchtung. Genau die richtige Atmosphäre für ein Höllenrennen!

Sie standen kaum nebeneinander, da rief das Schlitzohr Eberhard bereits »Los!« und legte einen Traumstart hin. Mit seinen Filzschlappen zog er zügig über den glatten Fliesenboden davon, und sein Röcheln klang mit einem Mal viel weniger asthmatisch. Ulrich versuchte ebenfalls, Tempo zu machen, bekam jedoch prompt einen Hustenanfall. Die Anstrengung ließ ihm die Augen aus dem Kopf quellen. Doch er schob sein Gefährt unbeirrt weiter. Eberhard behauptete weiterhin seinen Vorsprung von fast einer Rollatorlänge. Das waren Welten! Und immer noch setzte er unermüdlich einen Pantoffel vor den anderen – die Freitreppe kam bedrohlich näher.

Ulrich Hamm gab jedoch nicht auf. Seine Lunge schien lichterloh zu brennen, seine Gelenke knackten wie trockene Äste, doch sein Willen war ungebrochen. Zentimeter um Zentimeter schob er sich mit seinem schnittigen Gefährt näher, den Windschatten des Gegners konsequent ausnutzend. Er konnte Eberhards rasselnden Atem fast spüren. Ja, gleich hatte er ihn!

Doch dann kam die Faust seines Gegners und erwischte ihn böse am Handgelenk. Die Haut an der Stelle riss wie Papier, und es schmerzte, als ob ihm eine dusselige Schwester heißen Kaffee darüber geschüttet hätte. Dieser Mistkerl wollte ihn fertigmachen! Aber nicht mit Ulrich Hamm. Nicht mit dem ältesten Mann Norddeutschlands – inklusive der Nordfriesischen Inseln. Er duckte den Kopf und ließ sich mit seinem Gewicht nach vorne fallen. Eine gefährliche Aktion, doch sie brachte die entscheidenden Millimeter zur Führung. Mit letzter Kraft schaffte er es, den Körper nachzuziehen. Sie waren bereits fast an der ersten Treppenstufe, als das Unglück passierte.

Eberhards Rollator brach krachend zusammen. Eine Schraube tanzte die Treppe hinunter. Der Hundertdreizehnjährige hielt sich an Ulrich Hamms Gefährt fest und riss diesen dadurch mit sich. Sie fielen eine Stufe und noch eine, dann eine dritte und schließlich auch noch die restlichen siebenundvierzig bis ins Erdgeschoss.

Zeugen berichteten später, Ulrich Hamm habe wohl einen Atemzug länger gelebt als Wilhelm Eberhard. Aber beschwören wollten sie es nicht.

Kaum dass das Rumpeln und Scheppern auf der Treppe verstummt war, trat Heinrich Breslau aus Zimmer 264, einen Schraubenzieher in der Hand, den er sanft streichelte. Dort unten lagen tatsächlich Wilhelm Eberhard und Ulrich Hamm. Die Nummern eins und zwei der Liste. Ihm kamen die Freudentränen. Was für ein unglaublicher Glückstag! Er hatte eigentlich nur darauf spekuliert, dass Eberhard mit seinem Rollator stürzen und den Abflug machen würde. Dass Hamm den Alten heute besucht hatte, war ein Geschenk des Himmels! Für den hätte er sonst extra nach Föhr fahren müssen!

Es machte sich also doch bezahlt, dass er jeden Abend ein Gebet sprach und sein Pinnchen Melissengeist trank. Der Herr gab es den Seinen wirklich im Schlaf. Sonst wäre er nie hundertacht Jahre alt geworden – und nun der älteste Mann Deutschlands. In Bottrop würden sie ihrem nun berühmtesten Sohn sicher ein Denkmal setzen. Und was noch wichtiger war: Morgen würde das Appeltatenfest ihm ganz allein gehören!

Weintipp

Wie sagte Wilhelm Busch so schön: »Rotwein ist für alte Knaben eine von den besten Gaben.« In diesem Sinne sollte man zu den alten Knaben in »... denn sie wissen immer noch nicht, was sie tun« einen roten Wein einschenken. Am besten einen, der zu Appeltaten passt. Das haut allerdings nicht so richtig hin. Diese zwei Geschmackswelten finden nämlich nicht wirklich zusammen. Ganz anders bei Weißweinen! Vielen – zum Beispiel Riesling, Malvasia, Kerner, Welschriesling und Grünem Veltliner (um nur einige zu nennen) – entströmen wunderbare Apfelaromen.

Und es gibt noch ein anderes Getränk, das fraglos zu den besten Gaben für alte Knaben zählt: Schnaps. Besonders Apfelschnaps passt ganz wunderbar zu Appeltaten, gerne kann es auch ein Calvados aus der Normandie sein. Dieser Landstrich liegt ja auch am Meer, und das schätzen die beiden alten Herren wegen des Ausblicks (oder besser: der Einblicke) sehr.

DESSERT

Soll ich noch ein Dessert bestellen? Eigentlich habe ich ja schon genug gegessen … Aber wo ich schon mal hier bin? Ein kleines? Ach, was soll's! Her mit der Nachspeisenkarte!

Mein innerer Schweinehund gewinnt immer.

Ein verdammt ausgebuffter Bursche ist das.

Er weiß, wie er mich kriegen kann: mit Wein. Das Dessert ist nämlich einer der Gänge, mit denen sich hervorragend ein deutscher Süßwein – oder auch ein Champagner – kombinieren lässt. Und solch eine Chance darf man sich als verantwortungsvoller Genießer einfach nicht entgehen lassen.

Natürlich ist es verbotenes Naschwerk, eine Sünde – aber gerade deshalb will man es ja umso mehr. Satt ist man längst, jetzt isst man nur noch aus Spaß an der Freude. Das Dessert ist fraglos der lustvollste Teil eines Menüs.

Deshalb folgen nun auch Geschichten, bei denen nicht nur die kulinarische Lust eine Rolle spielt. Ob es die Faszination grandiosen Essens und seiner Düfte ist, die Liebe zu Mousse au Chocolat oder der erotische Duft der Trüffel – Mord, Kulinarik und Erotik vereinen sich zur *ménage à trois*.

Menu de Degustation

Die vielen Edelkarossen jagten Susanne Püsche, Künstlername Gabrielle21, eine tierische Angst ein. Die Audi TTs erkannte sie noch, doch wie die dicken Benze und BMWs hießen oder diese ultraflachen Sportwagen, wusste sie nicht. Aber scheißteuer waren sie bestimmt. Ihr pinkfarbener Ford Ka mit Tigerfellimitat-Sitzbezügen wirkte auf dem Parkplatz des Sternerestaurants so passend wie eine öffentliche Verrichtungsanstalt.

Als sie sich in der kühlen, klaren Luft auf den Weg zum Restaurant machte, knickte sie mit ihren High Heels fast auf dem Schotter um, der hier so großzügig verteilt war. Der prächtige Turm des Gummersbacher Schlosses mit seinen grünen Fensterläden machte Susanne noch wuschiger. Hier aßen anscheinend Königs höchstpersönlich.

Aber nicht nur deshalb war ihre Stimmung miserabel. Sie fror auch wahnsinnig. Doch es ging ja nicht anders, gehörte schließlich irgendwie zum Deal. Dieser Michael Meyer, jede Wette ein falscher Name, hatte ihr genau vorgeschrieben, dass sie nur ein dünnes Kleid tragen durfte, und ja keine Unterwäsche. Damit ihre Haut möglichst großflächig mit den Düften der Speisen in Kontakt kam. Spinner! Sie hatte sich vor ihrer Fahrt zur Schlossanlage sogar extra waschen müssen, mit unparfümierter Seife, und hatte keinen Duft auflegen dürfen. Ein Heidenaufwand, aber Michael Meyer zahlte gut. Verdammt gut. Es war ein Wochenlohn. Der einer richtig guten Woche.

Langsam stöckelte Susanne über die steile Steintreppe, ihr dabei hochrutschendes Kleid immer wieder herunterziehend, und ging zum festlich beleuchteten Eingang des Schlosses. Als sie gerade ihre blond gefärbte Mähne in Position brachte, trat ein Pärchen heraus. Er im schwarzen Anzug – italienischer Schnitt, wie Susanne direkt erkannte. Seine Begleiterin trug ein knöchellanges Kleid, darüber einen Fuchsmantel und Schmuck, den Susanne in der »Elle« gesehen hatte. Die Frau kannte sie doch irgendwoher? Aus dem Fernsehen! Susanne grüßte freundlich. Sie sah, wie sich der Mund der Berühmtheit öffnete, um den Gruß zu erwidern, doch auch, wie er sich spitz schloss, als sie näher trat und Susanne in Gänze wahrnahm. Susanne hatte ihr trägerloses Schwarzes angezogen, doch ohne Schmuck und sehr offensichtlich ohne etwas darunter wirkte es hier mehr als fehl am Platz. Ihr wohlproportionierter Busen zog ohnehin die Blicke auf sich, wegen der Kälte waren ihre Brustwarzen noch dazu hart und zeichneten sich deutlich ab.

So jemanden grüßte man hier anscheinend nicht.

Schief anschauen würde man sie drinnen, und hinter vorgehaltener Hand lästern. Susanne hatte sich durchaus darauf gefreut, den großen Kamin zu sehen, einmal im Leben an einem festlich gedeckten Tisch mit Stoffservietten zu sitzen und Dinge wie Kaviar, Hummer und Gänsestopfleber zu essen. Aber demütigen lassen würde sie sich dafür nicht!

Die Kälte glitt mittlerweile gierig zwischen ihren Beinen empor. Susanne zog sie abwechselnd hoch wie ein Storch. Was sollte sie jetzt nur tun? Drinnen wartete ein Fünf-Gang-Menü mit begleitenden Weinen. Nach der Pâtisserie – kein Kaffee! – sollte sie mit einem Taxi direkt zu ihm kommen. Je schneller, desto besser.

Sie hatte schon einige perverse Spielchen gemacht, genoss es sogar ab und an, als Krankenschwester oder Nonne auftauchen zu können, aber so eine kranke Geschichte hatte sie noch nie erlebt.

Und das würde sie auch jetzt nicht!

Die Sache war ihr zu blöd. Sie würde es Michael Meyer auch so ordentlich besorgen. Bisher hatte sich noch kein Freier beschwert.

Susanne setzte ihre langsam erfrierenden Beine schnell voreinander und brachte sie fix in ihrem Wagen unter, bei dem sie direkt die Heizung auf volle Pulle stellte. Sie würde ihm gratis eine erotische Massage obendrauf geben. Wenn das nicht besser war als Küchengeruch, dann wusste sie es auch nicht.

Auf der Fahrt zum verabredeten Hotel in der Kölner Innenstadt sah sie plötzlich den Busen Amerikas am Rande der Autobahn glühen und nahm die Ausfahrt, um sich dort zu stärken. Michael Meyer erwartete sie ja ohnehin noch nicht so bald. Sie wählte ihr Fünf-Gang-Menü am Autoschalter: eine kleine Pommes, einen Sechser Chicken McNuggets mit Chilisauce, ein Filet-O-Fish, eine Fruchttüte und einen McFlurry Smarties. Es würde sicher eine lange Nacht werden, da musste sie sich vorher doch stärken.

Danach war Susanne der festen Überzeugung, dass es bei dem Sternekoch unmöglich hätte besser schmecken können.

Da es noch früh war, beschloss sie, in ihrer Wohnung ein wenig fernzusehen, bevor sie zu Michael Meyer fuhr. Es würde nur Aufsehen erregen, wenn sie jetzt schon käme. Leider reichte die Zeit nicht, um einen anderen Freier dazwischenzuschieben.

Aber sie fühlte sich vom Essen eh ziemlich platt.

Als sie zwei Stunden und achtzehn verzwickte Günther-Jauch-Fragen später in dem Hotel mit dem prunkvollen Namen »Goldener Ritter« eintraf, war sie etwas enttäuscht. Es war bloß ein ödes, durchschnittliches Ding, total gesichtslos. Aber immerhin sauber. Sie hatte bei der Summe, die sie heute noch einstecken würde, erheblich mehr erwartet. Als sie vor der Tür mit der passend gewählten Nummer 69 stand, schob sie ihr Kleid oben rum etwas herunter, damit etwas mehr als üblich herausguckte, und holte tief Luft.

Ihre Kolleginnen hatten ihr von diesem besonderen Freier schon berichtet – wenn auch nicht alle Details. Berufsgeheimnis halt. Klar war aber, dass auch sie immer hatten teuer essen gehen müssen. Zwar nicht in einem Drei-Sterne-Tempel, aber schon exquisit. Für Susanne hingegen war ihm scheinbar nur das Beste vom Besten gut genug. Das hatte ihr durchaus geschmeichelt.

Er war sicher ein gepflegter, höflicher Mann, der sich gerne Zeit ließ und zärtlich war.

Sie klopfte schwungvoll.

Michael Meyer öffnete so schnell die Tür, als habe er direkt dahinter gestanden. Unruhig blickte er in den Gang und zog sie dann hinein, ohne ein Wort zu sagen. Die Nüstern geradezu unnatürlich geweitet, fuhr er mit der Nasenspitze durch ihr Haar, den Hals entlang und über den Rücken zum

Po, wo er das Kleid hochschob, um auch dort Witterung aufzunehmen.

»Du ordinäre Schlampe!«, schrie er und baute sich vor ihr auf. »Du riechst überhaupt nicht nach Sterneküche! Ich hab keine Ahnung, wo du dir den Magen vollgeschlagen hast, aber die hatten ranziges Fett und billigste Panade. Das ist eklig! Wie kann man nur so ordinär sein? Du widerst mich an.«

Er warf Susanne aufs frisch gemachte Bett und riss ihr das Kleid auf, wütend und entschlossen. Er war grob, aber er tat ihr nicht weh, er wusste genau, wo er unbeherrscht sein konnte und wo Fingerspitzengefühl vonnöten war. Susanne ließ es sich gefallen. Wenn sie heute nur daliegen musste, war es leicht verdientes Geld. Er hätte sie auch rauswerfen können, dann wäre Essig mit dem schönen Verdienst gewesen.

Jetzt aber nahm er ihre Dienstleistung wahr.

Nachdem Michael Meyer sich ausgetobt hatte, rollte er sich auf die Seite und zog sich komplett aus.

Dieser Job wurde immer merkwürdiger. In der Regel zogen sich die Freier vorher aus.

Er warf ihr ein Handtuch zu. »Ab unter die Dusche mit dir. Nur Wasser. Heiß!«

»Sind wir denn noch nicht fertig?«

»Wo denkst du hin? Das war erst Gang Nummer eins.«

Als Susanne aus der Dusche zurückkam, war das Licht gedämpft und Chormusik erklang aus einer Kompaktanlage. Michael Meyer unterzog ihren nackten Körper einer eingehenden olfaktorischen Untersuchung.

»Besser. Aber es wäre mir lieber gewesen, du hättest in Gummersbach gegessen.«

»Gehst du da häufig hin?«

»Nie.« Er nahm ihre Hand und führte sie zum Bett.

»Wieso nicht?«

»Das erregt mich zu sehr. So gutes Essen stimuliert mich wie reinstes Aphrodisiakum. Aber Ausleben kann man das da ja nicht. Erotische Abenteuer in Toiletten sind einfach kein Genuss. Deshalb bezahle ich viel Geld, damit Frauen das köstliche Parfüm großer Küche auflegen. Und genau wie Essen ist Sex für mich auch ein Menü mit mehreren Gängen.« Er drückte Susanne sacht aufs Bett. »Und wir hatten gerade erst die Vorspeise ...«

Michael Meyer ging zum Birkenfurnier-Schreibtisch, in den eine Minibar eingelassen war. Auf dem Weg dorthin gab er der sich langsam öffnenden Kleiderschranktür einen kräftigen Tritt und klemmte einen Stuhl unter den Griff. »Hauptsache, das Bett hält«, sagte er lachend und holte aus der Minibar die Ingredienzien für das geplante exquisite Menü. Die Hauptzutat würde immer die gleiche sein: Susanne.

Er begann mit Trüffelöl. Das Flakon war klein und sah extrem teuer aus. Michael Meyer ließ Tropfen für Tropfen auf Susannes Scham fallen und strich dann mit seiner Zungenspitze darüber. Sie konnte sehen, wie gut ihm das gefiel. Der Duft des Öls erfüllte schnell den ganzen Raum. Er trug puren Sex in sich. Nachdem Michael Meyer sie getränkt hatte, landeten einige Tropfen auch auf seinem Körper. Dann brachte er die Trüffelaromen unter Grunzen zusammen.

Er brauchte nur eine kurze Erholungspause, in der er sich keine Zigarette, sondern ein Glas stilles Wasser genehmigte.

Danach beobachtete Susanne fasziniert, wie ihr Freier eine dunkle Schokoladentafel mit französisch klingendem Namen hervorzauberte, einige Riegel davon abbrach und sie in einem Topf über einem kleinen Gaskocher erhitzte, den er unter dem Bett hervorgezogen hatte. Susanne musste sich umdrehen und fühlte bald, wie die heiß gewordene Schokolade ihr Rückgrat hinunter bis zu ihrem Po gegossen wurde, wo Michael Meyer diese lustvoll verschmierte, bevor er an Ort und Stelle zum dritten Gang schritt.

Er ließ sie danach die fest gewordene Schokolade nicht von ihrem Körper lösen, er wollte, dass sämtliche Decken und Kissen beim nächsten Gang beschmutzt wurden, dass Schokoladenflecken sich mit den anderen Ingredienzien des finalen Genusses mischten.

Und bei diesem bekam Susanne doch noch etwas irrsinnig Teures zu essen.

Nachdem Michael Meyer nämlich ihre langen Haare mit einem Champagner aus einer durchsichtigen Flasche mit goldenem Etikett übergossen hatte, legte er eine Auster in ihren Bauchnabel und löffelte Kaviar auf ihre Brustspitzen und schließlich in ihren Mund. Susanne fühlte sich ein wenig wie eine Anrichteplatte. Doch es gefiel ihr. Sie durfte sogar mit Champagner nachspülen, da sie den Kaviar widerlich salzig fand.

Nachdem er diesen schliddernd feuchten Gang unter gierigem Nasenschnauben genossen hatte, schien Michael Meyer endlich satt zu sein. Er lächelte sie an.

»Ich danke dir, du warst wahrhaft köstlich. Obwohl du dich … und mich, um das Vergnügen genialischer Kochkunst gebracht hat. Doch deine üppigen körperlichen Gaben haben das mehr als ausgeglichen. Ich wünschte, ich könnte deine prachtvollen Brüste eines Tages parfümiert von Ferran Adrias grandioser Kochkunst abschlecken. Eine ganze Nacht hindurch, das wäre der Himmel!«

»Du weißt ja, wo du mich findest«, sagte Susanne und verschwand ins Badezimmer, aus dem sie kurze Zeit später wieder frisch geduscht heraustrat – diesmal jedoch nach billigem Hotelduschgel riechend. Sie nahm ihre großzügige Bezahlung mit einem kecken Blick entgegen, drückte dem verrückten Freier einen zärtlichen Kuss auf die Wange und ging.

Auch Michael Meyer nahm danach eine Dusche. Eiskalt. Damit das Blut wieder zurück ins Hirn floss. Dann musste es schnell gehen. Verärgert warf er einen Blick in den Kleiderschrank, wo er die andere Hure verstaut hatte. Sie hatte den Auftrag gehabt, in einem Overather Grandhotel zu speisen, hatte sich aber stattdessen für eine abgewrackte Currywurstbude entschieden. Er war so wütend gewesen, dass er ihr das Genick gebrochen hatte. Sie hatte ihm die für diesen Abend geplante Erfüllung seines lange gehegten Traums von einem Sechs-Sterne-Beischlaf ruiniert. Diese Gabrielle21 hätte es eigentlich auch verdient gehabt, im Schrank zu landen, doch ganz ohne Sex hätte er sich wahrscheinlich aus dem Fenster gestürzt.

Er packte die Großpackung Viagra ein und setzte die Perücke auf, die ihn aussehen ließ wie Winnetous Schwester Nscho-tschi, dazu die klobige Sonnenbrille aus dem Supermarkt. Nicht nur sein Aussehen, auch sein Gang änderte sich, als er aus dem Hotelzimmer trat. Er ging so gebückt, als sei er etliche Jahre älter.

Schnell brachte er den Schlüssel für das Zimmer zurück, das er unter falschem Namen gebucht hatte, und verschwand aus dem »Goldenen Ritter«. Später am Abend verließ er Köln für alle Zeit. Er würde sich jetzt eine andere Stadt suchen müssen.

Baden-Baden wäre gut, denn das lag in der Nähe von Baiersbronn.

Dort gab es auch zwei Drei-Sterne-Tempel.

Einmal würde er es noch probieren.

Träumen war schließlich erlaubt.

Weintipp

Lösen wir ein Geheimnis von »Menu de Degustation«: Der Champagner aus der durchsichtigen Flasche mit goldenem Etikett, den Michael Meyer über die langen Haare von Susanne Püsche gießt, ist ein Roederer Cristal. Dieser legendäre Jahrgangschampagner aus den Rebsorten Pinot Noir und Chardonnay wird grundsätzlich mit gelbem Zellophan umwickelt, welches achtundneunzig Prozent der für Champagner schädlichen UV-Strahlung abhält. Es gibt ihn auch als Rosé – dann ist er jedoch nahezu unerschwinglich.

Der Roederer Cristal hat als Champagner der Zaren Berühmtheit erlangt. 1876 lieferte Roederer Alexander II. erstmals Champagner in Flaschen aus klarem Kristallglas. Der Zar liebte diese Flaschen – vielleicht, so wird vermutet, weil sich bei ihnen leichter erkennen ließ, ob der Inhalt vergiftet worden war. Attentate auf die Zarenfamilie waren damals schließlich keine Seltenheit.

Die Flasche des Cristal wies noch eine Besonderheit auf, und auch diese ist bis heute geblieben. Sie hat einen flachen Boden, keine Einbuchtung wie sonst üblich bei Champagnerflaschen. Der kolportierte Grund: In einer Einbuchtung hätte man einen kleinen Sprengsatz verstecken können.

Man sieht: der ideale Champagner zur Begleitung einer mörderischen Geschichte.

Mousse au Mord

11. April, morgens

Meine Güte, jetzt hat er mir Frühstück ans Bett gebracht! Mit gekochtem Ei, und den Ziegenkäse hat er sogar aus der Packung gestürzt. Fehlt nur noch die langstielige Rose in der Vase. Was soll das? Und warum lächelt er so? Hab ich irgendeinen Termin vergessen? Nee, Hochzeitstag ist am 12., nächsten Monat. Will er vielleicht Morgen-Sex? Natürlich!

Dabei kann ich das gar nicht leiden. Er ist so durchschaubar, wirklich.

Kuschelt sich jetzt aber gar nicht an mich mit seinen Eisfüßen. Versteh ich nicht. Geht einfach wieder weg.

Kommt da Klappern aus der Küche? Er räumt tatsächlich auf? Sonst muss ich ihn hundertmal drum bitten. Er lässt bestimmt wieder was fallen! Oder macht den ganzen Boden klitschnass.

Jetzt kann ich das leckere Ei gar nicht genießen.

Der macht einem aber auch alles kaputt.

Das ist so typisch für ihn. Was bin ich froh, wenn er aus dem Haus ist! Mehr als das Ei esse ich nicht, weiß gar nicht, wie viele Punkte das hat. Muss ich unbedingt gleich nachschauen. Heiß! Au! Aber genau richtig, das Gelbe noch flüssig.

Abschiedskuss? Wann haben wir das denn das letzte Mal gemacht? Von mir aus, sonst fragt er wieder, was mit mir los ist. Ich will nicht reden. Darüber schon gar nicht. Seine Lippen sind so rau. Es wird Winter. Gott, wie ich den Winter hasse.

Sieben Uhr achtundvierzig, da hab ich noch rund eine Stunde, bis Thomas kommt. So ein süßer Hintern, heute beiß ich rein. Tempo, Judith! – Ich will nicht auf die Waage. – Los! – 71,3? Das geht doch … Ich kann doch nicht … So ein Mist! Genau dran gehalten hab ich mich!

Ich muss Wasser eingelagert haben.

Dabei fällt mir ein: Blumen baden! Die lassen schon die Köpfe hängen.

Ich mag mich gar nicht mehr im Spiegel anschauen. Was hat der auch da zu hängen?! Bodentief! Ich wollte den nie haben.

Wo ist nur wieder das Vanille-Duschgel? Das mag Thomas doch so. Ach, Thomas!

Das kann doch nicht weg sein. Mist! Mist! Mist! Dann eben das mit Honig.

Ich kann überhaupt nicht zugenommen haben.

Ich bin so fett.

Hier an der Hüfte, wie das schwabbelt. Schlimm.

Wenig später

Wann kommt er denn endlich? Ich kann doch nicht ständig die Gardine zur Seite ziehen wie so 'ne alte Trulla, um zu gucken, ob er endlich da ist.

Ist das sein Wagen?

Park doch weiter weg! Wenn das die Peters sieht! Die führt sich hier doch immer wie der Blockwart auf.

Wie er rausspringt. Als könnt er's nicht erwarten. Hat schon wieder seinen geilen Blick. Und bestimmt wieder wenig Zeit.

Der Hengst.

Den lass ich schön zappeln. Slip runter. Wirst Augen machen, Thomas. Aber wenn du was zu meiner Diät sagst, kratz ich dir die schönen blauen Augen aus.

15. April, nachmittags

Der kann so viel lächeln, wie er will. Ich trau dem Braten nicht! Früher Schluss? Seit wann das denn? Arbeit war ihm doch immer wichtiger als alles andere. Damit wir uns ein gutes Leben leisten können.

Kuss zur Begrüßung. Länger als sonst. Meine Güte, was ist nur los mit dem? Und dass er heute beim Mittagessen nicht seine Zeitung zu Ende gelesen, sondern mit mir geredet hat ... Morgens die Titelseite und den Sport, mittags den Rest. So macht er das sonst immer. Er hat was zu verbergen! Aber eine Affäre trau ich ihm nicht zu. Er ist ja Skorpion. Treu und so. Nee, der hat bestimmt keine Affäre. Oder? Wo ist mein Telefon? Steht es auf stumm? Gut. Alles gut. Nicht dass Thomas plötzlich durchklingelt. Der weiß ja nicht, dass mein Nochehemann schon da ist und einen auf Beziehung macht.

Muss noch Lippenstift kaufen. Das mach ich am besten gleich.

Der ist ja heute das Verständnis in Person. Riecht er den Braten etwa? Meint wohl, er könnte mich bezirzen wie damals, als ich Robert wegen ihm verlassen habe. Der größte Fehler meines Lebens, ach, mein Niedergang! Werd ich ihm nie vergessen. Ach, der Robert. Wie lang hab ich den schon nicht mehr ...?

Jetzt spült er auch noch ab.

Wahrscheinlich geht morgen die Welt unter. Das ist das falsche Spülmittel, Mensch, Joachim. Für alles zu blöd.

18. April, morgens

Och, nee ... Kann doch nicht schon ... Blöder Wecker ... Was? Echt sieben Uhr? Ich will nicht aufstehen. Warum bin ich nur so müde? Ich hab doch nur den neuen Tatort geguckt und bin dann gleich ins Bett.

Was ist das denn für ein komischer Morgengeschmack? Mhm. Gar nicht bitter. Eher malzig, fast ein bisschen süß. Was hab ich denn gestern Abend getrunken? Das Letzte war ein Wein, der leckere Rote von der Ahr. Aber der hat ganz anders ... Egal, komm, aufstehen, Judith! Wiegen. Ist bestimmt was runter, merk ich doch, alles straffer jetzt.

So, da ist ja das Monster. Glänz du nur so harmlos, als könntest du kein Wässerchen trüben. Du triezt mich ganz schön.

Warum dauert das nur so lang? Auf die Körperfettanalyse könnt ich wirklich verzichten. 71,4? Ich hab mich doch genau dran gehalten!

Verdammt noch mal!

27. April, morgens

Nein, ich stell mich nicht auf dich! Kannst mich gern haben, blöde Maschine. Jetzt spür ich sogar schon beim Aufstehen diese Ringe! Auf gar keinen Fall geh ich auf die Waage. Ab Montag mach ich Brigitte-Diät! Hat bei der Sandra schließlich auch geklappt.

Wieder dieser Geschmack im Mund. Irgendwie schokoladig. Muss ich mal googeln, nicht dass ich krank bin.

Jetzt umarmt er mich von hinten und legt seine Hände genau auf den Speck. Dass Männer immer so unsensibel sind!

Na ja, immerhin fasst er mich da noch an. Thomas streichelt ja fast nur noch Brüste, Po und Rücken. Früher hat er meinen Bauch geküsst, wollte sogar mal Champagner aus dem Nabel trinken. Hat er aber dann doch nie gemacht … Kribbelt bestimmt toll. Aber die Bettwäsche danach! Nee, danke.

Wenn ich mich so ansehe, kann ich gut verstehen, dass er's bleiben lässt.

Kommt alles wieder! Ich nehm wahrscheinlich nur zur, weil mich das alles so belastet. Psychisch. Schlägt ja direkt durch. Wenn Thomas die neue Wohnung hat, mache ich direkt Schluss mit meinem Nochehemann, aber vorher kommt noch das Geld vom gemeinsamen Konto runter. Mir wird's nicht wie Susanne ergehen. Niemals. Blöde Kuh, die.

Frühstück! Wo steckt das zuckerfreie Müsli? Kann ich doch nicht schon komplett aufgegessen haben. Oder ist es hier hinter den Donauwellen? Jedes Mal wenn ich die Packung mit dieser blöden Backmischung sehe, ärger ich mich. Was muss er auch plötzlich mit einkaufen kommen? Kauft nur Blödsinn ein. Donauwellen! Wir haben überhaupt keine Sauerkirschen. Aber er sah so glücklich aus, als er die Packung in der Hand hielt, und das Maple-Walnut-Eis durfte er ja nicht kaufen. Wie ein großes Kind ... Donauwellen (Weiß nicht, wann ich die das letzte Mal gegessen habe. Mousse au Chocolat, da hätte ich mal wieder Lust drauf. Irre Lust. Aber darf ich ja nicht. Mit Orangenlikör und einem Hauch Kaffee. Wenn ich weiter so fett werde, kann ich nie mehr Mousse au Chocolat essen. Dabei ist das doch meine Leibspeise.

Jetzt geh ich doch auf die Waage.

Muss ja.

Aber ob ich die Augen aufmache, weiß ich noch nicht.

2. Mai, morgens

Das geht doch nicht mit rechten Dingen zu! Wofür zahl ich eigentlich das ganze Geld in der Diätberatung?

Und dieser Geschmack. Schon wieder. Jeden Morgen. Irgendwie cremig-süß. Das ist nicht normal. Sagt die Diät-Tante auch. Demnächst schluck ich einen Bandwurm, dann werd ich ratzfatz gertenschlank.

Wo ist denn jetzt das rote Kleid? Thomas liebt es doch so. Wenn ich's anhab, sagt er hoffentlich nix zu meinen Fettröllchen. Wie hat er sie noch beim letzten Mal genannt? Henkel! Das hat er gesagt. Aber das rote Kleid ist nicht da! Ständig verschwindet was in diesem Haus!

Was ist denn das zwischen meinen Zähnen? Ich hab doch noch gar nichts ... Das schmeckt ja wie ... Nicht schlucken! Ich muss zum Kosmetikspiegel. Licht an.

Nein, das kann nicht sein.

Ich hab doch seit Wochen keine Schokolade mehr gegessen!

9. Mai, morgens

Geh schon, los geh, geh schon, geh schon, geh schon! Ja, Küsschen, von mir aus. Da. Hau ab. Raus mit dir.

Gleich bist du außer Reichweite. Tür abschließen nicht vergessen.

So, jetzt. Zurück ins Schlafzimmer, Schrank auf. Wo ist der Knopf zum Zurückspulen? Ah, da. Thomas ist echt ein Genie, der ist so klug, ich hätte ja nie gewusst, dass die Digi-Kamera eine Zeitrafferfunktion hat. Wo ist denn jetzt ... das ist ... oder, ja, das ist die Starttaste. Bisschen grün das Bild, aber das hat Thomas ja gesagt. Night-Shot. Was es alles gibt.

Wieso drehe ich mich denn so viel beim Schlafen? Und jetzt? Da passiert ja gar nix mehr. Ist dem Ding der Saft ausgegangen? Ach nee, die Uhrzeit oben rechts läuft weiter.

Was ist das? Was macht denn Joachim da? Wieso geht der denn raus?

Aber da ist er ja schon wieder.

Nein.

Nein!

Oh, mein Gott.

Joachim! Du mieses, kleines ... Das kann doch gar nicht. Meine Güte, er tut es wirklich. Und ich merk noch nicht mal was.

Joachim, das glaub ich einfach nicht. Was bist du nur für ein Charakterschwein! Und du nimmst das Wort Liebe in den Mund. Wie kann ich das nur nicht mitbekommen?

Das macht der nicht mehr mit mir. Nie mehr. Die Drecksau!

9. Mai, nachts

Ruhig atmen, Judith, verdammt noch mal. Er soll doch denken, dass du tief und fest schläfst. Und nicht bewegen. Das juckt am Knie! Ich muss mich da ... Nein! Nein! Dauert nicht mehr lang. Auf frischer Tat kriegen wir ihn.

Hoffentlich ist Thomas nicht eingepennt! Quatsch. Dann hätte ich es im Kleiderschrank scheppern gehört. Der hält durch. Der kann lang. Na ja ...

Sing was, Judith. Nur in Gedanken. Das lenkt ab. Irgendwas. Eben lief doch noch ... richtig!

Er gehört zu mir, wie mein Name an der Tür / Und ich weiß, er bleibt hier / Nie vergess' ich unsern ersten Tag / *Nananananana.* / Denn ich fühlte gleich, dass er mich mag / *Nananananana.*

Joachim steht auf! Endlich! Hör auf zu grummeln, blöder Magen.

Er holt es aus dem Keller, aus dem Weinklimaschrank. Hör ich doch genau. Raffiniert. Aber wo hat er es zubereitet? Seine Mutter! Die hängt bestimmt mit drin, die dumme Kuh. Ganz sicher. Hat mich immer schon gehasst. Weil ich ihr Bübchen bekommen hab. Den Dreckskerl.

Nananananana.

Hab gar nicht gehört, wie Joachim hochgekommen ist. So leise. Hat ja auch Training. Wahrscheinlich macht er das schon wochenlang. Jetzt packt er mich an, dreht meinen Kopf. Ruhig, Judith! In flagranti. Gleich hast du ihn. Mein Mund, er macht ihn auf. Nicht zubeißen! Nicht schreien!

Jetzt.

Oh, was ist die gut!

Muss Thomas gerade jetzt aus dem Schrank springen? Er hätte doch noch ein, zwei Löffel Mousse au Chocolat warten können.

Was soll denn die Waffe? Wo hat er die Pistole her? Thomas, du, also wirklich, du Irrer!

Ah, da ist noch was im Mundwinkel! Mhm, genau so liebe ich die Mousse …

Er hält Joachim ja die Waffe an die Schläfe! Boah, ist das köstlich, wo steht denn die Schale? Oh, nein, gleich knallt's. Thomas will ihn wirklich umbringen. Er ist so unbeherrscht.

Wieso fette Kuh? Hat Thomas mich gerade fette Kuh genannt? Nein, tu das nicht! Nicht die Mousse! Nicht auf den empfindlichen Teppich kippen. Krieg ich doch nie wieder raus. Das gute Zeug!

Was für ein Idiot du bist, Thomas. Und nie hast du mir Mousse au Chocolat gemacht. Nie! Ah, da ist der Löffel. Ablecken! Mhm, die ist göttlich! Joachim muss mich wirklich lieben. Er hätte sie auch nur fett machen können oder mir Butter eintrichtern, damit ich auseinandergehe und Thomas mich nicht mehr sexy findet. Und er mich wieder ganz für sich allein hat. Aber ihm ist es ja egal, wenn ich dick bin. Er würde mir sicher immer treu sein. Er hat sie genau so gemacht, wie ich sie mag. Mit Orangenlikör und Kaffee.

Gib die blöde Waffe her, Thomas! Wo schießt man denn hier? Das ist der Abzug? Mensch, geht der schwer.

So.

Der hätte doch nie Ruhe gegeben, wenn ich ihn abserviert hätte. Der Spinner. Wir behaupten, einfach dass er hier eingebrochen ist. Wär ja nicht das erste Mal.

Jetzt gibt's zwar keinen geilen Sex mehr, aber dafür Mousse au Chocolat.

Man muss Prioritäten setzen.

Und die Diät ist von nun an endgültig gestorben!

Weintipp

Zwar erinnert sich Judith in der Geschichte »Mousse au Mord« an den Genuss eines leckeren Roten von der Ahr, doch zu Mousse au Chocolat mit Orangenlikör und Kaffee würde der nicht passen. Da muss ein schwereres Geschütz her, am besten eines aus Südspanien. Ein Malaga, gewonnen aus Muskateller- oder Pedro-Ximénez-Trauben. Dieser magische Wein ist köstlich süß wie Akazienhonig und hat ordentlich Zunder – der Alkoholgrad liegt bei 15–23% Vol. Es gilt: Je älter der Malaga, desto nussiger und würziger sein Geschmack.

Leider gibt es nur noch rund dreißig Weingüter, die an der andalusischen Mittelmeerküste dieses Elixier erzeugen.

Mousse au Chocolat und Malaga können bei ausreichender Menge übrigens eine Ehe retten. Hätten Joachim und Judith das vorher gewusst, wäre ihnen viel Ärger erspart geblieben.

Die sinfonische Frau

Jetzt ging das wieder los! Dabei waren die Wände des kleinen Hotels in der Altstadt Dijons doch so dünn wie Esspapier. Gregor Kahlmeier presste das Kopfkissen auf seine Ohren. Er hatte sich bereits beim Hotelier beschwert, doch der hatte nur gezwinkert: »L'Amour!«

Ja, ja, die Liebe. Jede Nacht gab es die nebenan. Mehrmals! Jung verliebt, das Pärchen, und der Bursche potent wie ein Zuchtbulle im Frühling. Wumms! Jetzt legte er wieder los. Wumms. Wumms. Wumms. Wummswummswumms.

Das Kopfkissen war nicht dick genug.

Gregor steckte sich die Finger in die Ohren und begann zu summen.

Diesmal würde er sein Zimmer nicht für einen spontanen Abendspaziergang verlassen! Die beiden Karnickel würden ihn nicht aus seinem teuer bezahlten Hotelzimmer mit Minibar vertreiben.

Und er würde sich auch nicht länger unter dem Kissen verkriechen wie ein lichtscheuer Maulwurf! Er würde sich jetzt zivilisiert hinsetzen, eine Flasche Chablis köpfen und dazu etwas von dem köstlichen Epoisses essen, den er heute beim Maître Fromagier erstanden hatte. Schließlich wollte er sich in diesem Urlaub etwas Gutes tun, nachdem ihn seine Irmtraud verlassen hatte. Nach vierzehn Jahren Ehe. Per SMS. Für einen Flötisten! Den er immer für schwul gehalten hatte. Gregors Welt hing seit diesem Tag aus den Angeln, deshalb war er auch hierhin geflohen, in sein geliebtes Burgund. Er hatte sich noch nicht einmal im Orchester abgemeldet, auch niemandem sonst Bescheid gesagt und sein Handy in den nächstbesten Mülleimer geworfen. Dann hatte er wieder mit dem Rauchen und Trinken angefangen. Konnte ihm Irmtraud jetzt ja nicht mehr verbieten!

Doch beides schloss die Wunde nicht.

Und nun gönnte ihm das Schicksal nicht einmal Ruhe.

Gregor stand auf. Er hielt schon den Flaschenöffner in der Hand, als er ihr Stöhnen, ihre Schreie der Lust hörte. Meine Güte, dachte er. Und sonst nichts mehr. Sein Kopf war mit einem Mal leer, nur ihre Stimme war darin. Und er sank zurück aufs Bett, sich an diesen lustvollen Tönen berauschend.

Etwas Vergleichbares hatte Gregor nie zuvor vernehmen dürfen.

Dieses Sehnen und Verlangen, diese Erlösung bei jedem Stoß, dieses animalische und doch engelsgleiche Atmen.

Ihm entglitt die Weinflasche.

Sie zerbrach klirrend auf dem gefliesten Boden.

Und die köstlichen Laute stoppten.

Gregors Herz schlug heftig und laut. Der siebenunddreißig Jahre alte siebte Bratschist der Marburger Symphoniker stürzte zur Wand und legte sein Ohr wie einen Saugnapf darauf.

Stille. Schreckliche Stille.

Er versuchte, mit dem Atmen aufzuhören, um selbst den leisesten Kiekser aus dem Nebenraum wahrnehmen zu können.

Doch nichts als Stille.

Dann lachten die beiden. Es erschien Gregor, als lachten sie ihn aus. Ihn, den Verlierer, der allein im Nebenzimmer weilte. Und er fühlte sich wie damals in der Schule, als ihm die großen Jungs die Hose heruntergezogen hatten. Im eiskalten Winter. Auch sein Schwarm, das Nachbarsmädchen mit den blonden Locken, hatte es gesehen.

Gregor begab sich auf einen Nachtspaziergang. Um den Kopf freizubekommen. Vor allem die Ohren.

Doch nach fünf Minuten rannte er zurück.

Was für ein Glück! Sie liebten sich wieder.

Die Laute des Mannes waren dumpf und roh, ein Grunzen und Blöken, doch ihre, zunächst *staccatissimo*, dann *allegro non troppo*, klangen wie eine Sinfonie.

Nachdem es vorbei war und sich die Leere in ihm ausbreitete wie Schweröl, begriff Gregor, dass er sein Zimmer von nun an nicht mehr verlassen durfte – falls sie auch zu anderen Stunden die Lust überkam.

Er konnte die ganze Nacht nicht schlafen, ständig lauschte er, ob sie abermals … eine Zugabe? Doch es blieb still. Trotzdem erschien ihm jedes Geräusch, selbst das seines eigenen

Atems, wie eine unverschämte Störung. Erst als sich spät am Morgen die Tür des Nachbarzimmers öffnete und das Paar hinunter zum Frühstück ging, fielen ihm vor Erschöpfung die Augen zu.

Zwei weitere solche Tage gönnte ihm das Schicksal.

Keine Beethoven-Sinfonie, keine Etüde Mozarts, selbst Bachs Spätwerk hatte ihn niemals in solche Entzückung versetzt.

Doch dann reisten sie ab. Einfach so. Ohne Abschiedsworte. Und noch schlimmer: ohne Abschiedsliebesspiel.

Gregor war mit einem Mal auf Entzug. Den würde er nicht lange ertragen, das wusste er gleich. Noch im Schlafanzug rannte er zum Empfangstresen. Es brauchte mehr als gute Worte, um vom Hotelbesitzer zu erfahren, wohin das Paar aus dem Nebenzimmer weitergereist war. Es brauchte Geld. Gregor gab es ihm, gab sogar mehr, als der Mann verlangt hatte, und machte sich sofort auf den Weg nach Meursault. In dem kleinen Ort gab es nur wenige Hotels. Da Gregor nicht wusste, welches das Paar auswählen würde, mietete er sich kurz entschlossen in allen ein Zimmer. Und war sicher, dass seinem Glück nun nichts mehr entgegenstehen konnte.

Doch da hatte Gregor sich getäuscht.

Das Paar stieg zwar tatsächlich in einem der Hotels ab – doch nicht in einem benachbarten Zimmer. Wie hatte er diese grausame Möglichkeit nur übersehen können?

Zimmer 23, das war ihres. Also musste er in Zimmer 21 oder 22.

Hinter der ersten Tür reagierte niemand auf sein Klopfen. Nur die zweite öffnete jemand. Ein alter Mann in weißer Feinripp-Unterwäsche, offensichtlich leicht angetrunken. Gregor erklärte, dass er bereit sei, viel Geld zu zahlen, wenn der Mann ihm sein Zimmer überließe. Er hätte so schöne Erinnerungen an genau diesen Raum, die Hochzeitsreise mit seiner Frau, sie hätte ihn mittlerweile verlassen – Gregor war überrascht, was für ein begnadeter Lügner in ihm steckte. Er glaubte sich beinahe selbst.

Sein Gegenüber glaubte ihm auch, hatte jedoch keine Lust,

das Zimmer herzugeben, und schlug ihm die Tür vor der Nase zu.

Das machte Gregor unbeschreiblich wütend. Und seine Qualen wurden noch schlimmer. Denn er hörte – wenn auch sehr gedämpft –, dass sein Liebespaar bereits mit dem Vorspiel begann. Die Ouvertüre der Lust. Ein unbeschreibliches Kribbeln entsprang seiner Körpermitte. Es fühlte sich an wie eine Implosion.

Gregor klopfte abermals. Energischer.

Der alte Mann öffnete wieder, einen Fluch auf den Lippen. Doch er kam nicht dazu, ihn zu Ende auszusprechen, denn Gregor schlug ihm ins Gesicht, warf ihn auf den Boden und drückte ihm sein Stofftaschentuch mit eingestickten Initialen in den Mund. Eigentlich war der Mann viel kräftiger als der schmächtige Gregor, doch er war von dem Angriff überrumpelt worden. Blitzschnell drehte Gregor ihm die Handgelenke auf den Rücken und verknotete seinen Gürtel darum. Die Beine verschnürte er mit der Kordel des hoteleigenen Bademantels.

Dann sperrte er den alten Mann ins Klo.

Nebenan begann bereits das Crescendo. Doch etwas fehlte noch! Schnell holte Gregor die Einkaufstüte aus seinem Zimmer.

Dann ließ er sich aufs Bett fallen, packte die Perigord-Trüffel aus und hielt sie sich unter die Nase. Wenn irgendetwas auf dem Erdball nach leidenschaftlicher Liebe roch, dann waren es Trüffel. Gregor schloss die Augen. Nun hatte er den perfekten Duft und die perfekten Laute.

Im Nebenzimmer wackelten die Wände.

Die heutige Arie war noch beeindruckender als die der letzten Tage. Das musste an der guten Luft in Meursault liegen.

Gregor war im siebten Himmel.

Leider nur für fünf Minuten.

Dann hörte das Quietschen des Bettes auf – und mit ihm ihr wundervolles Atmen, Stöhnen und Schreien.

Was war bloß los mit ihrem Mann los? Das war doch kein angemessenes Liebesspiel!

Diese Frau hatte jemand Besseren verdient, der sie zu würdigen wusste, der lange und leidenschaftlich auf ihr spielen konnte wie auf einer Stradivari.

Einen wie ihn!

Gregor war sich wohl bewusst, dass seine Verdienste als Liebhaber noch hinter seinen als Sportler lagen, und er hatte nicht mal die Bundesjugendspiele erfolgreich bestritten, doch er würde Höchstleistungen erbringen, nur um dieser Frau die Töne der Lust zu entlocken, selbst wenn es ihn an den Rand eines Herzinfarkts brachte.

Und sogar darüber hinaus.

Auch in dieser Nacht tat er kein Auge zu. Als sich am nächsten Morgen die Tür des Nachbarzimmers öffnete, stand er jedoch auf.

Und trat ebenfalls vor die Tür.

So sah er sie zum ersten Mal in seinem Leben.

In seinen Vorstellungen hatte sie volle Lippen gehabt, wallendes Haar, einen wonnigen Busen. Doch sie war nicht eine gewesen, sie war viele, ein Chor der Sinnlichkeit. Ein unbeteiligter Betrachter mochte ihre Hüften ein wenig zu füllig, ihre Beine ein wenig zu kurz, und ihre Brüste einen Tick zu zurückhaltend finden. Weder waren ihre Lippen voll noch ihr Haar wallend. Doch sie strahlte von innen, fand Gregor, und strahlte pures Glück aus.

Er sprach leise ihren Namen. Maria Trebuchet. Er hatte ihn auf der Anmeldung gelesen, als die Rezeption unbesetzt gewesen war. Maria Trebuchet. Es klang wie Musik.

Ihr Blick streifte ihn. Fragend? Neugierig? Erregt gar? Schenkte sie ihm einen Augenaufschlag? Wusste sie vielleicht, dass er ihr nachts lauschte? Gönnte sie ihm einen dieser zarten Haucher, die ihr Freund, ein Klotz von einem Mann mit ungepflegtem Dreitagebart und zerschlissener Jeans, sicher nicht zu würdigen wusste?

Sie musste von ihm wissen! Gestern hatte sie erst mit dem Liebesspiel begonnen, als er bereit dafür war. Und in Dijon? So viel Bettgestöber war doch nicht normal – es sei denn, sie wollte für ihn, für Gregor, singen. Anders konnte man es gar nicht deuten.

Jetzt schwang sie verlockend ihre Hüften, schien gar am ganzen Leib zu vibrieren wie Gregors Bratsche bei einem großen Konzert.

An diesem Tag folgte er ihnen erstmals, das heißt, eigentlich nur ihr. Und je mehr sich seine Faszination für Maria Trebuchet steigerte, umso mehr hasste er ihren Begleiter. Wie er aß, sie in den Arm nahm, ja, sogar wie er lachte. Gregor schnappte immer wieder Gesprächsfetzen auf und erfuhr, dass der Mann Jean-Michel hieß und ein Kommilitone war. Maria hatte mit ihm diese kleine spontane Reise ins Burgund unternommen, von wo sie stammte. Sie sagte, er sei ihre große Liebe. Doch Gregor war sicher, dass Jean-Michel nur ein kurzes Kapitel bleiben würde, wenn sie ihn erst kennenlernte.

Am Abend trennten sich die beiden. Jean-Michel ging ins Kino, allein, und Maria ging … nun ja, zuerst telefonierte sie.

Und dann traf sie jemanden. Einen anderen jungen Mann, er rauschte auf einem Motorrad herbei.

Sie küssten sich zur Begrüßung. Nicht wie gute Freunde, sondern wie ein Liebespaar. Die Hände des Bürschchens fuhren sogleich über ihren Körper, als sei dieser ein Feld, das es zu pflügen galt. Sie verschwanden in einer dunklen Seitengasse, wo Maria ihr Kleid hob. Gregor folgte ihnen. Überall standen Müllcontainer; in ihrem Schutz wagte er sich nahe heran. Und noch näher, bis er ihren Duft riechen konnte. Alle Vorsicht schrieb er in den Wind, fast war es ihm, als spüre er die Wärme von Marias Körper auf der Haut. Die wenigen Härchen an seinen Armen stellten sich auf.

Maria Trebuchets Juchzen war hell, und es hallte von den groben Mauern wieder wie in einer Kathedrale. Fest waren die Stöße gegen den Container, rhythmisch wie die Schläge der großen Pauke im Orchester. Erstmals hörte er ihre Laute, ohne dass eine Wand sie trennte. Er sank vor Glück auf die Knie.

Wie bei einem teuren Flügel veränderte auch bei Maria Trebuchet jeder Spieler den Klang. Der Anschlag war nun härter, der Druck höher, doch große Leidenschaft lag darin.

Ein Stöhnen entglitt Gregors Kehle.

Ein kurzes, kaum vernehmbares.

Doch die beiden stoppten.

»Wer ist da?«, fragte der junge Mann in die Nacht. »Zeig dich, du Spanner!«

Eine Stille, scharf wie tausend Messer, sank auf Gregor herab. Er wollte sich unter dem Container verkriechen. Doch das hätten sie gehört.

So blieb ihm nichts, als noch stiller zu werden. Wie ein Stein. Sein Herzschlag schien ihm lauter als Gongschläge.

»Komm, Maria, lass uns zu mir fahren. Meine neue Bude liegt nicht weit weg. Ich hab auch was von dem Rotwein da, den du so magst.«

»Lass uns lieber hier …«

»Nee, ich werd doch für keinen eine Show abziehen.«

»Ist doch niemand da.«

Sie blickte sich um und verharrte mit den Augen genau an der Stelle, wo Gregor im Schatten kauerte.

Sie konnte ihn in dieser Dunkelheit nicht sehen.

Oder doch?

War das gerade ein Lächeln? Nur wenig Mondlicht fiel in die Gasse, es mochte auch ein Schatten gewesen sein. Nein, ein Lächeln, ganz gewiss! Ein entschuldigendes Lächeln. Sie wusste, dass er da war. Sie hatte weitermachen wollen, für ihn. Hätte ihr dummer Gespiele bloß nicht aufgehört!

Als Maria sich zu dem jungen Mann aufs Motorrad setzte und fortfuhr, folgte Gregor ihr nicht weiter. Stattdessen ging er zurück ins Hotel.

Er hatte eine folgenschwere Entscheidung getroffen.

Durch eine Wand wollte er Maria nie wieder hören.

Es war kein Vergleich zu dem, was er gerade erlebt hatte. Wie der Unterschied eines Livekonzertes zu einer alten Musikkassette.

Das hatte sie ihm zeigen wollen.

Und so bestach er den Portier. Es war eine ungeheure Summe nötig, doch er gelangte in ihr Zimmer, bevor jemand heimkehrte.

Gregor fand ausreichend Platz im Schrank. Das Paar hatte

keine Kleidung hineingehängt, alles befand sich noch in den Koffern oder auf Kleiderhaken.

Hier war er sicher.

Maria kehrte als Erste zurück. Jean-Michel musste also noch im Kino sein.

Gregor hörte, wie sie sich ihr Kleid abstreifte, lauschte dem Klicken, als der BH sich öffnete. Mit nackten Füßen trat sie ins Bad und stieg unter die Dusche.

Er hielt es nicht mehr aus. Gregor trat aus dem Schrank, ging zur Tür des Hotelzimmers und schloss ab. Jean-Michel würde sie nicht stören! Sollte er nun zu Maria unter die Dusche treten?

Doch er wollte ihr Zeit geben, sie bereitete sich schließlich auf ihren großen Auftritt vor. Mit ihm. Deshalb zog Gregor sich nun aus und kroch unter die Laken.

Maria blieb lange im Bad. Putzte sich noch die Zähne, föhnte die Haare trocken.

Dann öffnete sie die Tür, nur ein Handtuch um die Schultern gelegt, und sah Gregor in ihrem Bett liegen.

Dieser Blick.

Er war die Erfüllung für Gregor.

Dieser Blick und ihr erschrecktes Atmen, das wie der perfekte Ton klang.

Dann wurde die Tür aufgeriegelt und Jean-Michel trat herein.

Er hatte auch einen Schlüssel!

Selbstverständlich hatte er den.

Gregor fasste seine Dummheit nicht.

Doch er konnte den Blick nicht von Maria lösen, von ihrem Mund, dem nun weitere Laute entströmen mussten, um ihren Freund fortzuschicken, damit sie sich ihm, Gregor Kahlmeier, hingeben konnte.

Stattdessen bohrte sich ein Messer in sein Herz. Der Stahl der Klinge war eiskalt, und zeitgleich mit ihr fuhr ein Schrei in Gregors Ohren. Er stammte von Maria und klang so verzweifelt, wie man ihn sich bei der berühmtesten Figur Edvard Munchs vorstellte. Es war der Schrecken in Perfektion. Und dadurch von unglaublicher Schönheit.

Das Leben floss langsam und warm aus Gregor heraus, doch er hörte noch einige Worte des jungen Paares.

»Ich bin es so leid mit deinen anderen Typen. Du weißt doch genau, wie eifersüchtig ich bin. Ich dachte, du triffst dich mit René. Aber der da ist eine noch größere Beleidigung. Ist er auch auf dein Gestöhne abgefahren wie die anderen? Beim nächsten Mal halte ich dir das Maul zu beim Vögeln. Und jetzt mach die Sauerei weg. Ich werf die Leiche heute Nacht irgendwo in den Wald.«

Das Letzte, was Gregor spürte, war ein Kuss, den ihm Maria Trebuchet auf die Wange drückte.

Und ein neckischer Stöhner, ganz nah an seinem Ohr.

Weintipp

Der liebestolle Gregor Kahlmeier wählt einen Chablis zu seinem Epoisses. Beide stammen aus dem Burgund und harmonieren aufs Prächtigste miteinander. Wenn ich nur einen Wein zur Begleitung einer Käseplatte auswählen dürfte, wäre es allerdings ein Meursault. Dieser burgundische Weißwein aus der Chardonnay-Traube wächst auf ausgesprochen kalkhaltigem Boden, was ihm eine unvergleichliche Frische, Eleganz und Mineralität verleiht.

Vergessen Sie Rotwein zu Käse, das ist ein Märchen, und ausgedacht haben muss es sich eine böse Stiefmutter. Denn Rotwein zu Käse geht meist bitter in die Hose. Wer einen herausragenden Chardonnay aus deutschen Landen sucht, wird unter anderem bei den Weingütern Huber, Rebholz oder Deutzerhof fündig.

PETIT FOUR

Wenn nichts mehr in einen reinpasst, wenn die Hose spannt und der Magen kurz davor steht, seinen Job zu kündigen – dann kommen die neckischen, süßen Kleinigkeiten, auf Neudeutsch: Petit Fours. Als ich bei Bocuse in Lyon speiste, der großzügig auftischt und dessen Saucen mehr Fett haben als eine Brigitte-Diät für einen ganzen Monat vorsieht, schaffte ich erstmalig die Petit Fours nicht mehr. Sie sahen unfassbar köstlich aus, und mein Tischnachbar schwärmte mir gemeinerweise in höchsten Tönen vor, so was Leckeres hätte er nie zuvor gegessen, ich müsste unbedingt zulangen. Und dann schwenkte er die kleinen Dinger auch noch vor meiner Nase. Aber es ging nicht mehr.

Das war einer der schlimmsten Momente meines Lebens.

Immer häufiger werden einem statt der klassischen Petit Fours Pralinen zum Ausklang präsentiert. Das gefällt mir sehr. Die letzte Geschichte feiert solcherlei Naschwerk – falls Sie noch eine Geschichte schaffen?

Süßes Kaliber

Die Bullen haben uns umzingelt.

Daran besteht kein Zweifel. So was spüre ich einfach, dann juckt's im Steißbein.

Es war natürlich Huberts saudumme Idee gewesen, in die Dauner Rösterei zu fliehen.

Weil er hier immer seinen Kaffee kauft. Die Mischung »Schwarzer Tod«. Der säuft das Zeug eimerweise. Und lebt immer noch.

Hubert meinte, hier würden sie uns niemals suchen. Denn wer versteckt sich schon in einer Kaffeerösterei? Suuuper Idee!

Aber wenigstens müssen wir nicht verdursten.

Und Schokolade gibt's auch. Berge davon. Gut, ist ungesund, aber wenn man kurz davor steht, Blei in den Magen zu bekommen, macht das bisschen Zucker auch nix mehr aus.

Es ist jetzt so laut draußen, als wären alle Eifeler Bullen um die Rösterei versammelt. Plus Hilfe aus Belgien. Und Holland. Vielleicht sogar Luxemburg. Und das alles für Hubert Böllig und Franz Kasuppke, Bankräuber *extraordinaire*. Die stopfen uns nach dem Abknallen sicher aus und stellen uns ins »Deutsche Museum für Deppenkunde«.

Wieso uns die Flucht gerade nach Daun geführt hat, weiß ich schon nicht mehr. Ging alles so schnell, da denkst du nicht mehr klar. Da zählt nur der Bleifuß. Den geklauten Fiat Punto haben wir einfach an der Kirche stehen lassen und sind zu Fuß weiter. Ich bin gerannt, Hubert ist gehumpelt. Der kann ja nicht mehr so. Wegen seiner Hüfte. Von der Zeit bei der Bundeswehr. Die Sache in Trinidad. Da redet er nicht so gern drüber. Lieber schlürft er Kaffee. Wie jetzt. Richtig zufrieden sieht der Dicke aus. Wie ein aufgeblasener Mops. Wenn ich jetzt reinpiekse, saust er wahrscheinlich durch die Luft.

»Der ist gut. Richtig lecker. Noch einen! Ist mehr Milch da?« Er grinst debil. Selig sind die geistig Armen.

»Hast du keine anderen Sorgen?«

Plötzlich ertönt eine Megafonstimme.

»Hier spricht die Polizei. Sie sind umstellt. Verlassen Sie mit erhobenen Händen das Gebäude!«

Hubert setzt seine Tasse ab. »Wir haben ‘ne Geisel!«, brüllt er. »Einen Schritt näher, und die ist tot.«

Ich glaube, ich habe mich verhört. Was hat Hubert da gerade gesagt?

»Sag mal, spinnst du? Wir haben doch gar keine Geisel.«

»Wissen die doch nicht.«

»Aber irgendwann müssen wir raus. Und wenn wir das alleine tun, denken die, wir hätten die Geisel abgemurkst.«

»Oh«, sagt Hubert. »Oha.«

»Ja, oha!«

Hubert ist eine echte Flachpfeife. Immer schon gewesen. Schon in der Schule. Hätte er mich nicht gehabt, wäre er ständig in der Mülltonne gelandet. Der denkt nur ans Fressen. Deshalb hat er es in seinem Leben auch nur zum wandelnden Weckmann gebracht. Selbst jetzt hat sein Magen das Sagen – und Hubert wirft tatsächlich die Maschine für die gebrannten Mandeln an! Obwohl das Ding einen Heidenlärm verursacht. Ich zieh den Stecker raus. Wie gut, dass der Hubert mich hat. »Das Hirn« nennen sich mich, weil ich so gut rechnen kann. Und denken. Kluge Sachen. Hubert dagegen denkt nur Blödsinn.

»Wir wollen mit der Geisel sprechen! Ist sie unversehrt?«

»Noch ja!« Hubert kichert und setzt sich mit seinem Hocker neben die Kaffeemaschine. Am liebsten würde er sich die Brühe intravenös verabreichen.

»Sag mal, ist dir das Koffein zu Kopf gestiegen?«

Er holt einen Flachmann aus seiner Jacke. »Rum.« Er grient mich blöde an. »Drum!«

Ich reiß ihm die Flasche aus den Pfoten, obwohl er sich wehrt. Dann nehme ich erst mal einen ordentlichen Schluck. Für den Kreislauf.

»Lass uns mal unsere Situation rekapitulieren«, sage ich zu Hubert.

Er steht auf, die Faust kämpferisch gereckt. »Ich werde niemals kapitulieren! So wahr ich Hubert Böllig heiße. Das hat meine Mutter mich nicht gelernt.«

Ich schüttele nur den Kopf und werfe ihm eine Tafel Schokolade zu. Dann hält er wenigstens die Schnüss.

»Pass auf, so sieht es aus: Die Pistolen haben wir auf dem Weg schon entsorgt – die finden sie nie. Die Kohle genauso, auch die Jacken und Masken sind weg. Wir können also alles einfach abstreiten. Banküberfall in Gerolstein? Nie davon gehört! Die können uns nix.«

»Aber wir sind hier doch eingebrochen.«

»Die Tür stand auf!«

»Ach, echt?«

»Natürlich nicht, du Flachpfeife.« Ich geb ihm eins auf den Hinterkopf. Wirkt zwar nicht, beruhigt aber meine Nerven.

»Hätt mich auch gewundert. Lass uns lieber sagen, wir hätten deine Katze gesucht.«

»In Daun? Wo wir beide in Hillesheim wohnen? Kann meine Katze fliegen? Hab ich 'ne Supermiez?« Ich gehe noch mal die Fenster ab. Die Bullen nähern sich nicht. »Wegen des Einbruchs müssen wir uns irgendwas mit Unzurechnungsfähigkeit überlegen. Also bei dir. Du hast ja auch den Blödsinn mit der Geisel erzählt. – Ich hab's: Du hast den Punto geklaut, und ich bin in den Wagen gestiegen, um dich davon abzuhalten, was Dummes zu machen.« Ich gebe ihm den Flachmann wieder. »Hau dir das Zeug rein, du brauchst für die Story ordentlich Promille!«

Hubert legt die Stirn in Falten. Jetzt sieht er aus wie ein Sitzsack. »Klappt alles nicht. Die haben doch den Punto vor der Bank gesehen. Wir sind am Arsch, Franz.«

»Quatsch! Wir behaupten einfach, das wäre ein anderer gelber Punto gewesen. Ich hab doch die Nummernschilder zur Sicherheit abmontiert.«

»Stimmt. Du bist ganz schön gewieft.« Jetzt gibt er richtig Gas mit dem Rum. Der wirkt bei ihm immer fix. Verträgt nix. Gut so!

»Nennen Sie Ihre Forderungen!«

»Ich hätte gern noch etwas mehr Milch für den Kaffee.« Hubert hebt seine Tasse. »Oder besser noch: Sahne.«

Wenn Hubert das geschrien hätte, wäre er in den Kaffeeröster gekommen.

Aber er hat es nur ganz leise gesagt.

Ich geh wieder ans Fenster, seitlich, sodass mich die Scharfschützen nicht ins Visier nehmen können. Sind bestimmt welche da, auf den Nachbardächern. Sieht man doch immer im Fernsehen! Bei »Hennes & Mauritz«, ach nee, »Starsky & Hutch«.Die normalen Bullen verschanzen sich derweil hinter den Einsatzwagen. Und alles nur wegen Hubert. Der ist echt so ein Schwachmat! Was musste der auch in der Bank die Schalterangestellte vollquatschen? Redet mit ihr über Rievkooche! Zack, schon hat sie auf den stillen Alarmknopf gedrückt – und Hubert hat nix davon gemerkt. Er ist halt gebürtig aus der Nordeifel. Das ist wie ein Knick im Gencode. Kriegt man nie mehr raus. Ich selbst bin ja aus Vulkangestein gemacht, ein echter Eifeler. Aber jetzt sitz ich genauso in der Scheiße. Ich will gar nicht wissen, was meine Frau dazu sagt. Die hat den Überfall eh von Anfang an für eine Schnapsidee gehalten. Oh, ich hasse es, wenn sie sagt, dass sie es ja gesagt hat.

»Nennen Sie Ihre Forderungen!« Wieder der Bursche mit dem Megafon.

Dann klingelt das Telefon.

Hubert nimmt ab. »Kaffeerösterei Daun. Wir sind zurzeit leider nicht da. Hinterlassen Sie bitte eine Nachricht nach dem PIEP.«

Ich stelle mich neben ihn. Dann höre ich die Stimme des Anrufers.

»Hallo, nehmen Sie bitte ab! Hier ist die Polizei. Wir möchten reden. Mein Name ist Michael Peters, ich bin der Einsatzleiter und befugt, mit Ihnen zu verhandeln.«

»PIEP. Danke für Ihre Nachricht.« Hubert hält die Sprechmuschel zu und stößt glucksende Lacher aus. Der Rum ist also im zentralen Nervensystem angekommen. Ich will ihm den Hörer abnehmen, doch er wehrt mich ab und spricht wieder hinein. »War nur Spaß, Herr Peters.«

»Wie bitte?!«

»Hab nur Spaß gemacht. Muss auch mal sein. Das Leben ist doch schon schwer genug.«

»Entschuldigen Sie, ich glaube, ich hab mich verwählt.«

Endlich schaffe ich es, Hubert den Hörer aus der Hand zu reißen. »Hallo? Sie sind schon richtig. Hier ist Franz Kasuppke. Das ist alles ein Riesenmissverständnis.«

»Lebt die Geisel noch?«

»Es gibt keine Geisel. Kommen Sie doch rein, um nachzusehen. – aber allein, ja! Sonst ... sonst ... passiert was.«

Ich lege auf und sprinte wieder zum Fenster. Ein Typ bekommt draußen eine Schutzweste umgelegt und gibt seine Waffe ab. Das wird dieser Michael Peters sein. Hinter der Blaulichtflotte stehen auch die Hilbergs, denen die Rösterei gehört, und sehen unruhig zu mir rüber. Ganz nervös sind die zwei. Die bräuchten jetzt eine gute Tasse Kaffee. Ganz sicher.

Als ich mich umdrehe, schlürft Hubert schon wieder eine.

»Mit frisch gerösteten Bohnen«, erklärt er mir. »Und dem Rest Rum!« Seine Augen glänzen.

Jetzt erst begreife ich, dass alles ganz schrecklich schiefgehen kann. Ich blicke Hubert ernst in die Augen.

»Lass uns noch mal alles durchgehen, ja? Wir sind nur zufällig hier reingerutscht. Du hast das Auto mit besoffenem Kopp geklaut, da kommen wir nicht drum rum, aber sonst streiten wir alles ab. Klar?«

»Jawohl, Herr Oberfeldwebel.«

»Es gibt nichts mehr, was uns mit dem Überfall in Verbindung bringt. Also bleib um Himmels willen bei der Geschichte!«

»Wir werden frei wie Vöglein sein. Wie Enten.« Hubert demonstriert es. Enorm ungelenk. Und plötzlich höre ich es Klimpern.

Mir ist sofort klar, dass wir ein Riesenproblem haben.

Und nur wegen Huberts dusseligem Sammeltick! Von jedem Ding, das wir gedreht haben, hat er irgendwas behalten. Bisher ein Zigarrenkästchen, ein Schuhlöffel, eine dicke Fluse, eine Umwälzpumpe und ein halbes Schnitzel, das er drei Tage später doch noch aufgegessen hat. Diesmal also die Patronenhülsen. Neun Millimeter. In der Bank hat er ja ein paarmal in die Luft geschossen. War eigentlich gar nicht nötig. Aber so gehörte sich das nun mal – fand Hubert. Der Bulle ist gleich an der Eingangstür. Und Hubert hat immer noch die Dinger in der Hosentasche.

»Wie sollen wir jetzt noch deine blöden Hülsen loswerden? Die durchsuchen doch alles hier!«

Franz, schalt dein Superhirn ein! Dir kommt bestimmt eine Idee. Fix!

Doch Hubert ist schneller. Deckel auf, Deckel zu.

»Erledigt«, sagt er, deutet auf den Apparat, der die Mandeln karamellisiert und grinst breit. Dann stöpselt er ihn wieder ein. »Gebrannte blaue Bohnen!« Er guckt durch das kleine Fensterchen und dreht seinen Kopf rhythmisch mit. »Verkaufsschlager!«

Die Tür geht auf. Michael Peters steht plötzlich im Raum. Sieht nicht aus wie Schimanski. Eher wie ein Tagesschausprecher. Nein, schlimmer: wie der Bursche vom ZDF-Wahlstudio. Er hält die Hände hoch – dabei bedroht ihn niemand. Ich zieh ein benutztes Taschentuch aus meiner Jackentasche und wedel damit.

»Das ist alles ein Riesenmissverständnis!«, sage ich. »Ich weiß gar nicht, warum Sie uns verfolgt haben. Plötzlich waren Sie auf der Straße hinter uns, und wir kriegten Panik.«

»Ja, Panik«, bestätigt Hubert. Er ist nun doch nervös. Ich sehe es daran, dass er sich die nächste Tafel Schokolade quer reindrückt. Je nervöser er ist, desto mehr futtert Hubert. Es ist eine mit Chilis. Er merkt es nicht mal.

Der Polizist hebt ein Funkgerät und ruft seine Kollegen rein. Dann müssen wir ihm die Sache mit der Geisel erklären. Er traut der Geschichte nicht. Hubert reißt jetzt eine Tafel Schokolade nach der anderen auf. Schneller als Helmut Schmidt seine Zigarettenpäckchen.

Irgendwann ist der Stapel neben ihm aufgebraucht. Ich sehe, wie seine Hand nach den frisch gebrannten Mandeln greift.

Frisch gebrannte *Mandeln*? Da ist ja noch was anderes drin! Doch Hubert ist im Fressmodus.

»Nein!«, brülle ich. »Iss das lieber nicht.«

»Wieso denn?«

»Du wirst zu dick.«

»So 'n Quatsch!« Er nimmt eine Handvoll und stopft sie sich triumphierend ins Maul. Ich muss nicht lange warten. Er schreit auf und packt sich an den Hals.

»Was ist denn mit den Mandeln?«, fragt Peters, und ich sehe das Funkeln in seinen Augen. »Kann ich auch welche haben?«

Hubert und ich blicken uns kurz an, schütteln den Kopf und greifen zu. Alle Mandeln – und damit auch alle gebrannten Patronenhülsen – landen in unserem Mund. Wir schlucken beide wie blöde, und es fühlt sich an, als würden Rasierklingen den Hals aufschneiden.

»Ich liebe die Dinger«, sage ich mit vollem Mund und unterdrücke den Schmerz.

Schlucken!

Geschafft. Die Bullen kriegen uns nie! Ich bin Franz »Das Hirn« Kasuppke – und ich komme mit allem durch.

Plötzlich lächelt Peters.

Denn eine Mandel haben wir übersehen.

Er greift sie sich und wickelt das Ding in ein Taschentuch. Macht aber nix, ist nämlich wirklich 'ne Mandel. Seh ich sofort. Ein kleiner Gruß aus der Küche ins Polizeilabor. Peters nickt einem anderen Polizisten zu. Uns werden Handschellen angelegt, und sie beginnen, die gesamte Rösterei auseinanderzunehmen.

Als wir rausgeführt werden, hält Hubert kurz bei den Hilbergs. Die Frau verdrückt ein paar Tränen und wird von ihrem Mann in den Arm genommen. Jetzt fällt mir erst wieder ein, dass sie den Laden gerade erst renoviert haben. Das war echt schlechtes Timing von uns.

»Tut mir leid«, brummt Hubert. »Ich zahl auch den Kaffee und die Schokolade.«

»Und die Mandeln«, sage ich.

»Ja, klar. Und die Mandeln. Die waren lecker.«

Sein Gesicht wird mit einem Mal grün. Doch er schafft es, sich nicht zu übergeben. Gut so! Wenn kolumbianische Drogenkuriere ganze Heroinbeutel in ihren Mägen transportieren können, werden wir es ja wohl schaffen, eine Handvoll Patronenhülsen bei uns zu behalten. Unsere Mägen sind schließlich aus Stahl! Wer jahrelang das Zeug von Mannis Bulettenschmiede verdaut, den kann nichts mehr schrecken.

Die U-Haft-Zellen sind gerade frisch renoviert worden. Gefällt mir gut. Alles apart gefliest oder aus Edelstahl, Waschbecken wie Toilette. Saubere Arbeit. Respekt. Hubert und ich haben ein Doppelzimmer. Mittlerweile ist unser Vorstrafenregister bekannt, und die Anklage wegen Autodiebstahl hat nicht lange auf sich warten lassen. Aber den Bankraub können sie uns nicht anhängen – dafür hat mein Superhirn ja gesorgt! Bald sind wir wieder draußen, und dann geht es mit der erbeuteten Kohle über die grüne Grenze nach Frankreich, ab nach Marseille, und wenn wir uns dann per Schiff nach Afrika einschleusen, steht uns die ganze Welt offen. Zum Beispiel die Dominikanische Republik. Oder Usbekistan. Soll um die Jahreszeit ausgesprochen schön sein. Der größte Baumwollproduzent der Welt! Schau'n wir mal. Ich bin ja eher für Kanada. Da soll es aussehen wie in der Eifel. Alle halbe Stunde kommt Hauptkommissar Michael Peters und stellt uns dieselben blöden Fragen immer und immer wieder. Und danach bleibt er jedesmal noch schweigend sitzen. Weiß der Himmel, warum. Wir sagen nämlich nix. Da kann er lange warten!

Hubert hat immer noch ab und an Bauchschmerzen, aber es wird besser. Jetzt muss er dringend auf den Topf, und es macht ihm überhaupt nix aus, dass der Kommissar dabei zuschaut. Kommt wie gesagt aus der Nordeifel, die kennen so was wie Schamgefühl nicht.

Hubert presst und presst – und es macht *klonk*.

Und *pling*.

Und auch noch *klack*.

Bevor er abziehen kann, hat der Kommissar ihn schon vom Pott weggezogen. Mit heruntergelassenen Hosen.

»Was haben wir denn da?«, fragt Peters und greift mittenrein in Huberts Geschäft. Zutage fördert er drei Patronenhülsen. »Ich denke, wir werden Sie beide doch noch etwas länger bei uns behalten dürfen!«

Ich seufze. Was reinkommt, kommt auch wieder raus. Hat

meine Mutter schon immer gesagt. Und Beige ist keine Farbe. Beige wird's von alleine.

Jetzt haben sie uns. Aus die Maus.

Darm schlägt Hirn.

Die Sache geht wie wild durch die Presse. Sie haben uns jetzt auch einen Namen verliehen: »Die beschissensten Bankräuber aller Zeiten«. Na ja, so kommt man auch in die Geschichtsbücher.

Immerhin hat die Sache mit den Patronenhülsen die Dauner Kaffeerösterei auf eine Idee gebracht. Sie karamellisieren jetzt Kaffeebohnen und nennen die Dinger »Süße Kaliber«. Es gibt sogar schon Anfragen aus den USA und Japan nach dem Zeug. Dafür haben sie uns allerdings nicht mal ein Dankeschön in die Zelle geschickt. Dabei leidet Hubert unter akutem Koffeinmangel. Die Knast-Plörre bringt es einfach nicht. Der braucht dringend härteren Stoff. Vielleicht Bohnen aus der Dominikanischen Republik. Oder aus Usbekistan. Frühjahrsernte. Oder war das Guatemala?

Egal, die sollen alle klasse schmecken.

Hubert braucht eine gute Mischung.

Nur bitte ohne blaue Bohnen.

Weintipp

Ein Wein zu »Süßes Kaliber«? Natürlich muss man Kaffee dazu trinken! Und zwar von der Rösterei in Daun, die gibt es nämlich tatsächlich – und auch die »Süßen Kaliber«. Wie die Helden der Geschichte, können auch Sie dort zu der Mischung »Schwarzer Tod« greifen.

Wer allerdings dem Wein treu bleiben will, sollte sich ein edelsüßes Schätzchen genehmigen. Deutsche Trockenbeerenauslesen und Eisweine lassen weltweit die Augen der Weingenießer feucht werden, denn Eleganz, Süße und Säure werden nirgendwo so perfekt vereint wie in heimischen Weinkellern. Das Problem ist nur, dass die wirklich herausragenden Tropfen auch wirklich herausragend teuer sind. Eine der wenigen Ausnahmen stammt von Kultwinzer Klaus-Peter Keller aus Flörsheim-Dalsheim (Rheinhessen). Neben seinen atemberaubenden edelsüßen Preziosen aus Riesling, Rieslaner und Scheurebe keltert er noch das »Cuvée Pius«, eine Beerenauslese aus den Rebsorten Huxelrebe, Rieslaner und Scheurebe – für unter zwanzig Euro (0,375 Liter). Der Wein macht alle Naschkatzen glücklich – und zeigt, dass große Süßweine nicht plump süß, sondern fruchtig und cremig sind.

Quellenangaben

Einige Kurzkrimis aus »Henkersmahlzeit« sind bereits in Buchform veröffentlicht worden. Sie wurden für diese Anthologie vom Autor überarbeitet und mit Weintipps versehen.

»Für eine Handvoll Pudding« erschien erstmals in der Anthologie »Postcard Stories Katzen« (Ars Vivendi Verlag).

»Pasta macht glücklich« erschien erstmals in der Anthologie »Postcard Stories Crime 2« (Ars Vivendi Verlag).

»Ein mordsmäßiger Pickert« erschien erstmals in der Anthologie »OWL kriminell« (KBV Verlag).

»Die Flüssigkeit der Könige« erschien erstmals in der Anthologie »Killerkakao« (KBV Verlag).

»Der Fall Maria W.« erschien erstmals in der Anthologie »München blutrot« (Köln-Preußische Lektoratsanstalt).

»Nur noch einen« erschien erstmals in der Anthologie »Tatort Eifel« (KBV Verlag).

»Glüh, glüh Wein« erschien erstmals in der Anthologie »Fürchtet euch nicht!« (Ullstein Taschenbuchverlag).

»Heidenei« erschien erstmals in der Anthologie »Mörderisches Ländle« (Theiss Verlag).

»Die Geschichte der Tellerwäscherin« erschien erstmals in der Anthologie »Köln blutrot« (Köln-Preußische Lektoratsanstalt).

»Eine Leiche zum Riesling« erschien erstmals in der Anthologie »Tatort Eifel 2« (KBV Verlag).

»Der Bomber« erschien erstmals in der Anthologie »WM-blutrot« (Köln-Preußische Lektoratsanstalt).

»Deutschland sucht den Superwinzer (DSDSW)« erschien erstmals in »Vinum – Europas Weinmagazin«.

»Die Bärlauchsammler« erschien erstmals in der Anthologie »Natürlich der Gärtner« (Leporello Verlag).

»Böse Sach« erschien erstmals in der Anthologie »Gefährliche Nachbarn« (Gmeiner Verlag).

»… denn sie wissen immer noch nicht, was sie tun« erschien erstmals in der Anthologie »Hängen im Schacht« (KBV Verlag).

»Mousse au Mord« erschien erstmals in der Anthologie »Bitterböse« (Leporello Verlag).

Carsten Sebastian Henn
VINO DIAVOLO
Julius Eichendorffs fünfter Fall
Broschur, 272 Seiten
ISBN 978-3-89705-583-4

»Teuflisch spannend, sowohl Nerven- als auch Gaumenkitzel sind garantiert.« Rhein-Zeitung»

Carsten Sebastian Henns Spezialität sind Krimis mit einer besonderen kulinarischen Note.« WDR 5

Carsten Sebastian Henn
HENKERSTROPFEN
Kulinarische Kurzkrimis
Broschur, 208 Seiten
ISBN 978-3-89705-484-4

»Die Kriminalgeschichten aus der Feder von Carsten Sebastian Henn unterhalten durch ihren Einfallsreichtum und die humorvoll spielerische Erzählweise des Autors, der übrigens zu jeder seiner Storys den passenden Wein empfiehlt. Zweifellos ein Buch für Anhänger des guten Geschmacks.« WDR 4

www.emons-verlag.de

CARSTEN SEBASTIAN HENN

Jürgen von der Lippe liest
IN VINO VERITAS
Ein kulinarischer Kriminalroman
von Carsten Sebastian Henn, Hörbuch, 3 CDs
ISBN 978-3-89705-425-7

»Einer gelungenen Geschichte setzt Jürgen von der Lippe die Krone auf.« Kölnische Rundschau

Jürgen von der Lippe liest
NOMEN EST OMEN
Ein kulinarischer Kriminalroman
von Carsten Sebastian Henn, Hörbuch, 4 CDs
ISBN 978-3-89705-690-9

»Krimifans und Gourmets kommen hier gleichermaßen auf ihre Kosten.« Kölnische Rundschau

Jürgen von der Lippe liest
IN DUBIO PRO VINO
Ein kulinarischer Kriminalroman
von Carsten Sebastian Henn, Hörbuch, 4 CDs
ISBN 978-3-89705-547-6

»Zurücklehnen und mit einem Glas Rotwein genießen.«
Lust auf Genuss – online

www.emons-verlag.de